JN075953

NONFICTION
論創ノンフィクション
033

近くて遠いままの国

極私的日韓関係史

平山瑞穂

論創社

はじめに

この本は、少々変わった構成になっている。最初の『絶壁』は創作——中編小説だが、続く『近くて遠いままの国——極私的日韓関係史』はエッセイである。

『絶壁』の第一稿を書き上げたのは、六年以上も前に遡る。なかなか発表の機会を得られず、眠らせたままになっていたことにはいくつかの理由があるが、うちひとつは、中途半端な原稿ボリュームにあった。一冊分に満たず、本にしようにもできなかったのだ。そこで今回、エッセイを書き足して、同時に収録することにした。

小説とエッセイというのはあまりない組み合わせだと思うが、この両者には分かちがたい関係がある。『絶壁』は、ひとことで言ってしまえば、在日コリアンに対するヘイトデモなどをモチーフとして取り上げた小説である。僕がそこに焦点を当てたのは、韓国という国が、僕にとって特別な位置づけにある国であるからだ。

若い頃から、僕は韓国という国、およびそこにルーツを持つ人々と、浅からぬ縁を取り結んできた。それだけに、ヘイトデモの問題も、人ごととして受け流すことがとうていできずにいた。『絶壁』第一稿執筆当時と比べると、ヘイトデモ自体は現在、法的規制などの効果もあって下火にはなっているものの、問題の核心は、差別意識を持つ人々の心のありように存していると僕は思っている。その点を突きつめる際、何度も頭の中を行き来したのは、「僕にとっての韓国」とはなんなのか、という問いだった。

いっそこの機会に、自分自身と韓国との関わりや、それについて抱いてきた思いなどを文章化してみるのもおもしろいのではないか。そんな思いから、僕はこのエッセイ『近くて遠いままの国』をしたためた。同時にそれは、『絶壁』という作品に対する解説の役割も果たしている。なぜこのような小説を書こうと思いついたのか、また、発表するまでこれほど時間がかかってしまったのはなぜなのか、といった点についても、このエッセイの中で説明している。

どちらも、ある種の人々を敵に回すかもしれない内容だが、もとよりそれは覚悟の上だ。なんであれ、これがひとつの問題提起になるのであればそれでいいと思っている。

目次

〈小説の部〉

絶壁

あれから何年経ったのだろうか。その何年の間に、何があっただろうか。隼はときどきそう考え、そのたびになにか木の根のようなものに足首をからめ取られ、一歩も前に進めていないような気持ちになる。四十を過ぎてから時の流れがやけに早く感じられるようになっていて、きちんと記憶を辿り、指折り数えないと、何年前のことだったかもとっさにはわからない。

その考えはしばしば、タバコをくゆらせている休憩時間に頭に浮かんでくる。青果市場の裏口脇にぞんざいに設けられている喫煙スペースは、いつ見ても一瞬ぎょっとするほど密な状態になっている。狭いところに、高齢者中心の、決して少なくはない喫煙者が集中するからだ。当然、全員がマスクを顎まで下ろしているし、顔見知り同士大声で雑談を交わしている連中もいる。これではいつ感染しても不思議ではないと思う。

もともと喫煙の習慣もなかったのに、ここに勤めはじめてから、なにか気を紛らせるものがほしくて吸うようになってしまった。おかげでふところはだいぶ圧迫されている。自転車で四十分かけて通い、深夜や早朝に汗だくになって青果の仕分けや梱包に明け暮れても、一日に五千円ちょっとにしかならないし、いつ首を切られるかもわからない。実家に戻ったおかげでかろうじてやっていけているだけだ。

東京で勤めていたリサイクルショップは、コロナ禍の煽りであっけなく倒産した。求人も激減していたため、どうにも立ちゆかなくなり、年老いた両親の住む家に着の身着のまま転がりこんだ。守るべきプライドなど、とうにすり切れてボロボロになっていた。今はいいとしても、両親もつましい年金暮らしだ。十年後、二十年後のことを思うと、不安で身を焼かれるような思いがする。それに直面したくなくて、つい過去を振りかえってしまうのかもしれない。

――それで、あれから何年だって？　七年か……。

タバコの灰になった部分を気忙しく伸ばしながら、隼は内心で自問自答する。七年。ぞっとするほど長い期間だ。その間、何ひとつ成しとげていないどころか、かえって後退してすらいることを思えばなおのこと、その長さには愕然とさせられる。

あの頃は、人生のどん底にいると思っていた。しかし今にして思いかえせば、まだはるかにましな状態だったのだ。本当の窮状というものを知らないまま、むやみにわが身の恵まれなさをかこち、それをだれかのせいにしていた。たまに電話で話すたびに、「隼はいったいいつになったら結婚するの？」と口癖のように言っていた母親も、同居している今となってはかたくなに沈黙を守っている。あまりにも希望を持ちづらい現状を前に、結婚の「け」の字も口にすることを憚っているのだろう。

当時も、こんなかつかつの生活を送っている男の妻になろうという女などいるわけはないと思っていた。でもあの頃にはまだ、薄給ながら定職があったし、曲がりなりにも東京での一人暮らしが成り立っていた。そして、怜花がいた。

怜花——。それを文字どおり「レイカ」と読むべきなのか、それとももうひとつの呼び方を選ぶべきなのか、いまだにわからない。三十代なかばにして思いがけず訪れた、穏やかな春のような日々だった。それがある日突然、幕を下ろした。去っていく彼女を取り戻そうとしたあのときの、やみくもな情熱の原動力がなんだったのかも、今となっては謎だ。

今ではもう、どこにいるかもわからない。その時点ではほかに連絡の手段がなかったために一度だけ、わざわざ切手を貼って手紙を出したが、転居先不明で戻ってきてしまった。あの二階建ての、決して広くはなかった家に、もう怜花はいない。家族ともども、なんらかの理由でどこかよそに移ってしまったのだ。

それでもあのとき、降りしきる雪の中、手を伸ばせばなにかが変わる気がしたことは覚えている。そして今でも、なにかしらの巡りあわせで、もう一度顔を合わせる機会があるのではないかと心のどこかで思っている。その怜花との間に、まだ話しあいの余地があるのではないかと、虫のいいことを考えたりもする。

すべてが宙吊りのままなのだ。この問題は、七年経ってもまだ片がついていない——。

隼が勢いよく吐き出した煙が顔を直撃したのか、斜め前に立っていた高齢の男が舌打ちをして睨みつけてきた。隼はあいまいに頭を下げながら灰皿でそそくさと火を揉み消し、持ち場に戻っていった。しかしその間も、頭の中では七年前のできごとが目まぐるしく再現されていた。過去でありながら、いつまでも過去になりきってくれないそのできごとが。

なんかいいことねえかなあ、と独り言のように呟くのが、いつしか習慣になっていた。政治家は金持ち連中がさらに得をする仕組みを考えるので手一杯で、下々の者どものことなど眼中にない。自力でなんとかしようにも、できることはたかが知れている。金がすべてじゃないというのは持てる者だからこそいえることで、財産が一定の線を下まわっている人間にとっては、先立つものがなければ思うことを何ひとつ実現できないのが実情ではないのか。

働いて得た金のほとんどは食費に消え、飯を食っては糞をひり出し、寝て起きてはまた働きに出かける。代わり映えのしない面々と顔を突きあわせ、昨日と同じ仕事をして、同じ冗談を交わしながら、日が暮れるのを待つだけの毎日。こんな暮らしがいつまで続くのだろう、と毎日のように中空に向かって虚しい呪詛を吐き出していた。

なんかいいことねえかなあ、とわれ知らず呟くときも、文字どおりの幸運がわが身に舞いおりることを期待しているのではなかった。今とは違う自分がどこかにありうるのだと信じているふりでもしなければ、生きていく気力すら枯渇しそうになる。それを避けるための、呪文のようなものだった。

本心からは人生に何も期待しない癖がついてしまっている隼にとっては、その夜のでき

＊

ごとも、ただのありきたりな騒動でしかなかった。それが「いいこと」の前触れであるなどとは、夢にも思っていなかった。

土曜の晩の、恒例の飲み会の席だった。ほぼ月に一度、株式会社ミヤケ・リユースの主だった男性スタッフと一部の女性スタッフが三宅社長に連れまわされる儀式のようなものだったが、声をかけられて断る人間があまりいなかったのは、社長に人望があったからだろうか。たぶんそうではないだろう。三十代でこのリサイクルショップを立ち上げ、数年で二十人ほどを抱える会社にまで育てたのは事実だが、その程度のことを成しとげている人間なら掃いて捨てるほどいる。

本人は自信家で、ゆくゆくは都内全域に支店のネットワークを張りめぐらせるから、と酒が入るたびに息巻いていた。だから信じてついてきてくれれば今のスタッフは全員支店長になれる、とも。そううまくいくとも思えなかったし、どこまでもついていこうと思えるほどこの人物を信じているわけでもなかった。ただ、上京して入学した大学を出て以来、不安定な非正規雇用に甘んじてきた隼を、初めて正社員として雇い入れてくれたのは三宅社長だった。だから恩義は感じていたし、自分のほうがひとつ歳上でもおとなしく従っていたのはそのためだ。

三十歳になる前あたりまでは、いずれは自ら一国一城の主に、という思いがあった。生活に疲れる中でいつしかそんな気概もなくし、そのうち息を吹きかえすだろうと思っていた野望もいつしか尻尾すら掴めなくなっていた。機を逸してしまったのか、それともそんなものはハナからとうていかなわぬ夢物語だったのか。自分と同じにおいを感じさせる人間が、同僚の中には何人もいた。

同じ面子(メンツ)でくりかえし飲んでいて、耳新しい話題がそうそうあるわけでもない。似たような話が延々とループされはじめた頃合いになって、不意に金原(かねはら)がからんできた。いつのまにか隣に座っていたのだ。

「星野(ほしの)おまえ、今日みたいなの、ほんとやめろよな。前にも言っただろうがよ」

その日、一緒にリサイクル品の回収に回ったのはこの男だった。できれば組みたくない相手だったが、選ぶ権利は隼にはなかった。飲み会のときもできるだけ近くの席に座らないようにしていたのに、酔っぱらうと自分から近づいてくるのが常だった。

「善人にでもなったつもりかよ。慈善事業じゃねえんだ、儲(もう)けを出すためにはやることやんなきゃだめなんだよ」

昼過ぎに訪れた回収先でのことを言っているのだ。女性スタッフが電話で約束を取りつけた古着の買い取りを口実に老夫婦の所帯に押しかけ、金原がなかば無理強いして貴金属の類(たぐい)を持ってこさせた。たまたま夫も不在で、年老いた主婦は見るからにおびえていた。手にしていたのはサファイヤの指輪で、これさえ売れば帰ってくれるだろうという思いで泣く泣く手放そうとしているのがありありとわかった。

法的規制が布(し)かれてこの商売もやりにくくなってはいたが、まだスレスレのところで「押し買い」的な手法がまかり通っていた。

ほかにもなにか箪笥の奥などで眠っている不要なアクセサリーなどがあるはずだと執拗に迫られ、主婦が泣きそうな顔になっているのを見かねて、隼はつい、「あ、もういいです、これだけで大丈夫ですから」と金原の追及を遮り、強引に商談を終わらせてしまった。

金原はあけすけに舌打ちして、次の回収先に向かう車中でもずっと不機嫌そうな顔をしていたが、聞こえよがしに何度も荒い鼻息を漏らすだけで、そのときは何も言わなかった。風貌は一見ヤクザ風だが、意外に肝が小さいのだろう。酒の力を借りなければ説教のひとつも垂れることができないのだ。そんなだから、うだつも上がらないままなのだろうと隼は日ごろからこの男を蔑んでいた。八つも歳上でありながら社での立場は隼と変わらないし、四十四歳にしてどうやら未婚らしい。生涯独身はほぼ確定だろう。

こいつはきっと「連中」の一人にちがいない、と隼は踏んでいた。このひねこびた根性、泥棒みたいなまねを平気でする破廉恥さ。金原という名前もかなりそれっぽいし、一重瞼の細く吊り上がった目や頬骨の張った輪郭など、すべてがその可能性を物語っている。だが社で経理をやっている女性スタッフに探りを入れてみたかぎりでは、どうも違うようだ。給料の振り込み先である本人名義の口座も「金原」姓になっているというのだ。

まったく、なんというまぎらわしさだろうと腹立たしく思った。しかしそれをいうなら、隼自身の「星野」という姓も、連中の通名としてめずらしくないとどこかで読んだ覚えがあった。迷惑な話だ。こっちはれっきとした戸籍名だし、家系を遡っていっても連中とはなんのつながりもないことは確認済みだから自分では安心していられるが、人がこの姓を見てどう思っているかはわからない。そういうこともあるから、通名は廃止すべきだというのだ。

隼は納得できずに、経理の女性スタッフに食い下がった。

「でも、なにかやむをえない理由があれば、通名で口座作るのも認められるケースがあるとか聞いたことがあるんだけど」

「それは私にはわからないけど、仮にそうだとして、それをなんでそんなに気にするんですか？」

——だめだ、この女とは話が通じない。そこをなおざりにしてはいけないのだ。みんながこんな調子だから、在邦の連中が通名をはじめとする数々の特権を当然のような顔で享受して、この国でのうのうとふんぞりかえっていられるような今の状況があるのではないか。

それに金原が在邦ではないとしたら、さもありなんと納得することもできない。金原を心おきなく憎悪し、侮蔑する理由がほしいのだ。それがありさえすれば、「文句があるならこの国を出ていけ」と面罵することもできる。そうではない以上、どれだけ腹に据えかねてもこの男は職場の先輩にはちがいないわけで、まっこうから刃向かうわけにもいかない。

「わかってんのかよ、え？　……チッ、はっきりしねえ野郎だな」

金原のいがらっぽい声が、隼の物思いを破った。説教に対して生返事で躱そうとしても、その生返事が気に入らないらしく、隣の席からしつこく反省の言葉を求めてくるのだ。隼はうんざりしながら、甚兵衛風のユニフォームでフロアを駆けずりまわっている若い女性従業員の姿ばかり目で追っていた。社の飲み会はたいてい、社屋からも近いこのチェーンの安居酒屋で開かれていた。しかしその女性従業員は、前回までは見かけた覚えがなかった。最近入った子なのだろうか。

二十歳そこそこに見えるが、ショートヘアがよく似あっており、はきはきしていて笑顔が魅力的だ。金原のいやみを聞かされていても、一方でその子の立ち働く姿を見ていれば、胸中の毒が解かされていく気がする。テーブルに料理を届けに来たとき、そっと名札に目をやって、「吉見」と書かれていることはすでにたしかめていた。名前がわかったからといって、何がどうなるものでもないのだが。

土曜の夜でありながら、スタッフの手が足りていないようだった。広いフロアなのに、給仕に回っているのはその子のほかにもう一人、メガネをかけた小柄な男の姿しか見た記憶がない。しかもそっちは見るからに気の利かない手合いで、ほとんど戦力になっていない。少し前も、その対応の悪さに金原がキレかかっていた。

一方、吉見という名の女の子のほうは、六、七人が矢継ぎ早に注文を口にしたり、途中で気が変わって一部をほかのものに差し替えたりしても決して聞き漏らさず、三宅社長が不得要領な質問を差しはさんでも、即座にその意図を汲んで的確な回答をよこしている。どんなに慌ただしくフロアを行き来していても、テーブルの脇を通過する際には、空いた皿やグラスなどを目ざとく見つけてすみやかに回収していく。しかもそのすべてに、気持ちのいい笑顔が伴っているのだ。隼は自分が愛想のいいタイプではないことも棚に上げて、ほとほと感心しながらその姿を眺めていた。

「星野おまえ、聞いてんのかよ。やたらキョロキョロしやがって。それが人の話を聞く態度か？」

隣に座る金原の機嫌は悪くなる一方だったが、隼の忍耐力が限界を迎える前に、さいわいにもその注意を逸らすようなできごとが起きた。

「チッ、うるせえなあのじじい。なんなんだよ、さっきから」

金原のそんな悪態を聞くまでもなく、その客のふるまいは否応なく人目を引いていた。近くのカウンター席に一人で来ていた高齢男性が、椅子の上で体を大きく左右に揺らしながら奇声を発していたのだ。泥酔しているのだろうが、ただならぬその様子は、隼も十五分ほど前から気になってはいた。

最初はただくだを巻いているだけかと思っていたが、その口から漏れるのはしだいに言葉にもならない低い呻き声になり、今や獣の咆哮とさして変わらないものになっている。隣の客の一人は気味悪がって席を立ち、引きあげてしまっていた。例の吉見という従業員も通りすがりにときどきなにか声をかけていたようだが、男性のふるまいはどんどん常軌を逸してきている。

七十代もなかばくらいだろうか。余裕のある暮らしをしているようには見えない。妙なチェック柄の、どこでも見たことがないような上着を着ているが、あきらかに体のサイズに合っていないし、肩のところはほつれて中の綿が覗いている。なけなしの年金でせめてもの憂さを晴らそうと飲みに来ているのだろうか。いや、年金すらまともには受け取れていないかもしれない。それがこの国の現実なのだ。年老いた者がろくな保障もないまま底辺であえいでいる。

その痩せた体から絞り出される人間離れした声はたしかに聞き苦しかったが、隼が感じるのは同情と哀れみだけで、老人が今にも椅子から転げ落ちやしないかとただはらはらしていた。ほどなく老人は、喉に痰をからませたような不吉な唸り声をひとつ上げたかと思うと、喉仏が天を向くほどまでのけぞった拍子に、大きな音を立てながら椅子もろとも床に倒れこんだ。ちょうど近くを通りかかっていた吉見が巻き添えを喰らい、トレーに載せて運んでいた使用済みの食器類がぶちまけられて、陶器やガラスの割れる派手な音が響きわたった。

吉見は店内全体に向けて「たいへん失礼いたしました」と大きな声で告げてから、すぐさま屈みこんで老人を介抱しはじめた。反射的に立ち上がっていた隼が思わず駆けつけると、吉見はこぼれ落ちた液体で濡れた床にむき出しの膝小僧を突き、散乱したガラスの破片などを手早く片寄せながら、「お客様、大丈夫ですか、お客様?」と老人の肩を揺すっていた。見たところ老人には大きな怪我をしている様子はないものの、すでに意識はなくなっていると見え、荒々しい鼾のような音を立てている。周囲の客は、金原も含め、なにごとかと伸びあがってこちらを注視していたが、ただ遠巻きにするだけで、手を貸そうとする者は一人もいなかった。

「危ないから、もうちょっとこっちへ」

そう言って隼は、老人の腋の下に手を差し入れた。そこはちょうどトイレに向かう通路にもなっていて、事情を知らない客が、横たわったその体に蹴つまずきそうになっているし、吉見自身がグラスの破片で膝を傷つけそうで見ていられなかったからだ。しかし老人の体にじかに触れた瞬間、ひるんで思わず手を離しそうになった。見た目の印象よりずっと肉が薄く、まるで服を着せた骨そのものに触れているような感じがする。隼は割れものでも扱うような気持ちで、その体をこわごわとカウンター側に引き寄せた。

「あ、すみません」

吉見は恐縮して頭を下げながら、「だいぶ飲まれてるなって、さっきから心配はしてぃたんですけど」と言い添えた。老人は自分のことが話題になっているとも知らぬげにごうごうと喉を鳴らしているが、口の端から泡が吹き出ているのを見て隼は眉をひそめた。以前、アルバイト先の若手が同じ状態になったのを見たことがある。

「あ……これはまずいな。急性アル中かも。救急車呼んだほうがいいよ」

血相を変えた吉見がスマホで救急車を呼んでいると、気の利かない男の従業員がようやく異変に気づいて、モップでのろのろと割れた食器などをかき寄せはじめた。

救急隊員が駆けつけるまで、隼はなんとなくその場に立ち会っていた。身元がわからないと困るのではないかと思って老人のポケットを探ってみたが、よれよれの財布がひとつ出てきただけで、どこの誰なのかは不明だ。吉見にも訊いてみたところ、よく来てくれるので顔見知りではあるが、名前までは知らないという。

「あの、あとはもう大丈夫ですから……」

「でも、つきそいを求められるかもしれないし。——忙しいんでしょ？」

そうこうするうちに救急隊員たちがストレッチャーを押しながら店内に入ってきた。案の定、一人は救急車に同乗してほしいというので、隼が志願した。お客様にそこまでしてもらうわけにはいかないと首を振る吉見に、「君がいなくなっちゃって、彼一人でこの店、回せるの？」と言いながら目配せで男の従業員を指すと、一瞬ためらってから、「申し訳ございません」と勢いよく頭を下げた。

「そうなんです、今日たまたま店長もいなくて、身動きが取れないんです。なんの関係もないのにこんなことまでお願いしちゃって……」

「いいよ、どうせ暇だし」

なんでおまえが行くんだよ、と金原も背後から野次を飛ばしていたが、「会計についてはあとで払いますから、立て替えといてください」と社長にだけ伝えて、隊員たちについていった。吉見が「あの……」と呼び止めてきて、ドリンク一杯が無料になるサービスチケットを裏返しにしたものを手渡してきた。ＳＮＳのＩＤと電話番号、名前が走り書きしてある。

「あとでご連絡いただけませんか。今のお客さんがどうなったか気になるし、今日のこともあらためてお礼させていただきたいですし」

「いや、お礼なんて――」

「必ず連絡してくださいね。必ずですよ」

それ以上は言葉を交わしている時間もなかった。救急車の中でサービスチケットの裏を読みなおすと、「吉見怜花」と書いてあった。全体がなんとなく斜めになっているようなあまり上手ではない字ながら、短い時間に必死で書いたその思いが伝わってきてほほえましかった。そうでなくても、女の手書き文字というものに触れること自体、いつ以来なのかとっさには思い出せなかった。荒んだ暮らしの中で前の彼女と最悪の形で別れたのは、もう四年も前だったか。

深夜近くの救急処置室は閑散としていた。当直の医師は、こうしたケースに対応するのもめずらしいことではないのか、さもやる気がなさそうに隼にいくつか質問して、点滴などがセットされるのを見届けるや、「なにかあったら看護師に声をかけてください」とだけ言い残して姿を消した。

急性アルコール中毒に対する処置といえば、要するに血中のアルコール濃度を薄め、アルコール分の体外への排出を促すというものだ。生理食塩水の点滴を施しながら、ただ経過を見守っていればいい。なんとなく読みはじめ、さしておもしろくもないので途中でやめていた電子版のコミックの続きをスマホで読みながらかたわらの椅子に腰かけていたら、一時間もしないうちに、老人は意識を取りもどした。

まだ酩酊状態で、置かれている状況も理解できていない様子ではあったものの、自分の名前や住所を言うことはできた。現在は一人暮らしで近くに住む家族もいないという話だったので、自力で帰れる状態になるまでつきそっていてやることにした。

吉見怜花には、ひとまずその時点での状況だけSNSで手短に伝えた。居酒屋のほうもちょうど閉店になる頃合いで、すでに手が空いていたのか、わりとすぐに返信が来た。とにかく一度お礼がしたいと言う。辞退するつもりでいたが、好感を抱いていたこの女の子と個人的に会えるという誘惑に抗いがたいものを感じているのも否めなかった。翌日は日曜で特に予定もなかったので、午後、落ちあうことになった。

錆びついていた心の中に、華やいだ温かなものがほんの少しだけ流れこむのを感じていた。

約束の場所に着く少し前に、「もう店内にいます」という怜花からのメッセージを受け取っていた。おたがいの職場がある、ターミナル駅近くのカフェだ。隼がこの駅から私鉄に乗って四駅ほどのところに住んでいると知って、怜花のほうから指定してきたのだ。自分がどこに住んでいるかは、やりとりの中では触れていなかった。

本人を見つけるのには、少し手間取った。むこうから気づいて手を振ってくれなければ、素通りしてしまっていたかもしれない。黒っぽいタートルネックのセーターを着た上半身が、居酒屋でのユニフォーム姿とはがらりと変わった印象だったせいだ。ベージュ色のミニスカートから覗く太ももが眩しくて、見てはいけないものを見てしまった気になる。

「大丈夫ですか、目が赤いみたいですけど」

開口一番、吉見怜花はそう言って気遣わしげに身を乗り出してきた。昨夜あまり寝てないから、と応じると、「あっ、そうですよね。すみません、私のせいですよね」と頭をぺこぺこさせた。結局、老人には始発が動きだす時間帯まで救急処置室でつきそい、駅まで見送ってやったのだ。それから帰宅して横にはなったものの、目が冴えてしまっていてまどろむくらいしかできず、結局慌ただしく入浴だけ済ませて、食事もそこそこに出てきたところだった。

お礼の品として差し出された紙袋からは、甘い香りが立ちのぼっている。中に入っていた紙箱を開けてみた隼は、思わず吹き出してしまった。洋菓子らしいものが二つ並んでいるのだが、カラメルでコーティングした表面の平らな部分に、メレンゲかなにかでかわいらしいクマの顔が描いてある。

「すみません、そんな子どもだましのお菓子で……。でもそのクイニー・アマン、前に住んでたところの近くにあるお店ですごく人気があって、毎日三十個限定だからあっというまに売りきれちゃうんですよ。もう、開店前から行列ができていて。それに、味は保証します！」

懸命に弁明する怜花に慌てて掌を向けながら、「笑ったりしてごめん」と急いで詫びを入れた。

「これを自分が一人で食べてる姿を想像したらつい、ね。だって俺、もう三十六の独りもんだしさ。あ、でもありがとう。わざわざ並んで買ってきてくれたんだよね。ありがたくいただきますよ」

怜花は前夜のいきさつについてあらためて礼を述べ、隼の手助けが本当に心強かったと強調した。あの居酒屋で働くようになってからはまだひと月ほどだが、例の老人はやけに自分のことを気に入ってくれていて、ここのところちょくちょく一人で現れては、ああして黙々と、ときにはなにか不明瞭なひとりごとを呟きながら飲んでいくのだという。つまみは一品程度で、日本酒ばかりけっこうなペースで空けながら着々とろれつが回らなくなっていくので、はたで見ていて気が気ではなかった。

「昨夜はとうとうやっちゃいましたけど、それでも大事なお客さんには変わりないので……」

「一人であんなになるまで飲むなんて、なんかよっぽどやりきれないことでもあるんだろうな。俺、どうもほっとけないんだよね、ああいう見た目、冴えない感じのお年寄りとか。昨日の人だって、どうもアパートかなんかで貧しい暮らしをしてる独居老人っぽかったよ。お年寄りで金もないなんて、弱者中の弱者でしょ」

その弱者に向かって、世間は容赦なく残酷な一面を見せる。金原も、相手が年寄りの酔っ払いだというだけの理由で無条件に蔑み、排除しようとしていた。

「みんな邪魔者扱いするけど、だったらおまえはどうなんだよって。三十年、四十年後には自分も同じになってるかもしれないわけじゃん?」

高齢者に電車で席を譲ったり、横断歩道を渡るときに重い荷物をかわりに運んでやったりするのは、隼にとってはごくあたりまえの行為だった。おばあちゃん子だったことも大きいかもしれない。幼い頃は祖父母が近くに住んでいて、しょっちゅう家に遊びに行っていた。祖母は隼を甘やかし、たわいもない自慢話にも飽きずに耳を傾けてくれた。だがこの祖母については、今でも胸の一隅が締めつけられたように苦しくなる苦い思い出もある。

隼が小学校高学年の頃、父の転勤に伴って、祖父母とは離れた土地へ移ることになった。ほどなくまず祖父が亡くなり、祖母は一人で暮らすことを避けられなくなった。やがて、認知症がだいぶ進行しているようだという話が親族経由で伝わってきた。このまま一人にしておくわけにはいかないのではないかという議論が父の兄弟間で交わされている頃、祖母が隼の家を訪れてきたことがあった。その道のりを一人で辿れたこと自体が奇跡だったと思えるほど、すでに祖母の認知は心もとないものになっていた。

息子である父のことはわかっても、ほかの家族が自分にとってどういう間柄の存在なのか、とっさにはわからなくなっていた。そして隼のことは、どうしても思い出せずにいるようだった。「ほら、隼だよ、お母さんの孫だよ。わからない?」と父が水を向けても、心細そうな目つきでこちらを見つめてあいまいに首を振るだけで、わかってもらえたという手応えは得られなかった。

あんなにかわいがってくれたのに、あんなに大好きだったのに、どうして忘れてしまうのか。祖母が悪いわけではないということがわかっていても、恨みがましく思わずにはいられなかった。祖母は結局、父の兄の家庭に引きとられることになったが、その後、訪ねていくこともなかった。行ったところでどうせ誰だかわかってもらえないのだから、と。

　何年かして、祖母は死んだ。高校受験を間近に控えた時期だったので、父が気を遣(つか)い、隼は無理に葬儀に出席しなくてもいいと言ってくれた。それをいいことに、隼は一人だけ家に残った。頭の中では、「どうせ誰だかわかってもらえないのだから」というあいかわらずの言いわけが渦巻いていた。

　だが、誰だかわかってもらえないかどうかなど、本当は関係がない。どのみち相手はもう亡くなっているのだし、世話になったという思いがあるのなら、最後がどうであったにせよきちんと弔(とむら)いをして、別れを告げるべきだったのだ。隼は葬儀に出なかったことを激しく悔やみ、家族が出払っている家の中で一人、声を上げて泣いた。仕返しじみた反応で祖母との思い出に自ら泥を塗ってしまった自分の子どもっぽさを呪いながら。

　高齢者に対してことさらに親切にふるまうのは、そんな少年時代の罪を贖(あがな)おうとする試みの一環なのかもしれない。それでも、弱者に鞭(むち)打つような世間の非人情に憤(いきどお)りを覚える気持ちに嘘はなかった。

　初対面に近い相手にそんなことまでくだくだと語ったわけではないが、怜花はさも感心したような顔でまじまじとこちらの顔を見つめていた。

「やさしいんですね……。そういう見方ができるのって、素敵だと思います」

　そう言う怜花の口が、下唇のほうだけやや突き出るような形をしていることに、そのとき初めて気づいた。整った顔立ちの中の唯一の破調(はちょう)とも思われるそれが、かえって風貌全体にえもいわれぬ魅力を添えている。照れくさくなって、話題を転じた。

「君のほうこそ、あの人手不足な中、みごとな客さばきだったよね」

「いやあ、私なんかまだまだですよ。もっとちゃんとしなきゃって思ってはいるんですけど」

「ちゃんとしなきゃって？」

「高校出て二年なんですけど、友だちとかはみんな夢を持って将来に向けてがんばったりしてるのに、私そういうのがまだ見つからなくて、生きていくのが精一杯で。その日暮らしっていうんですか？」

礼儀正しくて言葉遣いもきちんとしているこの女の子に、「その日暮らし」という言葉はいかにも似つかわしくない。そのズレがおかしくて、隼はまた笑った。「その日暮らし」に明け暮れているのは、むしろこの自分だ。大学卒業から数えるなら十三年、将来へ向けたプランなど考えすらしないのがもはや普通の状態になってしまっている。二十歳なら、人生などどうにでも切りひらけるだろう。俺にもそんな頃があったなんて、今では信じられない――。

眩しいような目で見かえしたとき、トレーを手にうしろを通過しようとした客を慮(おもんぱか)って、怜花が「あ、すみません」と言いながらかたわらのキャリーバッグを自分のほうへ引き寄せた。それがそこにあることには最初から気づいていたが、近くの席にいる別のだれかの持ちものだろうと思っていた。なぜあんなものを持ち歩いているのだろう。

仕事はあの居酒屋だけなのかと訊くと、ビル清掃のようなこともやっていて、むしろそちらがメインだという。それだけでは足りないので、居酒屋でも週四回ほど働いていたのだ。

「あの店のバイトは、実は今日もこのあと入ってるんです。土日は時給がいいし、やりたがる人がほかにあまりいないので……」

だったらあの荷物も、仕事とは無関係だろう。なんとなく訊ねそびれてそのままになっていたが、席を立った怜花が把手を握ってそれを引きずりはじめたところで、とうとう堪えきれなくなった。それは何かと訊くと、恥ずかしそうにしながら、実はここしばらくネットカフェ難民状態なのだと白状した。

「友だちとルームシェアしてたんですけど、その子に最近彼氏ができて、そこに移り住んでくることになったので」

「それで追い出されたの？　――ひどくない？」

「いえ、そういうことじゃないんです」

怜花は大急ぎでその友だちをかばい、「いろいろこみ入った事情」があったのだと説明した。以来、ほかの友だちのところを転々と泊まり歩いていたが、それにも限度があるので、今はこの街のネットカフェに連泊しているというのだ。

「それは……たいへんだね。がんばって」

それ以外に、かけるべき言葉もなかった。怜花は、「そのうちなんとかします」と言って笑顔で会釈しながら立ち去った。隼もいったんはそれを見送ったが、キャリーバッグをゴロゴロと転がしながら雑踏に溶けこんでいこうとしている小さなうしろ姿を目で追っているうちに、このままでいいのかという思いに急き立てられはじめた。クマの顔のクイニー・アマンは、お礼としてはずいぶんささやかだと思っていたが、それも自由になるお金が乏しいであろう中、精一杯の誠意を示したものだったのだと気づいた。なにかたまらない気持ちになり、気がついたら「あの……」と大きな声で呼び止めていた。

「なんなら、とりあえずうちに泊まる?」

はじめ怜花は、動きを封じられてしまったような表情で黙りこんだ。当然だろう。見ず知らずの男の住居に泊まれと突然言われて、喜んでそれに応じる若い女などいるわけがない。自分はいったい、何を言っているのか。

「あ、ごめん。いや、決して変な意味で言ったんじゃなくて……でも今のは忘れて。困るよね、こんなこと言われても」

「いえ、あの……」

怜花は顔を紅潮させながら両方の掌をこちらに向け、なにかを打ち消すように懸命に左右に振ってみせた。

「変なふうには取ってません。ただ、知りあったばかりの人にそんなお願いするのもどうかと。でも一瞬、気持ちがぐらついてしまったのは事実で……」

そこまで言って一瞬、口を閉ざし、真顔でなにかを思い定めてから怜花は、「あの、本当にいいんですか?」と問いなおしてきた。

目の前で起きていることを、にわかには信じかねた。自分が若い女の子にそんな提案をしていることも、ましてその提案に相手が食いついてきていることも。

しかしそれは、あっけないほどやすやすと本当のことになった。カフェを出てアパートに帰りついたときには、キャリーバッグを引きずる怜花を伴っていた。男一人暮らしの、殺風景であまり清潔でもない部屋に、爪先立ちになるような具合で足を踏み入れてきた怜花の、「お邪魔します」と言う声が耳元を生々しくくすぐり、これがまぎれもない現実であることを伝えていた。

ローテーブルで向かいあった二人が、おたがいに緊張で身をこわばらせながら初めてともに食したものは、怜花がお礼の品として持参したクマの顔のクイニー・アマンだった。結局、二人でひとつずつ分けあってたいらげるなりゆきとなったのだ。

泊まれというのは弾みで言ってしまったことに近く、相手があっさり応じたことで隼はかえって泡を食っていた。どういうつもりなのか、それを見極めようとすることに多大な精神力を費やした。

野良猫のように転がりこんできた、十六も歳の離れている若い娘。それが見るからに身を持ちくずした家出少女上がり風情ならまだしも、どう見てもまっとうに育った部類で、見てくれも悪くない。ただ単に無邪気なのだとしたら、少々度が過ぎている。ひょっとして、巧妙にしかけられたなにかの罠なのか。

見方を定められずにいるうちに、何日かが過ぎた。貧相なアパート暮らしだから、二人以上が快適に住めるような造りにはなっていない。怜花は「ここでいい」と言い張って名ばかりの小さなダイニングキッチンの一隅に無理に蒲団を敷き、隼は奥の部屋でもともと使っていたベッドをひきつづき占有する形になった。

なにかよからぬ企みを隠しているにしては、怜花のふるまいはあまりにも遠慮深く、礼儀にかなったものだった。思わせぶりな色じかけめいた態度を見せることもまったくなく、ただ体をまっすぐに伸ばし、蒲団にくるまって眠れることを純粋にありがたがっていた。

「ネカフェとかではやっぱり、本当の意味では安眠できないんですよ。変な人も出入りしてるし」

俺がその「変な人」だったらどうするんだ、と言おうとして、やめておいた。そういうことを冗談めかして話題にすることを憚らせるようななにかが、そのまじめな物腰にみなぎっていたからだ。それに、眠っている間の無防備な様子にも、かえって邪念を抑えこまれていた。おたがいの就寝時には間仕切りのガラス戸を閉めておくが、夜中にトイレに行くにはその戸を開けて蒲団のかたわらを通っていかなければならない。いつ見ても怜花は、警戒の色ひとつ見せず、薄く唇を開いて昏々と眠っていた。隼が妙なまねをしかけてくることなどないはずだ、と信じているように見えた。

「せめてものお礼に」と言いながら、怜花は炊事や洗濯などを可能なかぎり請け負ってくれた。高校を出るまでは親元にいたという話だが、子どもの頃から手伝わされていたのか、調理器具の扱いなどは堂に入ったもので、料理も手馴れていてうまかった。

何より家に自分以外のだれかがいるというのが新鮮で、隼はあきらかに以前より帰宅を楽しみに思うようになっていた。もっとも週の半分は、居酒屋でのアルバイトがある怜花のほうが帰りは遅かったのだが、「ただいま」「おかえり」という短い言葉を交わすだけでも、心にほんのりと暖かいなにかが灯った。

「ネカフェ難民生活、精神的に、本当にもう限界だったんですよ。だから声かけてくださったとき、つい見境なく飛びついちゃったんです。星野さん、悪い人には見えなかったし……」

しみじみとそう言ってから、怜花は慌ててひとことつけ加えた。

「あ、でももちろん、できるだけ早く別の居場所を見つけて出ていきますんで」

しかし隼はいつしか、むしろその時の来るのができるだけ先になればいいと思いはじめていた。事実この娘には、どうやら敷金や礼金を賄えるだけの貯えもないらしく、少なくとも今日明日に突然出ていく見通しが立つようなことはなさそうに見えた。

隼はひとまず、真意がどこにあるのかとか、本当の狙いはなんなのかといったことをいちいち勘繰るのはやめることにした。怜花と一緒にいて不快なことは何もなく、あれこれと思いを巡らすだけ無駄な気がした。

何日一緒に過ごしても、怜花の態度は最初と変わらず控えめで、自分はあくまで居候だという物腰を崩さなかった。隼のものを勝手に使うこともなく、必要なときはいちいち許可を求めてきた。もっと寛いでいいと何度も言っているうちに、ようやく風呂上がりに自分でテレビをつけて画面に見入ったりするようになった。警戒心の強い野生動物がなついたみたいに見えて嬉しかった。

あるとき、そんなふうにしばしテレビを観ていた怜花が、「そうだ。あの、ひとつ訊いていいですか」と言いながら不意に立ち上がり、テレビ台の一角を指した。

「前から気になってるんですけど、なんですか、これ」

怜花の指の先には、開封もしていないダイレクトメールや街頭で受け取ったポケットティッシュなどになかば埋もれるような形で、長さ十五センチほどの、代赭色の扁平な物体が横たわっている。隼は苦笑いしながら「ああ、それか……」と呟き、少しためらってから歩み寄って自ら取りあげ、怜花に手渡した。

「ガキの頃、授業で作らされた粘土細工だよ。テラコッタとかいうの?」

小学校の高学年くらいだったろうか。図工の時間に子どもたちがめいめい好きに造形したものを担任教師に託し、どこかの窯で焼いてもらったのだ。

隼のそれが何を象ったものなのか、言い当てられる者はおそらくいないだろう。厚みは二センチ足らず、一見したところ魚を上から見た姿のようにも見えるが、短い手肢が生えているからそうともいえない。顔の部分だけが不釣りあいに大きくて、中でも特に目立つのは、笑ったような形で横に広がる口だ。分厚い唇の隙間からギザギザの歯の並びが覗いている。不気味だが、どことなくユーモラスでもある。

もちろんとうに存在すら忘れ去っていた代物（しろもの）だが、何年か前、久々に実家に顔を出したときに、押し入れを整理していたら出てきたから、と父に手渡されたのだった。そんなものを今返されても困ると言ったのに、「まあそう言うな」と父は引かなかった。

「今こうして見ると、なかなかおもしろいじゃないか、芸術というか。おまえにもこういう才能があったんだな。なんで当時気づかなかったのか。まあ、持っていけよ」

数年前、地元の県道沿いのスーパーマーケットを副店長の肩書で定年退職してから一気に老けこみ、弱々しくなってしまった父がそう言っていとおしげに撫（な）でさするものをむげにいらないとはそれ以上言えず、やむなく引きとってアパートに持ち帰った。

「まあ親父（おやじ）への義理立てもあるからしばらくは飾っておいて、ほとぼりが冷めたら捨てようと思ってたんだけど、ゴミとして出すにしても、なにゴミに当たるのかすらわかんなくてさ」

「捨てることないじゃないですか。お父さんの心遣いだし、それにこれ、ほんとにおもしろいですよ。アフリカかどこかの民芸品みたい。――でもこれ、いったいなんの生きものなんですか？」

「それが、思い出せないんだよね。たしか何を作ってもよくて、そのときたまたま思いついたものを形にしたんだと思うけど……。ガキってわけわかんないよな、なに考えてたんだろうな」

怜花はその粘土細工をさも興味深そうにためつすがめつしながら、ときどき耐えかねたように「プッ」と噴き出している。

「そんなに気に入ったんなら、いる？　持っていってもらえば俺も助かるよ。正直、処置に手を焼いてたところだし」

そう言ってからすぐに隼は、「って、困るよな、そんなもんもらっても」と笑って話を終わりにしようとしたが、怜花は冗談とは受け取らなかったらしく、「ほんとにもらっていいならもらいます」と言って嬉しそうな笑みを浮かべた。

その不気味な生きものがなにものなのか、思い出せないと怜花には言ったものの、本当は覚えていた。というより、父にこの粘土細工を渡された瞬間に思い出していた。それは、当時の隼がくりかえし夢に見ていた化けものなのだ。

どんよりとした曇り空の下、海なのか湖なのか、隼はいつしか仲間とはぐれ、一人で泳いでいる。水は生ぬるく、あまり深くまでは見すかせない。なにかが迫ってくるという気配だけが感じられて、早くここから離れなければと思っている。ああ、またあれが来る、もうまにあわない、と身をこわばらせながら振りむくと、その化けものが暗い水を透かしてぐいぐいと浮上してくるのが見える。

空には陽も出ていないはずなのに、オレンジ色の光がちらちらと水に差しこんで、怪物のおぞましい姿を照らし出していく。大きさは、隼の体の二倍ほどもある。襲われたらひとたまりもないだろう。その巨大な口がぱっくりと開き、今しも足に食いつきそうになるところで、目が覚める。

　今ではそんな夢も見ないし、拙い粘土細工を目にしたところで当時の恐怖が蘇るわけでもない。だがあのときの恐怖は、その後も形を変えて自分につきまといつづけていたのではないか。終始なにか正体のわからないグロテスクなものにつけ狙われ、追われている感覚。これに捕まったら終わりだという切迫感は、学校に通っている頃も、卒業してからも常にあった。いつのまにかそれを感じなくなっているのは、それと気づいていないだけで、実はすでに怪物に捕らえられてしまっているからなのではないか。自分はすでに、あの得体の知れない怪物の胃の中で消化されつつあるのではないか。

　一瞬だけそんな考えが頭の片隅に浮かんだが、隼は何も言わず、ただ短く笑っただけで済ませた。その時点で、赤茶けた粘土細工の所有権は怜花に移った。ただし当の怜花は、自分がここを出ていくまではそれを同じ場所に飾っておくと宣言し、大半は不要なもので散らかっていたテレビ台の上もついでに片づけてくれた。

　そんな共同生活も半月ほどを数え、おたがいにすっかりこの暮らしになじみつつあったある日の晩のことだ。怜花が作り置きしておいてくれたおかずで一人手早く夕食を済ませた隼は、ベッドに寝転がって、おもしろくもないテレビを漫然と眺めていた。なにか物足りないような心持ちを持て余していた。怜花が戻るまであと三時間くらいだろうか。早く戻ればいいのに、などと思っているうちに、つい眠りこんでしまった。ふと目覚めたときにはなぜかテレビのスイッチが切られていたが、深くは考えず、寝ぼけまなこでまっ暗なダイニングキッチンのほうへ出ていった。ちゃんと寝支度をしてからベッドに入りなおそうと思ったのだ。

浴室のドアを開ける瞬間、中から灯り（あかり）が漏れていることに気づいた。そのときにはすでに遅く、バスタオルで体を拭っ（ぬぐっ）ていた怜花と正面から体をぶつけてしまっていた。突然のことに足をもつれさせた怜花はバスマットの上に尻餅（しりもち）を突き、隼は図らずもその上から覆いかぶさるような姿勢で前のめりに倒れこんだ。

とっさに床に突いた隼の両腕に挟まれる形で、怜花はバスタオルを胸にあてがっていた。さほど大きくはないものの形のよい乳房の片方があらわになっていて、その上を雫（しずく）がゆっくりと伝って床に滴り落ちた。濡れた短い髪を額やこめかみに張りつかせた怜花が、受け口ぎみの唇をうっすらと開けたままじっとこちらを見上げている。二つの黒い目には怒りも恐怖もなく、今自分の上にのしかかっているこの男が次にどうするかをただ見守ろうとするかのような静けさだけがあった。

われに返るまでに、かなり長い時間が経過していた。その間、あらわな肌を無遠慮に凝視してしまっていた自覚もあった。たった今、あらぬ気持ちの昂り（たかぶり）が起こったことを、気取ら（けどら）れていないはずはない。それでも、なにごともなかったかのようにふるまう以外に、どんな手が取れるだろうか。しらじらしく「あ、ごめん……」と言いながら身を引きはがそうとしたら、怜花の右手が取りすがるように腕に吸いついてきた。水気を拭い切っていないその手は、冷気にさらされて氷のように冷たくなっていた。

「あの……いいですよ」

目を伏せたまま、意を決した調子で怜花が言った。

「え？」

「なんかただ泊めてもらってるのも悪いし。お礼、と言ったらなんだけど……」

「そんな理由で？　それじゃまるで、俺がそういうことを期待して君を泊めてたみたいじゃん」

うしろ暗さも手伝ってつい気色ばむと、怜花は「そうじゃなくて」と急いで遮りながら、隼の左手を摑む力を強めた。

「違うの。――この人ならって、最初から思ってた。でなきゃ泊まらないですよ。でもそんなこと言うと、引かれるかなって……」

うまくいくことのほうが圧倒的に少ない人生だと、なにごとにつけ懐疑的に構える癖がついてくる。このときも一瞬だけ、話ができすぎなのではないかという疑いが頭をよぎった。だが、まっすぐにこちらを見つめる怜花の瞳からよこしまな意図を読みとることはどうしてもできず、隼は自分の中の最も正直な気持ちに身を任せることに決めた。

そうだ、本当はずっと前からこうしたかったのだ。「でなきゃ泊まらない」と怜花が言うなら隼の側も、そういう気持ちがなければ泊めていなかったかもしれない。

こうして、二人の同棲生活が始まった。奇妙な同居が、そのまま同棲にスライドした形だった。あまりに思いがけない幸運ななりゆきに、隼は一瞬、これ以上の「いいこと」が待ち受けている自分の未来を信じそうになった。

給料が増えたわけでもなく、ときに良心が痛んで胸が苦しくなることもある仕事の内容が変わったわけでもない。自分を取り巻くやるせない環境のほとんどは手つかずのままなのに、怜花がいるというだけで心は華やぎ、世界が半分がた明るい色合いに塗りかえられたような気がした。もうとうに過ぎ去ってしまったものと思っていた青春が、再び自分の中で息を吹きかえすのを感じた。窯の奥でかろうじて燻っていた熾火が、不意に吹きこんだ風に煽られてぱっと明るみ、火花を散らすように。

二人並んで寝るには隼のシングルベッドはあまりに狭かったので、ベッド脇に怜花の蒲団を移すことでどうにか形を整えた。いずれは二人で住むのに十分な広さのある別のアパートを探そうという話になってはいたが、しょせん「その日暮らし」の二人にとって引っ越しは大事業だし、怜花と暮らせることを思えば、住環境の手狭さなどささいな失点にすぎないという思いもあった。

もちろん、別の環境で育ってきた人間だから、流儀などにも自分と違うところはある。歯ブラシは歯ブラシ立てにいちいちしまうか、それとも歯ブラシ用のコップに挿しておくだけで済ませるか。急須は一度使うごとにきちんと洗剤で洗うか、それとも軽く水ですすいだだけで新しく茶葉を入れてしまうか。しかしそうしたことはどれもささいな問題だし、違うところに気づいておたがいに歩み寄ったりすることにこそ、他人と生活をともにすることの醍醐味があるようにも思えた。

二人で鍋をつついているとき、怜花がお玉で掬った汁を、ごはんを盛った茶碗の中にやおら直接注いだことにも、最初はちょっと驚いた。そうしてしまいには茶碗の中を汁でいっぱいにして、スプーンで食べるのだ。当人もやがて、当惑を帯びた隼の視線に気づき、「あ、ごめん、お行儀悪かった？　――うちではこれが普通だったんで」とばつが悪そうにしてはいたものの、ためしに真似してみたら意外といけた。箸ではうまく中身を掬えないので、怜花の真似をして隼もスプーンで食べた。

そんな細かい点を除けば、生活をともにする相手として、怜花はまさに理想的だった。一人で過ごす時間が長かった分、隼はいつしか自分さえ快適であればよしとする癖がついてしまっていて、他人と空間を分かちあう勘どころを忘れているようなところがあったが、怜花がその中に溶けこんでくるやり方は実にたくみだった。決して邪魔にならず、過度に干渉してくることもない。一人にしていてほしいときはそれを察し、まるで置物のひとつでもあるかのように存在感を消している。思わず、「あれ、いたんだ」と言いたくなる瞬間すらある。それでいて、必要としているときにはいみじくもその思いに応えてくれる。

「なんでかな。狭苦しい家に大勢の家族でごちゃごちゃと住んでたから、慣れてるのかも」

本人はそう説明しているが、いるのかいないのかわからないように思えるときでもなにかしらはしているはずだ。注意して見ていると、スマホをいじっていたり、イヤホンでなにかを聴いていたりする。そうかと思えば、ローテーブルの上でしきりとペンを動かしていることもある。覗きこむと、いらなくなった紙切れの裏に、いつかのクイニー・アマンのクマみたいな顔をしたキャラクターがせっせと焼き菓子を作っている様子を描いている。線が手馴れていてなかなか上手だ。

「なに描いてるの」と訊ねると、「待って」と言いながらやおらこちらの顔を見据え、クマの隣にコック帽をかぶった人物を描きはじめた。できの悪い弟子にダメ出しをしているシェフといったたたずまいだが、顔はどうやら隼だ。

「うまいな……。意外な特技」

怜花は少しだけ得意げになって、「でしょ？　これでもイラストレーターを目指そうかなって思ったこともあるし」と言った。

「目指せばいいじゃん、今からでも」

隼が真顔でそう言うと、「そんなかんたんになれるもんじゃないよ」と気が抜けたように笑いながら、イラストが描かれた紙切れを丸めて捨てようとした。慌てて止めて紙を奪ったのは、そこに描かれた自分の顔が、しかめ面ながらもどこか愛嬌のある感じで、自分に対する怜花の愛情がこもっているように感じられたからだ。

「純粋に不思議なんだけどさ、怜花は俺のどこがいいと思ったの？」

同棲するに至ったいきさつを考えても、その点は大いなる謎だった。こんないつも不機嫌そうな顔をしている、うだつの上がらない三十男のいったい何に惹かれたというのか。

少し考えるような顔をしてから、怜花は笑いを含んだ声で逆に問いかえしてきた。

「隼ってさ、まわりからやさしい人とはあまり思われてないでしょ」

「まあ、そうだろうね。自分で言うのもなんだけど、無愛想だわ口下手だわ……」

「でも、ほんとはやさしい人なの。私にはそれがすぐにわかった。それがいいんだ。みんなが知らないほんとの顔を知ってるって、なんか得してる気がしない？」

答えになっていないような気もしたが、言われて悪い気はしなかった。それに、人を好きになるのに、そもそも明瞭な理由など存在するだろうか。昔つきあっていた女には、ことあるごとに「私のどこが好き？」と訊かれて閉口させられたものだ。そんなものを箇条書きのように並べ立てられるなら苦労はしない。その女と同じことを自分がやってしまっていると気づいて、ひそかに苦笑した。

少しすると、女友だちを紹介したいと言われた。女が男を同性の友人に引きあわせるときはたいてい、交際相手として適当かどうか鑑定させようという肚(はら)があるのだ。三人での食事の席にはややしゃちこばりながら臨(のぞ)んだが、ヒトミと呼ばれるその女の子は目尻の垂れた人懐こい風貌で、隼はすぐに緊張を解いた。ヒトミと怜花は高校時代以来のつきあいで、最近までルームシェアをしていたという。

「え、じゃあ、アパートに彼氏を連れこんで怜花を追い出したっていうのは……」

「その言い方はないですよ。それじゃまるで私が鬼畜みたいじゃないですか」

ヒトミが笑いながら抗議し、怜花もうろたえたように「うん、それはぜんぜん違う」と火消しに乗りだした。

「順序としては、むしろ私がアパートを出たいって言ったほうが先だったの」

問題は、実家に戻るべきかどうかということだった。三人兄妹の末っ子である怜花が生まれたとき、父親はすでに五十歳だった。喫茶店を経営していたがそれも立ち行かなくなり、今では貯えもない七十歳の老爺である。年金はごくわずかしか受け取れず、不動産の会社に勤める下の兄からの仕送りでどうにか生計を維持しているありさまだ。おまけに三十二歳になる上の兄が何年か前にうつ病で仕事を失い、以来同じ家で引きこもりのような暮らしをしているという。

東京に出てきたのは、もともとそんな家の雰囲気が耐えがたかったからでもある。甲斐性もないくせにいつも威張りちらしている父親との折りあいもよくなかった。だがその父親が転んで足を挫き、ろくに歩けなくなったと聞いて、母親だけに家のいっさいを任せてしまっていていいのだろうかと悩みはじめた。

そんな折も折、ヒトミに彼氏ができて、一緒に暮らすことになるかもという話が浮上してきたので、だったらいっそ怜花が実家に戻り、アパートにはかわりに彼氏が移り住んでくれれば万事丸く収まるのでは、とそのときは考えた。実家といっても横浜市の外れだから、東京の職場にもちょっと無理すれば通えないことはなかった。

「だから荷物もいったん全部実家に送って、しばらくはそっちにいたんだけど、帰ってみたら父親も意外と元気だし、通勤にばかりやたらと時間がかかってなんだかイライラしてきちゃって。それで父親と大げんかしてまた出てきちゃったの。キャリーバッグひとつ引きずって」

それまでのいきさつもあったから、ヒトミと彼氏が暮らしている元のアパートに舞いもどるというわけにもいかず、ほかの友人のところを、あるいはネットカフェを転々とする生活を余儀なくされていた。それが、怜花の言っていた「いろいろこみ入った事情」の内実だった。

「それを知ったときは私もびっくりしちゃって、責任も感じたんですけど、そのときにはもう星野さんのところに住みはじめてるって話だったので、まあ結果オーライかなって」

ヒトミはそう言って笑った。

「私が追い出さなきゃ、怜ちゃんと星野さんがこんなふうになることもなかったわけで」

まったく数奇な巡りあわせだと隼も思った。いいことも悪いことも、きっとそうした偶然の積み重ねによって成り立っているのだろう。

「ヒトミちゃん、俺のことどう言ってた?」とあとで訊ねてみたら、怜花はふざけて「さあ、それはちょっと……」としばし焦らしてから、笑顔で「大丈夫」と請けあった。

「愛想はないけど、誠実そうな人でよかったってさ。あと、お年寄りにやさしいのもポイント高かったみたいだよ。今どきそんな人なかなかいないって」

そうこうするうちに、三宅社長が招集する恒例の飲み会の日が再び巡ってきた。怜花は依然としてくだんの居酒屋で給仕をしている。こんなに若くてかわいい女の子と自分は今、ひとつ屋根の下で愛を育んでいるのだ。そのことを同僚たちに自慢したくてならない一方で、金原あたりに変にやっかまれるのはめんどうだという思いもあった。

当の怜花はよくわきまえていて、隼たちのテーブルに来るときもなれなれしい態度などはみじんも見せず、ただ隼にだけ見分けられる形でそっと目配せをよこすのに留めていた。その世慣れたふるまいがまた好もしかったし、あけすけにされないことで、かえって二人の秘めごとがいっそう価値を高めているようにも感じられた。

ひとつ気がかりだったのは、図らずも二人のキューピッド役を果たすことになった例の老人の姿が、今回は見えなかったことだ。あとで怜花に訊くと、最近は体調がかんばしくないらしく、ここのところずっと顔を見せていないとのことだった。

「そうか、心配だな……」

言葉だけでなく、本当にその身を案じていた。行きがかり上のこととはいえ、一度でも関わりを持った人間のことはやはり気にかかる。まして、相手があんな無力な年寄りであればなおのこと。本人に確認しそびれていたが、あの身なりから察するかぎり、生活保護を受けていたとしても不思議ではない。いや、もっと問題なのは、そうした行政上の救済措置すら受けることができずにいるかもしれないことなのだ。

今のこの国にはそうした矛盾が山ほどあり、みんなが見て見ぬふりをしている。一方には、その資格もないはずなのに優先的に生活保護を受けているあの連中がいる。「そんな事実はない」と反論しているジャーナリストなどもいるようだが、わかったものではない。ネットを見れば、奴らがいかに不当に優遇されているかを告発する記事にいくらでも行き当たるではないか。

この国に属する人間でもないくせに、あの手この手で被害者面をしたりヤクザまがいの威嚇を振りかざしたりしてこの国に寄生するあの連中。国民の血税を公然と詐取されているにも等しいこの状況は、やはり断じて許されるべきものではない。

そういう考えの隼は、だから、あくる日の日曜日に都内で予定されていたデモにも当然参加した。当時、名を連ねていた団体が、会員に定期的に声をかけて招集していたものだ。「桜の国の浄化をめざす市民連合」、長いから「桜浄連」という略称を用いるのが普通だったが、その会員になってほぼ三年半、隼はかなり熱心に活動している部類に入っていた。全国に支部のある大きな組織だったため、デモや集会も各地でかなり頻繁に催されていたが、西東京支部が主催しているものには極力、顔を出すようにしていた。

隼が参加していたその種の活動などに「ヘイトデモ」といったレッテルが貼られ、あたかも悪事でもあるかのように呼びならわす風潮が目立ってきたのは、ちょうどその頃のことだった。その後の何年かで法的規制なども進み、桜浄連も事実上の解散に追いこまれた、とだいぶ経ってから聞いた。もう隼がこの団体と関わろうとしなくなってからの話だ。

しかし当時はまだ、隼の中にはまぎれもない純粋な熱意があった。桜浄連の訴えは真実だと信じていたし、その活動に力を注ぐのは正しいことだと本気で考えていた。ヘイトデモなどと呼ばれることについても、言いがかりもはなはだしいと思っていた。表現の自由は保障されているし、どのみち国を愛する気持ちからごくあたりまえのことを主張しているだけではないか。ヤクザと見分けのつかない右翼団体の街宣などと同列に並べられるのも許しがたかった。こちらはごくまっとうな市民活動だというのに。

「ちょっと友だちに会ってくる」

アパートを出るとき、怜花にはそうとしか言わなかった。デモで共闘する同志には顔なじみも多く、事実、友だちのようなものだったから、あながち嘘というわけでもなかった。詳細を伏せていたのは、こういう問題に関しては、親しい間柄でもときに温度差が激しくなることを経験的に知っていたからだ。以前つきあっていた女もそうだった。まだデモなどは開催されていなかった頃だが、在邦の連中について口を極めて罵っていたら、「そういう話はあんまり聞きたくない」と不機嫌そうな声音で遮られたことがあった。

だがもちろん、いやしくも生活をともにしている女なら、同じ考えを持っていてほしいのが正直なところでもある。なんとなくつけっぱなしにしていたテレビで、たまたま従軍慰撫婦の問題が取りあげられているのを見たとき、「こいつらほんとにどうしようもねえな」と不用意に呟いたのは、気が緩んでいたせいもあるが、心のどこかで怜花の反応をたしかめたかったからでもある。

「証言がコロコロ変わるしさ、話のつじつまも合ってねえし。兵隊相手の売春なんてどこの国にもあったことで、ようするに金がいいからって本人たちが望んでやってたんだろ。それを今になって全部強制だったってことにして謝罪や補償求めるなんてさ、タカリやユスリと変わらねえんだよ」

テレビ画面には、表情を険しくしてなにかを訴えている隣国の老婆たちが映っていた。そういう映像を目にするたびに憎悪が湧き起こり、怒りがこみあげてくる。個々の老婆たちにというより、この民族全体に対するどす黒い感情が。偽証しているという意識は、あるいは本人たちにはないのかもしれない。七十年も前のことなら記憶もおぼろだろう。それをいいことに、周囲の活動家たちが、連中にとってだけ都合のいい、あとからでっちあげた物語を吹きこみ、自分はまさにその当事者だったのだ、と本人たちに信じこませてしまったのだ。

「ああ、なんかこういう人たちがいるみたいだね。よく知らないけど」

怜花の反応は、そういうあっさりしたものだった。同意でも不同意でもなく、ただ単に興味がないという態度だ。だったらそれ以上はあえて深追いせず、そっとしておくのが賢明だろう。自分が従事している活動は公明正大なもので、恥や引け目を感じるいわれもないと個人的には思っているものの、なにかしら政治的なものだというだけでけむたがる人間は少なくない。そんなことで怜花との間に不協和音を持ちこむのは、本意ではなかった。

集合場所に指定された広場に近づくにつれ、日の丸や旭日旗がところどころに翻っているのが見えた。「在邦一人残らず殲滅！」「この国に犯罪者集団はいらない！」「大使館前の慰撫婦像を撤去せよ！」といったプラカードや横断幕を掲げている者もいる。ただ、今回馳せ参じているのは、わずか三十人足らずのようだ。世間からの風当たりが強くなってきたせいか、日を追うごとに参加人数が心細くなってきている気がした。

それでも今回は、都内における在邦最大の聖地とも呼ぶべきＯ通りが舞台だけあって、士気は否応なく高まっていた。隣国の料理を出す飲食店やコスメショップが建ち並ぶ合間に、隣国のアイドルの関連グッズなどを売る店が飛び飛びに軒を連ねている。いつからかこの界隈はそうしたもので埋め尽くされ、隣国の植民地さながらのありさまになってしまっていた。恐ろしいのは、この状況がじわじわと全国に広がっていくことなのだ。ここに足を運ぶたびに、隼はそう考えて怖気をふるっていた。

「おう、ハヤブサくん。来たな。今日もよろしく頼むよ」

ショルダーメガホンの音量調節をしていた支部長が気づき、笑顔で声をかけてきた。ハヤブサというのは「隼」をあえてそう読ませたもので、この団体の中だけで使っているニックネームだった。在邦を排撃しようとしている団体の中で、在邦を思わせる苗字を名乗ることには抵抗があったし、そうでなくても、ここで本名を明かしている者はあまりいなかった。支部長も霧谷という姓で呼ばれていたが、どうも偽名らしいというのが一般の見立てだった。

「晴れてよかったけど、ちょっと寒いな」

支部長はそう言いながら大仰に顔をしかめ、肩をすくめて両手をこすりあわせた。たしかに、昨日、今日とだいぶ冷えこみが厳しくなっている。そのせいで、支部長の使いこんだ革ジャンのこすれて白っぽくなった部分が、いっそう痛々しく見える。

この人物はどちらかといえば武闘派で、在邦を情け容赦なく攻撃するダミ声のスピーチには迫力があったが、内に向かってはいたって面倒見のいい兄貴分で、若手みんなから慕われていた。ただ、プライベートなことがらに関しては口が重くて、詳しいことは会員の誰も知らなかった。仕事はあるのだろうが、そう恵まれた立場にあるとも思えない。五十歳前後で、小学生くらいの子どもが二人いると聞いたこともある。家族サービスを求められそうな日曜日、どう言って家を出てきているのだろうか。

デモの常連の中には、ほかにもつい私生活への想像をたくましくしてしまいそうな会員がちらほらと交じっていた。ハルカさんと呼ばれている三十代後半の女性もそうだった。いつも胸を大きく開け、ラメ入りのミニスカートに網タイツといった煽情的な出で立ちで現れる美女だが、家庭ではごく普通の専業主婦で、幼い子どもまでいるらしいし、金回りも悪くはなさそうだ。一方では、麗々しく和服を着こんだ、一見しとやかそうな若い娘もいる。大学生くらいの歳に見えるが、ご多分に漏れず正体ははっきりしない。

だがここでは、本名や素性が明かされていないことなどたいした問題ではなかった。基本的にネットを通じてつながっている間柄だったし、同じ価値観を共有する同志なのだということさえわかっていれば、おたがいに野暮なことを穿鑿しあう必要もなかった。むしろよけいなプロフィールなどを知らないからこそ、共有している価値観のみが際立って、連帯の意識がより強固なものになっている感すらある。それが居心地のよさにつながっているのだと隼は考えていた。

ここに来れば、仲間が自分の存在を認めてくれる。自分が必要とされていると実感できる。意に沿わない仕事を強要されて良心の呵責にさいなまれることもなければ、尊敬できない上役や同僚からのいやみに耐える必要もない。なに憚らず信念を貫き、正義をまっとうすることができる。それだけでも、この団体に属していることの意義には測り知れないものがある。どうしてもっと早くここに辿りつけなかったのか、と隼はたびたび悔しい思いに駆られた。

この団体の存在を知ったのは、四年ほど前だった。隣国との関係や歴史について、新聞やテレビでは真実が語られていないのではないかという漠然とした不信感に対する答えがほしくて、ネット上であれこれと記事を拾い読みしている過程で、「桜浄連」の名がしばしば目についた。ウェブサイトを見に行って、これはという直感が体を貫いた。関連する掲示板におっかなびっくり意見を書きこむことから始めて、やがて集会やデモにも顔を出すようになった。出会った会員たちはみな自分と同じ疑問を抱えていて、言うことひとつひとつに大きくうなずかずにはいられなかった。

自分だけではなかったのだと思った。もっと早くそれがわかっていれば、これまでの人生もずっと耐えやすいものになっていたかもしれないのに。そう思うと、とてつもない損をしてきたような気持ちになった。

ほどなく一行は支部長を先頭にして行進を始め、O通りを中心に、隣国がらみの店舗が集中する街路を往復するような形で練り歩いた。

「この町はいつからおまえらのものになったんだ、ゴキブリなみに繁殖しやがって」

「看板の字、読めねえし、キムチくさくて息もできねえんだよボケが。寄生虫の分際でこの国を汚すな！」

先頭に立つ支部長がショルダーメガホンで叫ぶたびに、あとに続く会員たちが口々に「そうだ！」「死ね、ハンコロども！」などと合いの手を入れる。

こうしたシュプレヒコールが、過激で品性に欠けるという批判もあることはわかっていたし、隼自身、そうした見解には微妙な心情を抱いていた。「ハンコロ」という語も、日ごろ好んで使っているわけではなかった。あまりに感情的に響く気がしたからだ。それよりは、「在邦」など堅い言葉を用いたほうが、まっとうな主張をしているという感じがして好ましいという思いがあった。

自分のような取り柄もない人間に居場所を与えてくれたことで桜浄連に感謝してはいても、そこまで口汚い悪罵を公然と口にすることには一定の抵抗があった。

ただ、敵をあしざまに罵るときには、やはりそうしたあけすけな言い方を駆使しないと勢いが出ない。それに、多少強い言葉を使わないことには黙殺されてしまうのであれば、それもやむをえないという考えも一方にはあった。なにしろ連中はあつかましくて、穏やかに諭(さと)したところで聞く耳を持たないのだから。

隊列が通れるエリアはかぎられているから、どうしても縦に長い行列になる。その中でも隼は、支部長から極力離れるまいと先頭に近いあたりの位置をキープしていた。行進中はめいめいが好き好きに発言していいことになっていて、支部長のように場数を踏んでいる人間でもなければ発言にメリハリもつかず、ともすれば近くにいる者の士気も下がってしまうからだ。もう少し全体に統制を利かせたほうがいいのではないかと毎回疑問に感じてはいたものの、あまり組織立っているとはいえない団体なので、そのあたりはやむをえないとも思っていた。そうした結合の緩さが、桜浄連のいいところでもあるのだ。

霧谷支部長は、隣国のアイドル関連ショップに出入りしている人間のことも決して見逃さず、「はい、今そこの店から出てきたおまえら」とすかさず直接指差して非難した。相手は多くの場合、在邦ではなく日本人のファンだ。この国の人間なら、隣国の「クソアイドル」などにうつつを抜かさず、この国のドラマを観てこの国の音楽を聴くべきだというのが、支部長の論法だった。考えもなしに隣国のテレビドラマやアイドルグループを褒めそやしている彼らこそが、在邦社会を経済的に支え、隣国の文化的侵略を容認するばかりか手助けしている、との見立てに基づくものだ。

ショップから出てきた数人の中年女性は、出会い頭に「脳みそ腐ってんじゃないの?」とまで言われ、攻撃の矛先が自分たちに向けられていることも理解できないまま、ただ当惑した顔を見あわせていた。

沿道の反対側にはいつのまにか、「レイシスト桜浄連は引っ込め!」「この国の恥部には徹底抗戦！」などと書いたプラカードを捧げ持つ集団が出没し、ガードレールの内側にびっしりと立ち並んでいた。カウンターと呼ばれるグループのひとつだが、恐れるには足らないと支部長は常々豪語していた。ゴロツキのような連中が、頭の悪い左翼陣営と手を組んで騒いでいるだけだという。

隼としては、彼らと出くわすたびに、むしろ「桜浄連」という名が認知されているという点に誇らしさを感じさえした。「この国の恥部」と言っているが、あのグループはメンバーのほとんどがかたくなに通名を名乗りつづけている在邦であり、そもそもこの国の人間ですらないではないか。自分たちのほうがよほど恥ずかしいことをしているという自覚もないのだ。

それでも大きな混乱が起きないのは、沿道に点々と配置された警官隊がしっかりとガードしてくれているからだった。役所にまっとうに届け出ているデモであり、表現の自由に基づく正当な行動なのだから当然のことだと隼は考えていた。

かといって、有象無象の通行人から支持を受けていると感じられる瞬間はほとんどなかったが、それで気が殺がれるわけではまったくなく、かえって闘志がかき立てられてゾクゾクしてくるのを感じていた。このデモの目的は、第一に在邦の連中に圧迫感を与えること、第二に、何もわかっていない無邪気な市民に自らの愚かしさを自覚させるきっかけを与えることなのだから。

なにごとかと目を瞠り、すぐに視線を逸らしてそそくさと立ち去る者、物見高そうにスマホを掲げて撮影する者、あるいはさも迷惑げに人ごみを押し分けて目的地に向かおうとする者――。そう、それでいい。誰ひとり、この行軍を完全に無視することなどできていないではないか。

だがもちろん、カウンターグループの一員でもないのに沿道から食ってかかってくるような通行人も、いないわけではなかった。たいていは、これ見よがしに中指を突き立ててみせたり、一方的にこき下ろされたことで激昂して、ただ幼稚な悪罵を投げかえしてきたりするだけの手合いだったが、この日は少し違っていた。一人の老人――痩せた小柄な老人が、歩道に短い両足を踏んばり、険しい面持ちで隊列に向かって指を突きつけながら、なにごとかをしきりに吠え立てている。

「こんなことしてなんになる。私らだって、長いことうまく折りあってやってきたんじゃないか。仲よくやろうとしてきたんだよ。税金だってちゃんと払って、ただまじめに生きてるだけなのに、いったい何が気に食わない。ここを出てどこで暮らせっていうんだね」

歳の頃は八十かそこら、ひしゃげたような横に広がった鼻、典型的な在邦の風貌。ナカヨックヤロウトシテキッタとか、コッコヲデッテといった特異な訛り。焼肉屋かなにかを営む一世だろうか。怒りというよりは悲嘆に歪んだ顔で、どうしてわかってくれないのかと言わんばかりに大仰に体を揺らしながら訴えている。眉間の深い縦皺の下に落ちくぼんだその目に射すくめられたように感じて、隼はしばし、視線を逸らすことができなかった。

会員たちが、ほとんど反射的に「ハンコロの死にぞこない」といった言葉を使って猛然と反撃している間も、隼は歩を進めながら老人と見つめあっていた。やがて抑えやらぬ激情が肚の底から衝きあげてきて、気がついたらガードレール越しにその肩を突きとばしていた。怒りに任せて吐き出した単なる罵声ではない、老人の言葉の「正しさ」が癇に障ったのか。それとも老人が特に視線の交わった自分をめがけて訴えを紡いでいるように見えたことに脅かされたのか。その瞬間の真意は隼自身にもわからなかった。

老人は朽ちはてた幹のように大きく体を傾がせ、二、三歩あとずさってから、通行人に背中を支えられて、からくも踏みとどまった。その体を中心に小さなざわめきの波が広がり、隊列が進むにつれて背後に退いていく。老人がどんな様子をしているのか、たしかめることはもはやできなかった。

「ハヤブサくん、直接的暴力はちょっと……。なにかあったとき不利だろ、法的に」

少し前を歩いていた支部長が、マイクを口から遠ざけながらそっとたしなめてきたが、隼の耳にはほとんど届いていなかった。老人の肩を小突いたときのたよりない感触が掌の根方にありありと残り、なにかを告発するかのように疼いていた。骨と皮ばかりのあの体。かんたんに壊れてしまいそうなその脆い手ざわりには、はっきりと覚えがあった。怜花の勤める居酒屋で、昏倒した老人の体を引き寄せたときの記憶だ。

いや、あのときの老人と今の老人とは違う。年老いていようが痩せさらばえていようが、在邦にはちがいないではないか。この国の人間とは比較にならないほどの高率で日々犯罪者を生み出しつづけている、嘘つきで卑劣で恥知らずな劣等民族の一人なのだ。いたわったり特別な配慮をしたりする必要など、認められるはずがない——。

行進を終えてもとの広場に戻ると、その場で支部長をはじめ何人かが演説を行なった。本来、日本の国民でもない在邦が、日本の年金を支給されたり生活保護を受けたりしていることがいかにおかしいか。隣国が実効支配するあの島が、この国固有の領土であることは自明であり、わが国政府は実力行使をもって奪還すべきであること。従軍慰撫婦問題をめぐる嘘八百。隣国がこの国を陥れようとして国際社会に向けて展開しているキャンペーンの卑劣さ——。

隼自身が演説を申し出ることは、決してなかった。日常的な会話すらたどたどしくなりがちな人間が、どうして大勢の聴衆を前に拡声器を使ってなにかを声高に主張できるのか。だが、こうした演説に耳を傾けているのは好きだった。この団体にネットを通じて興味を抱き、初めてデモ演説を聴きに来たときの鮮烈な印象は、その後も揺らぐことがなかった。彼らの訴えは、無条件に正しい、と思えた。聞けば聞くほど正しいと思い、身が震えた。

それまでテレビなどでの報道に触れながら、心の奥底に漠然と抱いていた違和感、なにかがおかしいと感じていたその感覚の焦点を、それらの演説はいきなりえぐり出し、白日のもとにさらけ出してくれた。これ以上明解な答えがあるだろうか。国際社会の中であれこれと非難されても、そうされるのが当然だとばかりになぜか押し黙って甘受しつづけてきたこの国に、ようやくまっとうな反撃のための武器が手に入ったのだと思った。その胸のすくような思いを味わいつづけたくて、隼は桜浄連に入ったのだ。

しかしこのときは、ショルダーメガホンを通して周囲に響きわたる話の内容に、なぜか意識を集中させることができなかった。演者のかたわらにそっと控えるように立ち、それでも胸を張って正面から聴衆に対峙している点は、いつもと同じだった。マイクこそ手にはしないものの、自分は「こちら側」の人間であり、無自覚で無反省なおまえらとは違うのだ、ということを誇示するための姿勢。だが、胸の奥でなにか正体のよくわからないものが雑音を発し、心の統一感を乱そうとしていた。

あの在邦の老人の痩せた肩。その骨の感触——。

ふと、「やさしいんですね……。そういう見方ができるのって、素敵だと思います」という怜花の声が耳元に蘇ってきた。どうして今、それを思い出さなければいけないのか。怜花がそうさせているのか。どんな理由で？


あれよという間に冬が深まっていった。アパートから駅へ向かう道沿いにある小さな公園の樹々はいつしかすっかり葉を落とし、自分が死んだことにも気づかずにただ立ち尽くしている亡者(もうじゃ)の群れのように静まりかえっていた。その間に身のまわりで生じた変化といえば、金原がミヤケ・リユースを辞めたことくらいだろうか。

前々から社の体制や給料などについてあれこれと不満に思っている気配はあったが、ある時期からなにかをぼやいたり悪態をついたりすることがいっさいなくなったのを、かえって不気味に思っていた。隼がことさらに抵抗を示すまでもなく、自分でも貴金属の強引な回収をしようとしなくなり、客が何もないと言えば「そうですか」と投げやりに答えてすぐに引き下がる。どうも様子が変だと思っていたら、ある日を境に突然、金原は出社してこなくなった。

どうしたのかと訊ねると、三宅社長はばかにさばさばした表情で笑いながら、ただ「消えた」とだけ答えた。

「消えたって、どういうことですか。本人からはなんの連絡もないんですか」

「ま、よくあることだよ。でも星野くんは消えないでよ。せめて事前に予告してね」

冗談めかしてそう言いながら、社長はもう話は終わったとばかりに立ち去ろうとしている。思わず呼び止めて、金原は在邦だったのではないかと問いただした。

「——だとしたら?」

「在邦なんか雇うからいけないんですよ。あいつら、てめえさえよければいいっていうエゴイストばっかりなんですから」

いつもにこやかな社長がめずらしく顔から表情を消し、顔をぐいと近づけてきた。

「あのね、こういうふうにして消えた従業員は彼だけじゃないから。在邦かどうかなんて関係ないんだよ。重要なのは、そいつが礼儀や常識ってもんをわきまえてる人間なのかどうか。ただそれだけ。無礼な人間なんて、人種国籍を問わずいたるところにザラにいるからね」

とっさに言いかえせずにいると、社長は隼の肩を軽く二度叩いただけで行ってしまった。それでも、社長は金原が在邦だったことを認めたようなものだった。金原に対して自分が抱いていた反感や嫌悪は、正当なものだったということだ。その事実をもって溜飲を下げるほかないと思った。

クリスマスを前に、アパートには大きな荷物がひとつ届いた。「星野様方　吉見怜花様」とある。みかんの銘柄が印刷された段ボール箱で、差出人は「吉見景子」となっている。住所が横浜市なのでもしやと思ったら、怜花の母親からだった。

「ここの住所、親に知らせてあったんだ」

少し意外に思いながらそう訊くと、怜花は「ああ、うん、一応ね」と言いながらやや気まずそうに目を伏せた。それ以上詳しいことは何も言わず、ただ「どうせまたいらないものとかいろいろ送ってきてるんだろうな」などと呟きながら、封をしていたガムテープを剝がしている。中には食料品や雑貨などが乱雑に目一杯詰めこんであるようだ。隼も上京したての頃は、よくそうして郷里の母がなにかと送ってきていた。

同梱されていた手紙らしき紙片にしばし目を落としていた怜花は、不意にぷっと噴き出しながら、「見てこれ」と言って透明なビニール袋を箱の中から取り出してみせた。色とりどりの金属的な光を放つ、掌大の球状の物体がいくつも入っている。

「クリスマスツリーの飾り。押し入れを整理してたら出てきたんだって。隼のお父さんが見つけたあのテラコッタの変な生きものと同じだね。自分たちはもう使わないからよかったらっていうんだけど、これだけ渡されてもさ」

吉見家でも兄妹たちが小さかった頃は、クリスマスが近づくと組み立て式の小さなツリーを引っぱり出してきて飾りつけていたというが、どうやらツリー本体は見つからなかったらしい。

「なんで親ってこういうしょうもないもん送ってくるんだろうね」

「あのさ……なんて言ってるの、俺とのことは」

気おくれを振りはらうようにして訊いてみると、怜花は一瞬口ごもってから、「ありのままに」と答えた。

「お父さんは怒ってるみたいだけど。古い人だし、同棲なんてとんでもないって考えなんでしょ。でも、どうせ私が何をしても気に食わないって人だから……」

冴えない顔つきで黙りこんでしまった怜花にうしろからそっと近づき、肩の上から両手で包みこむようにしながら、「そのうちちゃんとしような」と言った。「ちゃんと」というのが何を指しているのかは、自分でもよくわからなかった。結婚？　こんな心細い財政状況で、本当にそんなことが可能なのだろうか。いや、肝腎なのは、怜花の両親にもこの関係を認めてもらい、公明正大につきあっていけるようにすることなのだ。籍を入れるかどうかといったことは、また別の問題だろう。

気にかかったのは、怜花の反応だった。されるがままに抱き寄せられ、しおらしくうなずいてはいるが、笑顔がどことなく稀薄（きはく）で、口だけでほほえんでいるように見える。嬉しくないのだろうか。それとも、現在の状況から駒を一歩進めることをためらうなんらかの理由があるのか。

　クリスマスはイブも含めて平日で、二人ともそれぞれ仕事が入っていた。特に怜花は、例によって断りきれなかったらしく、両日とも居酒屋でのアルバイトまでこなさなければならなかった。デートなどもってのほかと最初からあきらめていたし、どのみち三十六にもなってイルミネーション見物でもないだろうと思っていたのに、怜花はどうしてもイブの晩になにかしたいという。

「でも、怜花が帰ってくるの、十二時過ぎるだろ。そんな時間に開いてる店っていったら……」

「いいじゃん、家でやれば。二人きりで鍋パーティーしようよ」

　クリスマスに鍋？　若い頃は、イブの晩にファミレスに彼女を連れていったらずっと不機嫌そうな顔をされた、と友人から聞いた覚えもある。肩肘張ったところでなくてもいいから、とにかくどこかしら気の利いた店を予約するのが最低条件だと考えていたから、この提案には拍子抜けさせられた。だが最近、怜花くらいの世代のカップルの間では、それは「わりと普通」なのだという。本当だろうかと怪しんでいるうちに、気がついたら怜花のペースで話が進められていた。

　まあたしかに、鍋なら手間もかからないし、二人で同じ鍋からつつくのは親密な感じがして、身も心も温まる気がする。また怜花流に汁を直接ごはんにかけてスプーンで食べるのも悪くない。そう思えば、だんだん楽しみにもなってくる。

やがて怜花は、中国製の安物ながら三歳児程度の大きさはあるクリスマスツリーをどこかで見つけて買ってきた。鍋の具材も、前日のうちに怜花と二人、スーパーで仕入れておいた。そうして準備万端整ったところで初めて、レストランなどでのかしこまったディナーを求めなかったのは、怜花なりの気づかいだったのかもしれないと思いなおした。たしかに、そうした余分な出費を賄えるほどのゆとりは、今の二人にはない。せめてものぜいたくといえば、乾杯用に用意したスパークリングワインのハーフボトルくらいのものだ。

プレゼントにもだいぶ悩まされた。高価なアクセサリーなどはとても買えないし、怜花の気に入るものを自分で選べる自信もない。もうずいぶん久しい間、そういうこととは縁のない生活を続けてきたのだ。かといって、なしで済ませるわけにもいかない。怜花のあの性格なら、必ずなにか用意しているだろう。

さんざん歩きまわってから、小さな雑貨屋の店先でふと足を止めた。色とりどりのパステルとスケッチブックがディスプレーされている。これだ、と思った。絵が上手な怜花。本当はイラストレーターになりたかったという怜花。絵を描くための道具も今は特に持っていないようだが、これを受け取ればきっと楽しい気持ちになってくれるだろう。全部で二十四色、グラデーションをなすように並べられたタバコ大のパステルの見本をひとつ、手に取ってみる。紺色の包み紙から一センチほど露出した先端に鼻を近づけると、かすかに油っぽいような懐かしいにおいがして、子どもの頃のことを思い出した。

クリスマス向けに緑の包装紙や赤と金のリボンでくるんでもらったそれを、隼はベッドの下にそっと忍ばせておいた。本心では、一刻も早く本人に渡して、喜ぶ顔が見たかった。この歳になって、まさかこの自分が、だれかに贈るプレゼントを苦労して選んだり、渡すタイミングが訪れるのを待ちかねたりする立場に立たされるとは。十も若がえった気がして、胸の奥がこそばゆかった。

こうして迎えたイブ当日、アパートに帰り着いてから、隼はずっとそわそわと落ち着かない気分で過ごしていた。怜花が戻るまでは食事も控えておくしかないし、なにかほかのことをするにも、気が急いてしまってじっくりと腰を据えることができない。テレビをつけてみたり消してみたり、意味もなく立って歩きまわってはまた腰を下ろしたり、とやっているうちに、パーティーを始めるに際してなにか足りないものはないかということが気にかかりはじめた。

鍋用の卓上ガスコンロもカセットボンベも、すでにローテーブルにセットしてある。夜中に鳴らしていいのかどうかは微妙なところだが、クラッカーも準備済みだ。スパークリングワインはもう何日も冷蔵庫でキンキンに冷やしてあるし、そのあとに飲む発泡酒も十分な量を取りそろえている。あとは——とリビングの中を見まわしたとき、何日か前から壁際で五色の光を点滅させている、中国製のクリスマスツリーが目に留まった。

それになにか不足があるというわけではない。ツリーには最小限の飾りもセットでついていて、一応さまにはなっている。だがこれを目にするたびに、いつもなにかを忘れているような気持ちになる。少し考えてみて、その正体に思い至った。怜花の母親が送ってきた小さなミラーボールだ。

こんなものだけ送ってきて、とあきれたような口ぶりだったが、今はそれを飾るためのツリーもあるではないか。怜花は忘れているのかもしれないが、せっかくなら有効活用すべきだ。そっとツリーに飾りつけておいて、そ知らぬ顔で黙っていよう。怜花がいつ気づくか試すのだ。「ん、なんか飾り増えてない?」と言いながらツリーに目を凝らす姿が目に浮かぶ。増えたのがなんであるかがわかれば、きっと爆笑するだろう。

このいたずらを思いついた隼は、一人でクスクス笑いながら段ボール箱を目で探した。送られてきたものが多くてしまいきれず、箱の形のままほったらかしていたはずだ。それは部屋の片隅に、目立たないようになんとなく怜花の服で覆った状態で見つかり、くだんのミラーボールも、はたしてそこに入れたままになっていた。箱の中身が思っていたよりも減っていて、ほかには台所のシンクを磨くためのスポンジなどがいくつか底に転がっているだけであることを少し不思議に思ったものの、目的のものは手に入ったので深追いはしなかった。

しかし、ミラーボールの入ったビニール袋を取り出した拍子に転がり出てきた無地の茶封筒には、抗うべくもなく目が惹きつけられてしまった。怜花の母親が同梱してきた手紙だろう。「怜花へ」という縦書きの宛名が見える。年配の女性らしい優美なその線がなにか容易に受け流せないものを伝えてきている気がして、胸が騒いだ。怜花は父親が「怒ってるみたい」としか言っていなかったが、母親はどう言っているのだろうか。

便箋を取り出そうとして思いとどまり、いったんはそのまま箱にそっと戻しておこうとしたものの、一瞬視界をかすめた封筒の裏の文字にはっとして、手を止めてしまった。「怜花へ」という宛名と同じ筆跡で、左下に小さく書いてある三つの文字。そんなはずはないと思った。だが、何度読みかえしても同じだった。そこには、こう書いてあった。——オモニ。

それが、隣国で「母」を意味する言葉以外のものであると考えるのはむずかしかった。在邦の連中、特に二世、三世以降の代は、ふだんは日本語しか使わないし、そもそも隣国の言葉はまったくしゃべれない者も多いと聞いている。それでも家族や親族の呼び方だけは、彼らが本来属している国に倣(なら)っているのだと。母はオモニ、父はアボジだ。兄弟間でも、ヒョンとかオンニなどというらしい。ひとつひとつは覚えていないが、「母」がオモニであることはまちがいなかった。

自分の見ているものが信じられなかった。その事実を認めずに済む材料がほしいばかりに、隼は是非もなく便箋を取り出し、手紙の中身に目を走らせた。怜花の母親が自らを「オモニ」と称しているのは、もしかしたら娘との間だけで通用する冗談の類なのかもしれない。たとえば、向こうのドラマに首ったけの中高年女性なら、それくらいの言葉は知っていて、たわむれに使ってみることもありそうではないか。

しかし手紙には、そんなかすかな期待を打ち砕くようなことがはっきりとしたためられていた。

最初のほうは、何をどんなつもりで送ったかを書き連ねているだけのたわいもない内容だった。ミラーボールを押し入れで見つけて送ることにしたいきさつなどだ。だが後半になると、怜花の母親はおもむろに調子をあらため、こう綴っている。――アボジほど怒っているわけではないけど、同棲にはオモニも賛成できません。一緒に暮らすならそこはチャントするべきだと思います。でも……。

怜花の母親が最も気にしているのは、「相手の人」がこの国、つまり日本の人間であるという点だった。だからいけないと決めつけるわけではないが、理解のある人なのかどうか。自分が在邦であることをどうやらまだ告げていないらしいが、中には差別や偏見で凝りかたまっている人もいる。仮にそこはわかってくれたとしても、文化や習慣の違いで結局うまくいかなかったという話を山ほど聞いている。怜花が傷つくのを見ていたくない。おおむねそんな内容だった。

頭を鈍器で殴られたような衝撃で、しばらくの間は立ち上がることさえできなかった。冗談や酔狂でこんなことをわざわざ娘に書き送る母親はいない。だからこれは、歴然たる事実だろう。――怜花は、在邦だったのだ。

今にして思い当たる節は、いろいろある。

父親のことを話すとき、怜花はなぜか二度にわたって、「アッ……」と一瞬言いよどんてから、「お父さんが」と続けていた。あれは、習慣からつい「アボジが」と言おうとして、慌てて言いなおしていたのではないか。テレビを観ていて、日本と隣国との関係がぎくしゃくしているといった問題が取りあげられると、何もコメントしないかわりにそれとなくチャンネルを変えることもあった。それだけではない。汁に浸したごはんをスプーンで食べるというのも、考えてみれば、あの国の流儀をあからさまに彷彿(ほうふつ)させる習慣にほかならないのではないか。

実家の住所もそうだ。そんなこととは夢にも思っていなかったし、「横浜」と聞いていたこともあって特に気にしてもいなかったが、段ボール箱に貼りつけたままになっている送付状を見れば、その住所は、横浜市でも川崎市と隣接しているあたりだった。そして川崎といえば、在邦の集住地域があることで有名な市ではないか。支部が違うから隼自身は参加したことがないが、桜浄連も、市内で過去に何度か、その地でデモをやっていたはずだ。

どうして今まで、何ひとつ疑ってみようとしなかったのだろう。無理もない、せめて金(かね)田(だ)とか安田(やすだ)とか張本(はりもと)といった姓だったら見当をつけることもできたのに、吉見とは。いや問題はむしろ、怜花が自らの出自を意図的に伏せていたという点なのだ。

通名を使っていること自体が、隠そうとしている何よりの証拠だ。つまりは、だましたということだ。通名について最も許しがたく感じるのは、その点なのだ。どうして堂々と本名を名乗らないのか。それがなぜ、在邦の連中にだけ制度的に許されているのか。この国の人間のふりをして、どんな甘い汁を吸おうというのか。

考えてみれば、そもそものなれそめからして話ができすぎていた。二十歳そこそこの醜からぬ娘が、自分のようなぱっとしない男のところに転がりこんできて、そのままなしくずしに恋仲になって住みついてしまった？　棚からぼた餅を地でいくようなそんな都合のいい話が、そこらにざらに転がっていると本気で考えるほうがどうかしていたというものだ。怜花が一見、礼儀正しくてまっとうに見えるせいで、すっかりだまされるところだった。

瞬く間に、胸のうちがどす黒いもので塗りつぶされていった。吉見怜花は在邦だった――理屈もへったくれもない、その事実だけで十分だ。在邦なら、まともであるはずがない。自分に近づいた背景にも、なにか絶対に腹黒い心づもりがあったはずだ。それがなんであるかはわからなくても、表裏のないまっさらな気持ちであったとはとうてい考えられない。なぜなら、在邦とはそういう連中だからだ。嘘つきで、恥知らずで、ずる賢くて、強欲で、卑しくてあさましい、それこそが在邦だからだ。

「畜生！」

隼はミラーボールを壁に叩きつけて段ボール箱を蹴飛ばし、それでもまだ怒りがおさまらずに、もう一度箱に蹴りを入れた。さっきまでの心浮き立つ気分はすでにあとかたもなく、目に映るものすべてがいまいましかった。怜花の服も、鍋用のガスコンロも、五色の光を放つクリスマスツリーも。

奸計(かんけい)を巡らして自分を陥れた怜花を呪い、まんまと乗せられてしまった己の愚かしさを呪った。床に両脚を投げ出し、頭の重みに耐えかねたようにうなだれたまま、どれだけの間じっとしていただろうか。どこからか漏れ聞こえてきていた陽気なクリスマスソングも今は絶え、かえっていつも以上に濃密になった静けさに、周囲を取り巻かれている気がした。

不意に鍵の回る音が聞こえ、隼は反射的に体をぴくりと動かしたが、床の一点に据えた視線はそらさずにいた。「ただいま」という明るい声とともに部屋に入ってきた怜花は、身じろぎもしない隼を見て「どうしたの？」と一瞬ひるんだものの、すぐに気を取りなおして背中にまといついてきた。

「もう、なに機嫌悪くなってるの、遅かったから？ ごめんね、これでも目一杯急いだんだけど。ほら、プレゼントもあるんだから、機嫌なおしてよ」

そう言いながら怜花はしばし背後でなにかをまさぐっていたかと思うと、「メリークリスマス！」という声とともに赤い袋を隼の前に差し出した。緑のリボンで留めた不織布の袋だ。百円ショップかどこかで仕入れてきたラッピング用品だろう。「開けてみて」と言われても動かずにいたら、自分でリボンを外して中身を取り出してみせた。その手中には、青みがかったグレーの毛糸で編まれたマフラーらしきものがある。

「一応、手編みなんだけど。――って、ベタすぎる？ 手編みとかって重いかな。自慢じゃないけど私けっこう裁縫とか手芸とか得意で。でもこれ、隠れて編むのたいへんだったんだよ。そこらに置いといたらばれるから、バイト先に持っていって休憩時間とかにちょっとずつ編んだりしてね」

「どういうことだよ、これ」

一方的に語る怜花を遮って、隼は箱に入っていた封筒を目の前に放り出した。怜花は一瞬にして息を呑み、顔から笑みを消した。全身をこわばらせていることがわかった。敵をやりこめているという勝利の感覚のようなものが肚の底から突き上げてきたが、それは少しも快いものではなかった。

怜花はカーペットの上に落ちた茶封筒をものも言わずに数秒見つめたあと、ひそめた声で「読んだの?」と言いながら、今さら隼の目からそれを隠すかのように取りあげた。そのまま、処置に困ってただ握りしめている。

「ほんとはなんて名前なんだよ」

「え……?」

「吉見怜花は通名なんだろ。こうやって親子の間で荷物送ったりするときなんかもおたがいにいけしゃあしゃあと通名使ってるみたいだけどさ、ほんとの名前を言えよ」

「いけしゃあしゃあって……」

怜花は一瞬むっとして声音に険をにじませたが、やがて観念したように「チェ・ヨンファ」と名乗った。

「下の名前の字は、読み方が違うだけでそのまま〝怜花〟だけど」

「チェ……ああ、あの在邦二世の映画監督の〝崔〟か。——これでも少しは知ってるんだよ、おまえらの苗字をどう書いてどう読むかとか」

なんらかの釈明がなされるものと思って待ったが、怜花は押し黙ったまま口を開こうとしなかった。重苦しい沈黙が流れ、斜めうしろの位置に膝を揃えてぺたりと床に座りこんだ姿勢の怜花が、わずかに身じろぎする気配だけが伝わってくる。

「だましてたってことだよな」

沈黙に耐えかねて隼がひとこと言うと、怜花はやにわに気色ばんで身を乗りだしてきた。

「だましたわけじゃないよ、言わなかっただけ」

「同じだろ」

「同じじゃない。——折を見て話そうと思ってたの。最初に言わなかったのは、在邦だってだけで敬遠されたりするのがいやだったから。ありのままの私を見てほしかったから。その上でいつか話そうと思ってたのに、言えなくなっちゃってたの。……隼が在邦を嫌ってることがわかったから」

だから怜花は、母親——「オモニ」が送ってきたものも、半分くらいは箱からそっと抜き出して、友人やバイト先の知人などに配ってしまったのだという。味つけ海苔（のり）やインスタントラーメンだが、パッケージに隣国の文字が印刷されている。隼の目に触れたらどう思われるかわからないと考えたのだ。

「でも、なんでわかったんだよ、俺が在邦をどう思ってるかなんて」

怜花は一瞬だけうつむき、「わかるよ」と小さな声で言った。

そういう部分をあからさまに見せてきた覚えはなかったが、実際にはいたるところに痕跡が残っていた。たとえば、右派の論客が隣国や在邦を批判している書籍の類。本は出費が嵩むのでなるべく図書館で借りて読むようにしているが、支部長から譲ってもらったものなど、何冊かは部屋に置いている。怜花にパソコンを使わせたこともある。隼が見ているのは桜浄連のサイトやネット右翼がらみの掲示板などが大半だから、ブラウザを開けばおのずとそういうものが目に留まっただろう。

「それに……」

　言いにくそうにしながら、怜花はつけ加えた。

「言わなかったけど、ヒトミちゃんの勤めてる携帯ショップがＯ通りにあって……」

　一度引きあわされたことのある、怜花の元ルームメイトのことだ。桜浄連がＯ通りで行進とデモをやったとき、群衆の中にヒトミがいて、支部長に寄りそうようにしてそれに加わっている隼の姿を目撃していたというのだ。

　見られた、と思った。そう思うと、なぜかいわく言いがたいうしろめたさに襲われた。正しいという信念のもとに、大っぴらに参加している活動だと思っていたのに。

「知ってるのって訊かれて、なんとなくはわかってたって答えたんだけど――」

「待った、あの子も在邦なのか？」

「ヒトミちゃんは違うよ。でもそういう偏見とかはぜんぜんなくて、高校時代から普通に仲よくしてくれてたから」

　偏見？　――では、自分のこれは公正さを欠いた偏った見方だというのか。在邦を憎むべき存在だとすることにはしかるべき理由があり、ネットなどで周到に調べたその根拠なら、十も二十も具体的に列挙することができるというのに？

思わず食ってかかりそうになったのを押しとどめるようにして、怜花が続けた。

「隼が在邦を嫌ってるってことはあらかた察しがついてたけど、ああいうスピーチみたいなやつにまで加わってるっていうのは……」

怜花はそこで、喉になにかが詰まったように言いよどみ、眉間に皺を寄せた。焦れた隼が「なんだよ、言えよ」と促したら、怜花は胸の奥にそっとしまっておいたものを慎重に取り出すような口ぶりで、ぽつりぽつりと続きを口にした。

「別のグループだとは思うけど、私も一度、うっかりああいうデモに出くわしちゃったことがあって……」

そういう街宣活動のようなものの存在を、前から話には聞いていたという。どこかで偶然見かけたとしても取りあわずにただ立ち去ろうと思っていたのに、いざ現物と遭遇すると、それができなかった。

腹が立つとか反論したくなるというのではなく、地面から生えた手で鷲掴みにされたみたいに両足がすくんで動かなくなり、「皆殺し」だとか「くさいハンコロ」だとかの言葉が拡声器で叩きつけられるたびに、まるでバットかなにかで下腹部をしたたかに殴打されでもしたかのような衝撃が体に走った。何を言われているのか具体的には理解できず、ただ激しい動悸の中で、凶暴な憎悪に全身が容赦なくさいなまれることだけを感じていたという。

「そりゃ、在邦だからそれまでにもいろいろあったよ。上のお兄ちゃんは民族学校だったけど、私は小学校から高校までずっとこっちの学校に通名で通ってて、私が在邦だってわかると急に態度を変える子とかもいたし。でもあそこまでむき出しの悪意を投げつけられることはなかった。――私、だんだん気持ち悪くなってきて、その場にしゃがみこんじゃったの」

「それが俺ら桜浄連のデモだったのかどうかはともかくとして、どっちみちただ事実を述べてただけだろ。事実を指摘されてなんで気持ち悪くなるんだよ」

隼の反論に、怜花は色をなして嚙みついてきた。

「事実？　ハンコロはくさいとか、ヤクザまがいのゴネ得の大嘘つきだとかいうのが？　――私、くさい？　キムチとか苦手で、実家にいる頃、食卓に出てもほとんど手をつけなかったんだけど、それでもくさいの？　ねえ、今までもくさいと思ってたの？」

そう言いながら自分で自分の両腕のにおいを嗅ぎ、その腕を隼の鼻先に押しつけてくる。

怜花をくさいなどと思ったことは、一度もない。ただ、女のにおいがするとときどき感じるだけだ。心がやわらぐ甘いにおい、どこか深い部分で幸福や充足感とつながっているにおい――。それをいうなら、「在邦はくさい」というのが、そもそも言いがかりにすぎない。本当は、自分でもそれがわかっている。それでももし、最初から怜花が在邦だと知っていれば、やはり「くさい」と思っていたかもしれない。なぜなら在邦は、「くさい」ものでなければならないからだ。

そうでなくても、桜浄連がデモで主張してきたことがまちがっているとは、どうしても思えない。実際に在邦は、何十年も遡る戦前戦中のことを振りかざしては、通名の使用をはじめ、他の外国人には認められていない特別永住資格や生活保護受給の優遇措置、この国を貶め、敵視する教育を施している民族学校への交付金など、さまざまな特権を不当に奪い取ってきたではないか。そのそもそもの根拠自体、詭弁や揚げ足取りにしか見えないものであるにもかかわらず。

だが今それをこの吉見怜花、いや崔怜花というよく知っている個人に向かってくりかえそうとすると、拭い去れない違和感に軽いめまいを起こしそうになる。頭の中で築きあげてきた民族集団としての「在邦」、こすからくてあつかましい、ふてぶてしくて盗人猛々しい犯罪者の群れであるはずの「在邦」の像と、目の前で顔をまっ赤に紅潮させている若い娘とが、どうしても結びつかない。凶悪なテロリスト集団を迎え撃つつもりで配備した重火器の筒先に、いたいけな子どもがたった一人で立っているのを見たかのようなちぐはぐさを覚えてしまう。

——いや、そう思わせることこそ、小ずるい在邦としての怜花が自分にしかけた罠なのにちがいない。ここで術中にはまってしまってはいけないのだ。

「なんにしても、俺に嘘ついてたのは事実だろ。その点がいちばん許せないんだよ」

ペースを奪還すべく、隼は話の焦点を転じた。

「いつだったかテレビで慰撫婦のことをやってたときも、俺が〝こいつらしょうがねえな〃って言ってるのを、おまえ、ほんとはどういう気持ちで聞いてたんだよ。はらわた煮えくりかえってたんじゃないのか？　おまえら在邦は、あの件についてはめちゃくちゃむきになるもんな、こっちを無条件に悪者扱いして。それをよくあんなポーカーフェースでやり過ごせたもんだよ」

「だって、よく知らないのは事実だし、あのへんのことについては」

そう言って怜花は苛立たしげに口を尖らせた。

「私は三世だけど、親がだいぶ歳いってから生まれた子だし、私くらいの世代だともう四世とかが普通で、そうするともう、慰撫婦とかって遠い昔の話でよくわからないんだよ。政治的なこととかも正直、興味ないし。――やめてよ、そうやって〃在邦はみんなこう〃とか決めつけるの」

「慰撫婦のことはともかくとして――」

ますます頭が混乱してくるのを感じながら、隼は切りかえした。

「俺がデモやってるのはショックだったんだろ。気持ち悪くなるくらいなら、俺と暮らすのは無理ってわかるだろ、その時点で。なんでなんにも言わなかったんだよ」

「だって……」

怜花は口ごもり、なにか続けようとしてはただ息を吐いた。直視はしていなかったが、膝に両手を突いて深くうなだれているのがわかった。ずいぶん長い時が過ぎた気がした。

隼はただ、今はボールが自分の手元にはないというだけの理由で沈黙を保っていたが、早くこの会話を終わらせたいと思いはじめてもいた。

ようやく再び口を開いた怜花は、目に涙を浮かべ、独り言を呟くような小声を震わせながら、ひとことずつ絞り出すようにこう言った。

「私だって、悩んだんだよ。無理だって……そういうことしてる人と一緒に暮らすのなんて無理だって、何度も思った。でも私は、隼が……隼がそういうことをしてるんだとしても、ほんとは……」

怜花の言葉はしだいにしどろもどろになり、意味をなさないバラバラの断片と化していった。その様子に隼はひるみ、今まで怒り狂っていた理由が一瞬わからなくなった。いったいなんの話をしているところだったのか。懸命に気を取りなおしながら語を次いだ。

「なにか企んでたんだろ、でなきゃ話ができすぎなんだよ。こんな冴えない、歳もいった男相手にさ。俺を手玉に取って、何をさせるつもりだったんだよ」

「何それ、意味わかんないんだけど。企んでるとかだましたとか嘘ついたとか——そんなのあるわけないじゃん。私が隼をだましていったいなんの得があるっていうの？　私はただ、隼に嫌われたくなかっただけ。理由にもならないことで拒絶されたりしたくなかっただけだよ。それが怖くてほんとのこと黙ってたのが、そんなにいけないこと？」

「だったら、売春婦とどこが違うって話じゃねえか。要するに誰にでもかんたんに体を開くってことだろ。あの慰撫婦のばあさんどもと同じだ。そういう民族だってことだ。違うか？」

ひっ、と激しく息を吸いこむ音がしたかと思うと、怜花は悲痛な叫びを炸裂させた。

「ひどい……ひどいよ！　私のことそんな目で見てたの？」

火がついたように泣きだした怜花を前に、隼はなすすべもなくカーペットの一点を凝視していた。言いすぎたということは自覚していた。言う前から、その自覚はあった。心のどこかから、「それ以上は言うな」と命じる声が聞こえていた。しかし隼は、それを無視した。無視しないと、今まで信じてきたこととの間でつじつまが合わなくなってしまう。踏みしめていた地盤が緩んで、底の見えない深淵に引きずりこまれてしまう。

「いや、その……最初からそんな目で見てたわけじゃないって。だったらそもそも家に上げたりしない」

泣きじゃくる声にいたたまれなくなり、ぼそぼそと慰めにもならないようなことを口にしてみたものの、それはかえって火に油を注ぐ結果にしかならなかった。

「ただ、おまえが在邦だと知っちまった以上は――」

「在邦だから何？　それだけが理由で人のこと売春婦呼ばわりしてるわけ？　私を私として好きになってくれたんじゃなかったの？　その気持ちは、今どこにあるの？　在邦とわかったってだけで、その気持ちがなかったことになるの？　在邦かどうかなんて関係ないじゃん！」

「関係なくねえよ！」

畳みかけるように繰り出される怜花の言葉に対しては、そうして怒鳴りかえすことが精一杯の防御だった。

「――重要なことなんだよ、俺にとっては」

初めて正面から向きあった怜花は、目をまっ赤に腫らし、拭おうともしない涙をとめどなく頬に滴らせている。その怜花を痛ましく思う気持ちと、目の前の現実を受け入れられない思いが交錯し、心をまっ二つに引き裂こうとしていた。

怜花は無言で涙を流しながらも、信じられないものでも見るようにじっとこちらを見据えている。熱を帯びたそのまなざしに、顔面の皮膚がちりちりと焼かれていく気がする。もうこれ以上は耐えられない。このままあと一分でも一緒にいたら、どうかなってしまう。

「――あのさ、出てってくれないかな」

喉から声を絞り出すようにして、ようやくそれだけ言葉にした。

「もう、無理。一緒にいるのは」

それが「今は無理」という意味なのか、金輪際（こんりんざい）、生活をともにはできないという意味なのかは、自分でもわからなかった。とにかく、自分の中でなにかが音を立てて壊れるのを防ぎたい一心だった。怜花の姿が目の端に触れるのすら怖くて、瞼まで堅く閉ざしていた。

怜花は数秒の間、いや、もっと長い時間だったのか、鼻を啜（すす）る以外には何ひとつ物音を立てずにじっとしていたが、やがて低い声で「わかった」とひとことだけ言うと、カーペットに手を突いて立ち上がった。

「出ていくよ、出ていけばいいんでしょ」

しばらくの間、怜花が自分の服などをせわしなく集めて回り、キャリーバッグの中に突っこんでいる気配だけが伝わってきた。このアパートに野良猫のようにしてやって来た日、右手に引きずっていたあのキャスターつきのバッグだ。もともと怜花はそこに収まるだけしか自分のものを持っていなかったし、その後もほとんど増えなかった。すべてを収納するのに、さして時間はかからなかった。

バッグを玄関まで持っていった怜花が、靴を履いたきりじっと立っているのがわかった。見なくても、こっちを向いているのが感じられた。それでも隼は目を開かず、座りこんだまま石のように動かずにいた。

「お世話になりました」という捨て台詞めいた声が聞こえ、ドアの閉まる音がそれに続いた。キャリーバッグのキャスターが玄関前のコンクリート敷きの通路でゴロゴロと音を立て、あっけないほど素早く遠ざかっていった。あとには静寂だけが残った。耐えがたい、氷のように冷たい静寂が。

ゆっくりと瞼を開くと、目の前には怜花が編んだグレーのマフラーが転がっていて、クリスマスツリーを彩る五色のＬＥＤライトがちかちかと点滅しながらそれを照らしていた。

「くそっ、なんでだよ、なんでこうなるんだよ！」

隼は力任せに拳を床に叩きつけるなり、仰向けにひっくりかえっていまいましげに天井を睨みつけた。今まで意識したこともなかった天井の隅の汚れが、憎しみをこめて睨みかえしてきたような気がした。

実感も湧かないままに年が明け、数週間が過ぎた。

正月くらいは顔を出しなさいと母親から釘を刺されていながら、里帰りもしなかった。旅費がないなどと言おうものなら交通費を現金書留で送ってきかねないので、暮正月も仕事で休みが取りづらいのだと嘘をついた。本当は、十二月三十日から三ヶ日までは出勤する必要がなかった。その間は、コンビニで買ってくるいつもどおりの食材を機械的に胃の中に投じながら、ただごろごろと無為に過ごしていた。

それ以降も、職場への行き帰り以外には、何をする気にもなれなかった。仕事にすら、行かなければならないからしかたなく足を運んでいるだけだった。菓子パンの空袋や弁当の空き容器もそこらに放置しているので、住環境は見る間に荒んでいき、冬場だというのにいつも部屋のどこかから腐臭が漂っていた。耐えられなくなるとゴミ袋に片端から放りこんでいくのだが、目の前の一角が片づきさえすれば力尽きたように作業を中断してしまうので、三日もすればもとの木阿弥(もくあみ)だった。

過去何ヶ月か、アパートの中がひととおりはこぎれいに片づいていたのは、同居人がそうしてくれていたからだったのだということを今さらながら思い知らされた。だが、それがなんだというのか。むさ苦しい男の一人暮らしだったのはもとからのことで、それももうずいぶん長いこと続いていた。その状態に戻ったというだけの話ではないか。そう思いなおそうとする端から、それにしてもこの散らかりようはただごとではないと感じている自分がいる。

あきらかに、怜花が来る前以上に、片づけを怠るようになっている。怜花がこの部屋に来てしばし一緒に過ごしたことが、自分の中のなにかを巻き戻しできない形で変えてしまったのか。そうでなければ、まるで怜花の不在を覆い隠すためにこそ、部屋の中をゴミでいっぱいにしようとしているみたいではないか。

気がつけば怜花のことを考えていた。そして、胸に粘土を詰めこまれでもしたような息苦しさを覚えた。後悔なのか、罪悪感なのか、冷めやらぬ怒りなのか、喪失感なのかはわからなかった。あるいは、それらすべてが解きほぐしがたくからみあった不定形のかたまりなのか。わけても心をざわつかせるのは、怜花が出ていくとき、この部屋からあるものを持ち去っていたという事実だった。

しばらくは知らないままでいた。着々とゴミ屋敷に近づいていく部屋の中を、最低限、人が住める状態にしておこうとする試みを何度か重ねた時点で、テレビ台の上からそれがなくなっていることに初めて気づいた。小学生のときに作った、素焼きの怪物だ。たしかにあれは、怜花にやったことになっていた。ただ怜花は、自分がこの部屋にいるかぎりはということで、同じ場所にそれを飾りつづけていたのだ。

隼自身がそれをどうにかしたはずはない。とすれば、あのクリスマス・イブの晩、目を閉じてうなだれている隼のかたわらで、自分に属するその他の持ちものと一緒に怜花がそれをそっと手に取り、キャリーバッグの中に詰めていったのだと考えるよりほかにない。

そのときの怜花の気持ちが、理解できない——。

あんなにひどいことを言われて、最悪の空気の中で荷物をまとめていたのだ。一刻も早くこの部屋をあとにしたいと思っていたはずだ。事実、歯磨き用のコップやタオル、ちょっとしたアクセサリーなど、残していったものもいくつかあった。バッグにしまい忘れたのか、所有権を放棄したのかはともかくとして、持ちものひとつひとつを細心に点検してより分けるような心の余裕が、あのときの怜花にあったとは思えない。その中で怜花は、なぜあの粘土細工を見逃さず、わざわざ持ち去ることに決めたのか。隼の記憶と露骨に結びつくものなど、むしろ置いていきたいと思うのが自然ではないのか。

一方で、あれが完全な最後であるはずがない、という思いも、心のどこかに燻っていた。たしかにひどいことは言ったが、あのときの状況は売り言葉に買い言葉というのに近いものがあったのではないか。一足飛び(いっそく)に出ていけと命じたのも、今から思えば一種の緊急避難だった。だしぬけに眼前に突きつけられた過酷な現実に対応できず、「しばらく一人にしておいてほしい」と頼むつもりでああ言ったようなところがあるのだ。その言(げん)を受けて出ていった怜花も、二、三日すればふらりと戻ってくるのではないかと最初は思っていた。

かといって、いざ怜花が再びキャリーバッグを片手に玄関口に立ったとき、どんな顔をして迎えればいいのかも、隼にはわかっていなかった。在邦に対する考えが変わったわけではない。そして在邦であることは、パチスロ依存やホストクラブ通いと違って、本人の意志や努力でやめられるようなものではない。仮に帰化したとしても、民族的な出自(しゅつじ)そのものを塗りかえることはできない。好むと好まざるとにかかわらず、吉見怜花は未来永劫、唾棄すべき在邦の、少なくともその血を享けた者の一人でありつづけるのだ。戻ってきたところで、また嚙みあわない諍いを一からくりかえすだけの結果に終わるのではないか。

だから隼は、その後も怜花がいっこうに姿を見せないことを喜ぶべきなのか悲しむべきなのか、自分でも態度を決しかねるような思いで一日、一日を過ごしていた。スマホの中の怜花のデータはまだ削除していなかったが、本人からは電話一本かかってこなかった。何度かSNSでメッセージを打とうとして、結局思いとどまった。メッセージといっても、いったい何をどう書くのか。その責任を自ら負えるのか。

年明け最初の桜浄連のデモにも参加しなかったのは、なにかをする気力が衰えていたことだけが理由ではなかった。あきらかに、怜花のことを意識していた。デモの罵声を聞きながら気持ちが悪くなってしゃがみこんでしまったという言葉が、時間差でじわじわと胃の腑にしみわたり、汚いフレーズで勢いづく行進に加わることをためらわせていた。前回のデモのとき、歩道に仁王立ちして決死の形相で訴えを投げかけてきた痩せた老人の姿も、瞼の裏にちらついていた。

会員だからといって、デモに必ず参加しなければならないという義務があるわけではない。出欠を取る人間もいないので、事前の連絡も必要がない。ただ、ほぼ毎回顔を出す常連の一人である隼の姿が見えないことは、会場では目立っただろう。気にかかってはいたが、いつもどおり、正しいことをしているのだという確信を胸に超然としていられる自信がなかった。また在邦のだれかが訴えてきたら、きっと無視できない。耳を傾けるべきなのではと心が揺らいでしまう。そしてそれが、ひいては命取りになる気がする。

そんな中で桜浄連の支部長から会いたいという申し出を受けたことには、一定の緊張を強いられた。おたがいに連絡がつくようにしてはあったものの、集会やデモ以外のときに個人的になにかやりとりしたことは、これまで一度もなかったはずだ。在邦を排撃する闘士として心が揺らいでいることを見すかされているような気がした。そうでなければ、怜花のような在邦と親密になっていたことを、なんらかの形で悟ったのだろうか。

「よっ、ハヤブサくん」

日曜日の夕刻、指定されていた喫茶店に、約束の時間より少し遅れて現れた霧谷支部長は、気抜けするほどにこやかだった。そして席に着き、水を持ってきた従業員に「ホット」と注文するなり、タバコに火をつけた。当時はまだ、分煙すらされていないそんな店がざらにあったのだ。その点も含めて、若い世代にはそっぽを向かれそうな古めかしいたたずまいの店だったが、いつもすり切れた同じ革ジャンを着ているこの中年男には、カフェなどよりもこうした店のほうが似つかわしかった。

そういえば、怜花の父親は喫茶店を経営していたという話ではなかったか。その店もこんな構えだったのだろうか。ふとそんなことを思ってしまった隼は、支部長の手前、強いてその思いを振りはらった。

「悪いね、せっかくの休みに急に呼び出しちゃって。仕事忙しいんだろ?」

さも同情に堪えないといった表情で、支部長はそう言った。この人に忙しいなどとこぼしたことは一度もないし、事実、ことさらに仕事に追われているわけでもなかったが、「ええ、まあ」と適当に調子を合わせておいた。デモに行かなかったことを、そう解釈してくれるのなら都合がいい。

「ハヤブサくん、仕事なんだったっけ。――ああ、リサイクル関係ね。あれも儲け出ないだろ。いい商売ってのはなかなかねえもんだよな」

支部長は彫りが深く眉も濃いくっきりした顔立ちで、だれかを睨みつけるときにはヤクザですら縮みあがりそうな強面（こわもて）になる。だが笑顔は一転して人懐こく、そばにいる誰の気持ちもなごませ、安心させる力を持っている。桜浄連のデモに参加するようになってまだ日が浅く、右も左もわからなかった頃、こまめに声をかけてあれこれ教えてくれるこの人の気づかいに、どれだけ勇気づけられたことか。

その恩にできるかぎり報いたい気持ちはあるが、今この人になにかを命じられても、満足してもらえるレベルでそれに応えられる気がしない。わざわざ呼びつけたということはなにか言いたいことがあるのだろうが、支部長はまるで話がそこに及ぶことを恐れるかのように、世間話ばかりを漫然と続けている。かえって追い立てられるような焦りを感じて、「あの、今日は……」と促すと、「あ、うん、実はな」とやおら居住まいを正し、ためらいがちに本題に入った。

「その……ハヤブサくん、俺の後釜（あとがま）に収まる気はないかな」

「え、後釜って――西東京支部の支部長ってことですか」

黙ってうなずいた支部長は、おもねるような笑みを顔に浮かべながら、隼ならまじめで熱心だし、デモにもほぼ毎回来ていて会員たちに顔も知られているから適任だ、と一方的に説きはじめた。

「そんな、無理ですよ。俺、霧谷さんみたいな威勢のいい野次を飛ばしたりスピーチしたりできないし」

「そんなのは得意な奴にやらせときゃいいんだよ。全員を束ねるトップの位置に就くのは、俺みたいに変に熱くなったりしない奴のほうがいいんだって」

「でも、なんでですか。支部長の座を俺に譲ったとして霧谷さんは――もしかして桜浄連を辞めるんですか」

支部長はきまりが悪そうに目を逸らし、家業を継がなければならなくなったのだと明かした。それまでは兄がやっていたのだが、最近腎臓を悪くして入院してしまい、再起も見込めないので、この人自身が舵取り(かじとり)を引き受けざるをえなくなったということらしいとわかった。

家族との関係はよくなかったが、縁を切ろうにも切れないのが家族というもので、結局最後は逃げきれずに終わるのだ、といった意味のことを、口の滑りがいいこの人にしてはめずらしく訥々(とつとつ)と語った。ただ、家業は何かという問いに対しては口を濁したので、それ以上は訊かなかった。人にはそれぞれ、事情というものがある。

「いや、支部長就任の件は、無理ならいいんだ。信用できる奴ってことでいちばん最初に思い浮かんだのがハヤブサくんだっただけで、だめならほかを当たるからさ」

　そう言って支部長はまた新しいタバコに火をつけた。この席に着いてから、もう何本吸っているだろうか。信用できる奴、という言葉が耳に痛かった。心を支えていた軸がぐらつき、足場も見失いかけている今の自分は、支部長の信用にはとうてい値しない男だ。そうでなくても、大勢の会員を率いていくことなどができる柄ではない。

　支部長が執念深く説得を試みるでもなく、すぐ雑談に戻してくれたことにはほっとしたが、期待に応えられないことが歯痒く、情けなくもあった。この人物を失った西東京支部はどうなってしまうのか。これまでどおりの活動など、維持できなくなるのではないか。

「おっと、もうこんな時間か。悪いな、忙しいのに長々とつきあわせちまって」

　支部長は、身に帯びているものの中でいちばん高価そうに見える年季の入った腕時計にちらりと目を落とすなり、唐突に伝票を手に取った。

「今日は上の娘の誕生日でな。今は学校の友だちを家に呼んでパーティーやってるんだけど、夜は俺がうまいもん食わせてやる約束になってるんだ」

「お子さん、いくつになったんですか」

　お義理で投げかけた質問に、支部長は「九つ」と答えながら嬉しさを隠しきれない表情でスマホを操作し、ピアノの発表会かなにかでおめかししている娘の画像を表示してみせた。そして頼んでもいないのに、下の娘も含めて何枚も画像を見せてくれた。姉妹はよく似ていて、さして器量がよくはないものの、どの画像でも曇りのない笑顔で無邪気にポーズを取っている。「かわいいですね」と言うと、わが意を得たりとばかりに「だろ？」と言いながら目尻を下げて、ディスプレーをしげしげと眺めた。

　勇ましくデモを先導するリーダーの私生活の一端を図らずも覗いてしまった気がして、隼はなにかこそばゆいような気持ちになった。

「あの、支部長のポストにはいつまで」

　一緒にレジに向かいながら問いかけると、支部長は「ま、後任が決まり次第だな」とむずかしい顔で答え、手早に会計を済ませて外に出ていった。隼が自分の分を払おうとすると、「いいって、いいって！」と顔をしかめた。冬の陽は短く、いつしか戸外はとっぷりと暮れている。支部長は最寄り駅のほうに向かって歩いているようなので、黙ってあとを追った。

　ジーンズのポケットに両手を突っこみ、寒そうに首をすくめている背中が見える。この人と会うのはこれが最後になるのかもしれないと思うと、にわかにさみしさが迫りあがってくる。なにかを察したように支部長が振りかえり、「そんな顔すんなよ」と言いながら歩速を緩めて肩を叩いてきた。

　交差点のところで支部長は、「じゃ、俺はこっちなんで」と言って、道沿いに右に折れて歩道を歩み去っていった。隼が信号待ちをしながらそれを見送り、顔を前に向けなおしたとき、「あのな」という大きな声が右側の離れたところから聞こえた。

「パチンコ屋なんだ」

十数メートル先で立ち止まっていた支部長が、こちらを向いてそう言っている。何を言われているのかわからずに眉をひそめていると、つかつかと歩み寄ってきて、「パチンコ屋、俺んちの家業」と言い添えた。

「笑えるだろ。在邦みたいだって思ってるだろ」

「いえ、そんな……。いろんな人がいろんな商売をやってますから」

あいまいに取りなすような調子でそう言うと、支部長は空疎（くうそ）な笑いを漏らしながら続けた。

「でもそうなんだよ、そのまんまなんだ。——在邦なんだよ、俺」

すぐかたわらを運送会社の十トントラックが低い唸りを上げながら通りすぎてゆく。その重力に引き寄せられるように体が傾いだ気がして、慌てて身をそらした。

「冗談——ですよね」

口ではそう言ってみたものの、支部長がかけ値のない事実を述べていることは目を見ればわかったし、実際のところ、それほど驚かずにいた。夢にも思っていなかったことではあるが、怜花のことがあったあとだっただけに、心が麻痺（まひ）していたのかもしれない。ただ、在邦であることを怜花が隠すのと、支部長がそうするのとでは、意味がまったく違う。この人は、いつでも先頭に立って、誰よりも攻撃的な言葉で当の在邦を叩いていた張本人ではないか。

「急にこんなこと言われても信じられねえだろうけど、ほんとなんだ。小学から高校までは民族学校だった。大学だけは、大検受けてこっちのに入ったけど」

そう言って支部長は、隼の腕を取ってシャッターの下りているタバコ屋の軒先に導き、店先のスタンド灰皿を前にして再びタバコに火をつけた。

「叔父の一人は、帰還船に乗って北へ行ったよ。今では音沙汰もなくなって、生きてるかどうかすらわからない。そういう家に育ったんだよ、俺は」

支部長の口から白い息と煙の混ざったものが吐き出され、風に煽られて暗い空にたなびいていくのが見えた。

「昔はこれでもいっぱしの民族主義者だったんだぜ。なにしろ〝偉大なる将軍様〟の時代だからな。そういうふうに教育されてたんだよ、学校でも家でも」

「それでどうして――」

質問を言いきることができなかった。何をどこまで訊いていいのかもわからなかった。この人はいったいどういうつもりで、藪から棒にこんな告白を始めたのか。

「なんていうか、まあ、ひとことでいえば幻滅？　北の国情が、万単位の餓死者が出るほどひどいってこととかもだんだんわかってきてさ、そのうち拉致問題とかも取りあげられるようになって――。今まで教えられてきたことはなんだったんだって。その反動ってやつかな」

並行して、閉鎖的な在邦社会に対する反感も、日々募っていった。親族同士の濃密なつきあい。身内とそれ以外を極端なまでに分けるかたくなさ。なにかといえば一族が、一族が、とむきになるうっとうしさ。チェサと呼ばれる先祖供養の法事が父方母方合わせて年に何度も行なわれ、顔を出さないと厳しく咎められる。自分とのつながりもよくわからない大勢の親戚たちに囲まれて、お行儀よくしていなければならないその雰囲気が大嫌いだったという。

「なにしろ暑苦しいんだよ、あいつら。一世のジジババに、日本に支配されていた頃はいかにひどかったかみたいな昔話を、何十回となく聞かされることにも心底うんざりしてたしな。なにかっちゃあ被害者面して、悪いのは常に日本のほうだって決めつけて。じゃあそう言うおまえらにはなんの落ち度もないのかよって。こっちの連中にあれこれ悪く言われるのも無理はないよなって」

それはまさに、日ごろ隼自身が在邦に対して抱いている反感そのものだった。にもかかわらず、うなずきかえすことはできなかった。在邦だとわかった人自身の口から放たれるその言葉には、言いようのない居心地の悪さを覚えさせられる。

支部長は、胸につかえていたものを一刻も早く吐き出してしまいたいとでも言わんばかりに、早口で続きを口にした。

「なにもかも嫌気がさしてさ、いっそこっちの人間になっちまいたいって思ったよ。だったら帰化しろって話なんだけど、それも今一歩のとこでふんぎりがつかない。それに、国籍さえ変えればいいってもんでもないだろ。だから俺はあいつらと縁を切って、あいつらを攻撃する側に回ったんだ、こっちの人間になりきってな。それを続けてれば、もっとこの国にふさわしい人間になれるんじゃねえかなって。でもな――」

そこまでひと息に言ってから、支部長はフィルターの手前まで短くなったタバコから最後のひと口を吸いこみ、灰皿で火を揉み消した。

「歳のせいか、なんだか最近、しんどくなってきちまってさ、そうやってつっぱりつづけてることが。ガキのこともあるよ。嫁さんはこっちの人だけど、娘二人が在邦の子であることに変わりはねえだろ。それで在邦に向かって死ねだの出ていけだの吠えつづけるってのもどうなのかってさ。家業を継がなきゃいけないってのは、まあ口実みたいなもんだよ。どっちみちそろそろ潮どきだったんだなって」

とっくに火が消えている吸い殻の先を支部長はいつまでも灰皿に押しつけ、散らばっている細かい灰を、その先でかき集めては穴の中に落としている。

「結局、親子の縁、家族の縁ってのは、切っても切れないもんなんだ。最後はそこに引き寄せられていくんだよ。親父のことが大嫌いだった俺が、こうして店を継ごうとしてるみたいに。俺が継がなきゃ、親父が一代で築きあげてきたものが無になっちまう。それを思うとな……」

ついさっきも支部長は同じようなことを言っていたが、今度のそれは、隼の耳にはまるで違った響きを伴って聞こえた。

ようやく吸い殻から手を離した支部長は、不意に姿勢を正し、ていねいに頭を下げながら、これまで隼をはじめ桜浄連のみんなをだましていたことを詫びた。ただ、ほかの会員にはこのことはできれば伏せておいてほしいというのが、支部長の願いだった。知ればショックを受けるだろうし、動揺もするだろう。そんなふうに波紋を起こして去っていくのは、本意ではないという。

「ハヤブサくんにもほんとは最後まで黙っておくつもりだったんだけどさ、さっきの心細そうな顔を見てたら、なんだか罪悪感に駆られちまって……。でも、俺はたしかに在邦だけど、この国のことは大好きなんだぜ。それだけはほんと」

そう言う支部長の笑顔は痛ましくて、正視できなかった。まるで、ひどい虐待を受けてもなお、ただ親であるというだけの理由で親を慕い、つれなく去っていこうとするその背中を愚直に追う幼い子どものようではないか。いや、そこにあるのは、もっと卑屈ななにかだ。救いようもなく屈折し、もはや愛情とは別のなにかになってしまっている、いびつすぎる愛情。

もろ手を広げてそれを受け入れる準備が、そのときの自分にあるとはとても思えなかった。だから隼は顔を背け、背けておきながら、そうした自分を恥じた。

今度こそ背を向け、暗い街路の先に消えていこうとしている支部長に、かけるべき言葉も見つけられなかった。ただ礼を尽くすように頭を下げ、その姿が完全に見えなくなるまで目で追うことが、隼にできたせめてものはなむけだった。

顔を起こしたとき、どんな形であれ、今よりはましな未来がこの人物に訪れることを、自分が心から願っていることに気づいた。在邦であるかどうかということはとりあえず棚上げした上で、天使のような明るい笑顔の娘二人を持つ父親としての、個人としての支部長が、できれば幸せであってほしいと願っていた。

不意に凍えるような寒さを意識した。支部長の告白のおかげで、思いがけず長時間外気に身をさらしてしまっていたのだ。むき出しの首と服の隙間に冷たい風が吹きこみ、歯の根がカタカタと音を立てている。マフラーを巻いてこなかったことを悔やんだ。

もともと持っていたマフラーは毛玉だらけでもはや使いものにならず、見苦しくないのといえば、怜花が編んだものしかなかった。捨てるに捨てられず、かといって実際に使うのは、支払いの済んでいない商品に手をつけるようで抵抗があった。つまらないことにこだわらず、純然たる防寒具として使ってしまえばよかったのだ。

そう思う一方で、そんなかんたんに割りきれるものではないということもわかっていた。マフラーに手をつけられなかったのは、怜花との間のことが未解決のままになっているという意識があるからだ。あれで終わりのはずがない。あの晩をもって怜花と永遠に会えなくなるなんてことが、許されるわけがない。二人の関係は、正式にはまだ終わっていないのだ。それならば、最終的に話がどう転ぶにせよ、最低もう一度は、二人は会って話をすべきなのだ。むこうが戻ってこないなら、こちらから働きかけるしかない。

北風に身を震わせながら、隼は初めて、自分の中のその気持ちに正面から向きあった。突きつめれば、「怜花に会いたい」というたった七文字に集約できるその気持ちに。

Ｏ通りを訪れるのは、あのときのデモ以来だった。敵地に単身、しかも空身で紛れこんでいるようなものだと感じた。あの日、霧谷支部長に唱和して罵声を発していた自分を、道行く人や商店の従業員などがこぞって顔で識別し、露骨な敵意を向けてきているような気がしてならなかった。すぐそこの人ごみの中から、あの瘦せた老人がこちらに指を突きつけていはしまいか。心細さとうしろめたさから、自然と早歩きになった。

デモでもないのにここを訪れたのは、残された手段がもはやそれしかなかったからだ。怜花に連絡を取ろうにも、ＳＮＳ等のメッセージは戻ってきてしまうし、電話には「お出になりません」という音声が返されるだけだった。着信拒否されているのだろう。気持ちが挫けそうになったが、あきらめきれなかった。

そのとき思い出したのは、一度引きあわされたことのある、かつてルームメイトだったというヒトミという女の子が、Ｏ通り沿いの携帯ショップに勤めているということだった。もしかしたら怜花は、さしあたって身を寄せる場所として、ヒトミが彼氏と暮らしている部屋を選んだかもしれない。そうでなくとも、ヒトミには居場所を教えているのではないか。

携帯ショップは、通り沿いに少なくとも三軒あることがわかっていた。全部覗いてみてどちらにも本人が見当たらなかったら、近くにある別のショップに当たるか、もしくは日を改めて出なおすよりほかにない。わかっているのはヒトミという名前と顔だけで、苗字すら知らないのだ。しかし幸運にも、二軒目のカウンターで、接客している本人を見つけることができた。声をかけてくるほかの従業員を躱しながら視線を捉えようとすると、むこうから気づいて顔をこわばらせた。

「ちょっと今、仕事中ですので……」

ヒトミは低い声でそう言ったきり迷っていたが、三十分ほどすれば休憩が取れるという話なので、近くのカフェで待つことにした。実際に店先にヒトミが姿を現したのは、小一時間も過ぎてからだった。

「すみません、なかなかきりがつかなくて」

ショップの制服姿のまま駆けつけたヒトミは、待たせたことで恐縮するそぶりは見せているものの、表情は堅いままで、正面の椅子を勧めても座ろうとしない。

「怜ちゃんのことですよね」

「うん」

うなずいておきながら、次に何を言っていいのかわからなくなった。この子には、デモのときの自分も見られているのだ。それを意識するや否や、恥ずかしいという感情が殻を押し破るように膨れあがってくることに戸惑っていた。デモは愛国的行動で、なんら恥ずべきものではないはずだ。支部長と並んで憎悪のまなざしを周囲に差し向ける自分を誇らしく思っていたのは、嘘かまやかしだったのか。

「連絡がつかなくてさ……。君ならあいつが今どうしてるか知ってるんじゃないかなって」

ようやくの思いでそれを口にすると、「連絡がついたとして、それであの子に何を言うつもりなんですか」と冷たく返された。

「連絡がつかないってことは、そうする気が今の怜ちゃんにはないってことなんじゃないですか」

「それでも——とにかくもう一度、ちゃんと会って話したいんだよ。このままじゃ気持ちに収まりがつかないんだ。なにか知ってるんだったら教えてくれないかな」

実際に怜花と会えたとして、何をどう話すつもりなのかは、自分でもわかっていなかった。ただ、このまま終わりにはできないという思いだけが、隼を衝き動かしていた。ヒトミはその場に佇んだまま、目を伏せてしばらくためらっていたが、やがて、「実家に身を寄せてるって聞いてます」と小さな声で答えた。

「でも、そっとしておいてあげてほしいです。——私も、責任を感じてるんですよ。星野さんに会わされたとき、やさしくて誠実そうな人だからいいんじゃないかってあの子に言っちゃったことで。星野さん、わかってますか、あの子がどれだけ傷ついたか」

抑揚に乏しい口ぶりではあったが、それだけにかえって、刺々しい非難がそこにこめられていることがわかった。視線も上げられずに黙って聞いていると、ヒトミはさらに言い募った。

「ああいうデモとかも、正直、ありえないと思います。それなのにあの子は、それもわかった上で、全部呑みこもうとしてたんですよ。その部分を見なかったことにして、ギリギリのところで、星野さんとやっていく道を探そうとしてたんです。それでどうして、そこに追い討ちをかけるようなまねができたんですか」

ひとことも言いかえせずにいる間にヒトミはそっと背を向け、「失礼します」とだけ言い残して立ち去っていった。最後までとうとう、一度も目を合わせてくれなかった。

隼はそのまま、カップの中のカフェオレが完全に冷たくなってしまうまで、凍りついたように、身動きひとつ取ることができずにいた。あんな小娘の言うことがなんだと言うのか――そう思う一方で、放たれた言葉ひとつひとつの厳しさに心を刺し貫かれ、打ちのめされてもいた。

理屈でどう説明をつけるかという問題以前に、自分が怜花にひどいことをしてしまったのだということだけは、骨身にしみてわかっていた。このときになって初めて、それがわかったのかもしれなかった。

ある日曜日の朝、窓の外がまっ白な雪に覆われているのを見て、隼は心を決めた。

怜花を思ってここまで胸が痛むのなら、なにか具体的な行動を起こさないかぎり、永遠にそこから出ていけなくなるのではないかと思っていた。とはいえ、いたずらに怜花を苦しめたいわけではない。ヒトミに言われたとおり、そっとしておくのが正解なのかもしれない。心にわだかまるそんな迷いが、目に痛いほどの雪の白さで一気に吹き払われた。あらゆるものを白く塗りつぶしていく雪が、なにかを浄化し、免罪符を与えてくれるような気がした。

なぜか、暗い氷の洞窟の中で一人きり膝を抱えてしゃがみこみ、身を震わせている怜花の姿が脳裏に浮かんだ。世界中にはびこり、溢れかえっている悪意の波から身を守ろうとして、そこでじっと息をひそめているのだ。波は、すぐそこまで押し寄せてきている。洞窟は、怜花にとって最後の砦なのだ。そこから救い出してやらなければならない——そんなイメージに追い立てられていた。

　怜花の母親が送ってきた荷物の送付状を手に取り、送信元の住所の正確な位置や最寄り駅をネットで下調べした。横浜の手前で、降りたこともない駅だったが、思い立った今日のうちに意志を形にしようと思い、その場で出支度を済ませた。連絡のつけようがないなら、住んでいるところに直接、訪ねていくしかない。

　アパートを出る直前に、一瞬のためらいが心に兆した。なにもこんな雪の日に、勝手もわからない未知の土地へ赴くことはないのではないか。もっと天候のいい日に出なおすべきでは？　ここ数日、むき出しの首に吹きつける冷気がとみに骨にこたえた。今日はその比ではないだろう。そう思ったとき、部屋の隅に転がっているグレーのマフラーが目に留まった。あらためて検分すると、みごとなできばえで、店で売られているものと比べてなんの遜色もないように見えるが、よく見ればところどころに、失敗したのをごまかしたような痕跡がある。まちがいなく、素人による手編みだ。

　躊躇を振りはらって、隼は初めてそれを自分の首に巻きつけた。同時に、なにか覆しがたい既成事実が成立してしまったような気がした。そうだ、このマフラーは、今日のために存在していたのだ。それならやはり、怜花を訪ねていくのは、雪が降り積もる今日でなければならない。神様だかなんだかが、そういう形でお告げを下しているのだ。

隼は怜花に渡しそびれたプレゼントのスケッチブックとパステルのことも連想で思い出し、ベッドの下から包みを引っぱり出すなりドアを開けて、身を切るような外気の中に足を踏み出していった。

京浜東北線で川崎のあたりを通過する頃、車両内の空気まで、いつも吸っているのとは組成の異なるものに入れ替わっているかのように思えて、神経がぴりぴりとひくつくのを感じた。日ごろはまったく寄りつかないエリアであり、在邦の集住地域がこの界隈のどこかにあるはずだということばかり過剰に意識していた。

川崎駅で、ホームから傘を手にして入ってきて、正面のシートに座った勤め人風の女と目が合った。その視線が、女のほうから逸らされるのをはっきりと見た。いわれのない罪を負わされた容疑者になった気分だった。乗客たちはみんなそれを知っていて、それとなくこちらの動向を窺っては、気づかれないように無関心を装っているのだ——そんな妄想に取りつかれそうにすらなった。

目的の駅に着き、階段を下りてコンコースから外に踏み出した隼は、そこで一瞬、途方に暮れた。まるで不案内な駅であるばかりか、いっそう降りの激しくなっている雪、そしてしきりと行き交う人々の掲げる傘で、視界が阻まれて何も見通すことができない。人に迷惑げにぶつかられながら何歩か足を進めると、大きなバスターミナルがあることがわかったが、見知らぬ街で路線バスを使うのは避けたかった。どこに運び去られるかわかったものではない。

スマホのグーグルマップに目を落としながら、愚直に歩いていく方法を貫くことに決めた。駅前から続く、昔ながらの冴えない商店街を抜け、吉見家あるいは崔家のある方向へと導いてくれる広めの通りへ曲がりこんでからは、決して緩やかとはいえない傾斜の坂を、登ってはまた降りるという道のりが何度もくりかえされた。その通りの両側に、新旧の没個性な住宅が無数にひしめいていた。どうやら、この界隈の土地全体が無数の凸凹からなっており、その上に住宅地を隙間なく広げていったらしい。

ガードレールも設けられていない歩道は、その領域を示すアスファルト上の白線すら雪に覆われていて見えないせいかひどく狭く感じられ、すれすれのところを自動車がかなりのスピードで通りすぎていくたびに、轢かれるのではないかと身をすくめなければならなかった。そのとき以外はすべてが死んだように静まりかえっていて、すれ違う人影も稀だった。

車輪が通過するところだけシャーベット状になっている車道とは違って、歩道に降り積もった雪は分厚く、足を取られないように一歩ごと慎重に踏みしめながら進む必要があった。坂は、降りたと思うとまた登り勾配が始まり、広い通りから逸れて住宅街の中心部に向かっていくにつれ、さらに急な登り坂にさしかかった。

駅を出てから、すでに軽く三十分は歩きつづけていた。途中で何度もバス停を見かけ、やはり、路線を確認してバスを利用するのだったと悔やまれた。気をつけているつもりでも、雪の積もった登り坂を歩くことに慣れていない足では、そして、使い古してソウルがすり減ったスニーカーでは限界があり、ある瞬間、ついに路面を足で捉えそこねた隼は、そのまま数メートル、うつ伏せの姿勢で道を滑り落ちてしまった。

体の何箇所かを強打し、鼻の奥もツンとしていた。路傍に前のめりに横たわっている隼を見下ろす周囲の住宅はどれも無表情で、助け起こしてくれる人もいなかった。隼は泣きたいような気持ちになりながら身を起こし、体の前面についた雪を払ってから、いっそうの慎重さであらためて足を踏み出していった。

この苦行のような道程をあえて徒歩で踏破することで、先に待っているものがより確実に自分の手に入るのではないかという根拠のない期待もあった。「先に待っているもの」が何を指すのかは、自分でもよくわかっていなかった。――怜花との関係？　それはすでに、彼女が在邦だったという事実によって、修復の糸口も見出せないほど損なわれてしまっているのに？

雪の中であるにもかかわらず、ダウンジャケットの内側にはいつしかじっとりと汗が滲んでいた。その熱気と、露出した頬や耳を刺す冷気とのちぐはぐさに悩まされはじめた頃、ようやく「吉見」と書かれた表札を掲げる家の前に辿りついた。

さして大きくはない、経年劣化の痕もあらわな家が建ち並ぶうちの一軒で、登り勾配になっている道に面して二階から広めのベランダが張り出し、その下のスペースは、支柱に囲まれる形でガレージ風になっているものの、収納されている車の影はない。ベランダには無数の鉢植えが並んでいるが、手入れされている様子はなく、枯れた観葉植物の一部が柵越しにだらしなく垂れ下がっている。

ドアの前で一度深呼吸した隼は、やおら無造作に呼び鈴のボタンを押した。一瞬でもためらったが最後、ボタンを押すために手を上げるという動作を永遠にできなくなるような気がしたからだ。しかし中からは、なんの反応もない。留守なのかどうかもわからない。少し迷ってから今度は拳でノックし、間を空けてもう一度叩いた。

「はい……はい、はい」

疲れたような、決して若くはない女の声が合板張りのドアのすぐ際まで近づいてきて、鍵が外される音がした。内側からドアを押し開いたのは、背の低い、枯れ枝のような女だった。

「ええと、どちらさまで……」

そう言ったきり、ぼんやりと口を開けてこちらを見つめている。おそらく母親だろう。にこやかとはいえないまでも、思いがけず柔和な表情に少しだけ安心させられる。六十歳前後だろうか。型の古いメガネをかけていて、痩せているせいもあってか顔がやけに長く見えるが、美女と呼ばれた時代もあったのだろうと想像させる造作だ。その中のいくつかの要素には、あきらかに怜花と通じるものがある。

「あの、怜花さん――いらっしゃいますか。私は……星野と言っていただければわかります」

「怜花、怜花ですか」

だしぬけにその目が泳ぎはじめ、表情も心もとなげなものに変じた。

それは、レイカと呼ばれる人間に心当たりはない、と言っているようにも見える物腰だった。本名はなんだったかと思い出そうとして、家族なら通名を知らぬはずはないと思いなおした。実際、母親らしき女は、少しためらってから、あいまいに語尾を濁すような言い方でこう答えた。

「あの子は――あの子は今ちょっと……」

どうとでも取れる口ぶりだ。いるのか、いないのか。いないとしても、一時的に外出しているのか、それとも今はここに寝泊まりしていないという意味なのか。今このときも家の中にいることはいるが、顔を出せる状態ではないということなのか。何をどこまで聞いているかはわからないが、「星野」の名だけで誰であるかを悟り、警戒している可能性もある。

「ちょっとだけ話したいんです。あの、なんならこれを渡していただけるだけでも――」

そう言って隼は、持参したプレゼントの包みを取り出した。手紙も何もつけていないが、少なくとも接点を持ちたがっているというメッセージにはなるだろう。

包みを受け取ろうともせず、ただ当惑したように口をぱくぱくさせている女の背後から、喉に痰がからまったような低い声が聞こえた。不機嫌な獣を思わせるその響きに身をこわばらせていると、「ちょっとお待ちください」と言いながら女がいったん奥に引っ込んだ。低い声の持ち主となにかしきりに言い交わしている気配はあるが、内容はわからない。仄(ほの)暗(ぐら)くてよく見えない廊下の奥のほうから敵意が溢れ出し、自分めがけて押し寄せてくるような気がして生きた心地もしなくなった頃、獣じみた声が急に明瞭に聞き取れるようになった。

「いいから、上がってもらいなさい。こんな雪の中、気の毒だろう」

見れば、襖(ふすま)をガタガタいわせながら廊下の奥に一人の年老いた男が現れ、こちらに近づいてこようとしている。片足を引きずる危なっかしい足取りだ。それをかたわらから支えている女と背丈はさほど変わらないかわりに、太く短い丸太のようにがっしりとした体型なのがわかる。ぞんざいにうしろに撫でつけた髪はほぼまっ白で、袋状に膨れた肉の中央に刀で入れた切りこみのような細い目が、こちらをじっと見据えている。

「星野くんだね、まあ上がって。怜花は今ちょっとそこらへ出かけてるんだが、じきに戻るはずだから」

小刻みな歩みでどうにか廊下の中ほどまで出てきた老人は、敵意がないことを示すように両手を広げながら、首の動きで奥の部屋を指してみせた。その口ぶりから、突然の来訪者が何者であるか、すでに察していることがわかった。

この男もやはり思いのほか穏やかな面(おも)ざしだが、それにはどこか、精一杯の忍耐によってぎりぎりのところで支えられているような危うい緊張が感じられた。出方ひとつ誤ったら、その仮面を瞬時に突き破って、般若の面相があらわになるかもしれない。その恐れから隼は、勧めに素直に従うことを選んだ。ここでは、きっとそれが正解なのだ。

姿を現した二人は、どちらとも、自分が怜花とどのような関係にある人間なのかを明かそうとはしなかったが、勝手にそれぞれを父親、母親と見なすことに決めた。父親らしき男性がともすれば祖父ではないかと思うほど年老いているのも、怜花が自分のことを「親がだいぶ歳いってから生まれた子」と称していたことと矛盾しない。それよりだいぶ若い母親のほうは、夫が客を家に上げろと言いはじめたときからずっと困ったような顔をしていたが、隼が奥の部屋に通されると、あきらめた体で座布団を差し出してきた。

その畳の部屋は居間として使われているらしく、中央にごく普通の電気ゴタツが置かれていた。それ以外の暖房器具が稼働している気配はないが、部屋の中には暖気のほのかな名残が滞っている。正坐の姿勢のまま、かけ蒲団の中に申し訳程度に足を入れてかしこまっていると、卓を挟んだ正面に父親のほうがやって来て、「よいしょっ、うんせっ」などと声を出しながら、そこにひとつだけ据えてある古びた座椅子に苦労して体を収めた。そして何も言わずにタバコに火をつけ、パックの開いた口をこちらに向けて隼にも一本勧めた。

当時は喫煙者ではなかった隼が断ると、本人はパックを引っ込めながら、口にくわえたタバコをさもうまそうに悠然とくゆらせはじめた。

父親の手元にはガラス製の大きくてごつい灰皿があり、すでに何十本もの吸い殻がうずたかく積まれている。灰皿の彎曲（わんきょく）した側面にオレンジ色の塗料で噴きつけられている文字はかすれて消えかかっているが、「喫茶フラワー」と読める。この老人がかつて経営していたという喫茶店の屋号だろうか。卓上にはほかにも、読みさしのまま雑に折りたたんだ新聞やら、お茶かなにかがこぼれた跡のあるテレビのリモコン、電気料金の明細などが、菓子の包み紙や丸めたティッシュなどと一緒に雑然と積み重なっている。

あまりじろじろ見るのも気が引けて心持ち顔を逸らすようにすると、壁際に据えてある黒っぽい簞笥がまっさきに目に留まった。殺風景な部屋の中で異彩を放つ、いたずらに豪華な調度品（ちょうどひん）だ。やけに引き出しが多く、そのひとつひとつに虹色の細密な装飾が埋めこまれている。

脇に置かれた小さな座卓も本来は優美な見かけだったのだろうが、上に雑多なものが無秩序に並べられていて、今では見る影もない。ガラスケース入りの、色鮮やかな民族衣装を着せた少女の人形があるかと思えば、紅白で対になった貯金箱らしきものもある。なにかの記念品なのだろうか。メダル状のものがはめこまれていて、その円周をなぞるように浮き彫りにされているのは、まぎれもなく隣国の文字だ。

そうした小物の間に埋もれるようにして、写真立てがひっそりと鎮座している。色あせた写真の中で、公園かどこかを背景に一人立っているのは、二十歳そこそこの青年だ。茶色に太い黄色の帯が入った柄のセーターを着て、ちょっと照れくさそうな笑みを浮かべている。ズボンのポケットに両手を突っこんで体を斜めに傾けているところを見ると、モデルでも気取ったつもりだったのかもしれない。そのわりには髪に寝癖がついていて、お世辞にもスタイリッシュとはいえない。

何十年前の写真なのかは知らないが、きっとこの夫婦のどちらかにとって大事なだれかなのだろう。写真が古いのに、写っている姿が若いということがなにか不吉なものを感じさせ、じっと見ていると気が滅入りこんできそうな気がした。

まもなく母親が、襖越しにつながっている台所のほうから湯呑みを持ってきて、「どうぞ」と隼の前に置いた。あいまいに頭を下げると、母親はものも言わずに台所に戻っていった。湯呑みの口から白い湯気が立ちのぼり、父親の吐き出すタバコの煙と混ざりあいながら消えてゆく。間がもたなくてひと口啜ったら驚くほど熱く、喉を焼かれるような思いがした。ごくありふれた緑茶だった。

「星野くんは、歳はいくつになる」

ずっと黙っていた父親が、タバコの火をにじり消しながら不意に口を開いた。

「あ、三十六です」

「ああ、そう。私はもうその倍くらいの歳だよ。――仕事は？」

そんな調子で、老人はとぎれとぎれに通り一遍の質問を投げてよこし、ときどき自分自身のこともぼそぼそと断片的に語った。若い頃は工員をやったり、事業で一発当てようとして失敗し、無一文になったりしていたが、商店街で喫茶店を経営していた母親が腰を痛めたのを機に、店を継ぐ決心をしたこと。豚キムチ炒めが人気メニューになり、いっときは店舗兼住居を三階建てに一新できるほど繁盛していたこと。十何年前から経営が傾き、借金が嵩んで、店も家も手放さざるをえなくなったこと。それからは、中古でどうにか手に入れたこの家で細々と暮らしていること——。

語り口はぶっきらぼうで、威圧するような調子を帯びてもいるが、それは単に年長者としてふるまっているのにすぎないことがわかった。根にあるのは、たぶん客人に対する気づかいなのだ。相手が誰であれ、客である以上は客として遇しようとする姿勢が、そこからは感じ取れる。おかげでこうして、普通に会話が成り立っている。在邦とわかっている、しかも初対面の人間との間で。そのことが不思議で、どうにも合点がいかない。

禁忌を犯しているような据わりの悪さに始終責め立てられる一方で、それがこんなにもたやすく果たせることだったのだと驚く気持ちもあった。在邦といっても、この男はそこらにいるこの国の老人となんら変わるところはない。人生の浮き沈みを経験し、今は足を悪くしてしがない余生を送っている、ただの年寄りだ。

もっとも、会話が成り立っているというには、隼が口を開く機会が極端に少なかった。訊かれたことに一問一答で応じるか、相手の話したことに「そうなんですか」と相づちを打つのが精一杯だった。この老人は何をどこまで知っていて、どういうつもりで会話の接ぎ穂を繰り出しつづけているのか。いざ怜花と顔を合わせたとき、第一声、何を言うかは依然として決めかねていて、その瞬間がひとまず先延ばしされたことでほっとしていたところもなくはないが、これはこれで針のむしろだ。

その思いに追い討ちをかけるように、だれかが階段を軋らせながら二階から下りてきた。すり足めいた足音が襖の向こうの廊下を伝っていき、台所に入っていくのがわかった。汚れた食器かなにかを流しに下げながら、母親のほうと二言三言小声でやりとりをしているようだ。気になって視線を向けると、ちょうど当の人物が、なかば閉ざされた襖の陰からこちらを覗きこんでいるところだった。

隼とさして歳の違わない男が、さもうさんくさそうに顔をしかめ、細めた目にあけすけな敵意をにじませている。会釈すべきかどうか迷っているうちに、男は自分から目を逸らした。怜花の兄だろうか。あの男、「妹にひどいことをしやがって」などと言いながら、前置きもなく殴りかかってきやしないだろうか。

身の危険すら覚えて腰を浮かせかけると、慣れない正坐で足が痺れていることに気づいた。まずい、このままではいざというとき逃げることすらできない。そう思った瞬間、建てつけの悪い玄関の扉が荒々しい音を立てた。

「ただいま。——何これ。靴片づけてよ、三和土狭いんだから」

抗議しているのは、聞きなれた声だった。ここ二ヶ月ばかりは聞くことができなかった声。懐かしい、と思った。たとえそれが場違いな感情であるとしても、そう感じている自分を否定することはできなかった。同時に、今すぐ全速力でここから逃走したいという矛盾した衝動に見舞われてもいた。

台所を経由して居間に踏みこみかけた怜花は、そこでぴたりと体の動きを止め、何も視界に入っていなかったかのように畳に目を落とした。そのかたわらで母親が、おろおろした身ぶりで娘とこちらを見比べている。

「なんでいるの。何しに来たの」

冷たい声でそう言った怜花は、台所のほうに取って返し、手にぶら下げていたコンビニのポリ袋を食卓に手荒に叩きつけながら、「出てってよ、今すぐ」と声を荒らげた。

「私らのいるこんな家になんか、ほんとはいたくないんでしょ。――それ以前に、狭すぎてお客さんを迎え入れるスペースもないしね」

「違うんだよ、どうしてももう一度――」

もう一度会って話したかった、と言おうとして、硬くこわばった怜花の背中にたじろいで口をつぐんだ。上着の肩に、溶けかかった雪の粉がまといついている。見なれたネイビーのダウンコートだ。並んで街を歩きながらその背中に手を回したときの感触をありありと覚えている。にもかかわらず、怜花ははるかに手の届かない遠くに立っているみたいに見える。

「ごめんなさいね、娘もこう言ってることだし、今日のところは――」

そう言いかけた母親の声にかぶせて、怜花が嚙み殺したような低い声で言い放った。

「いいよ、隼が出ていかないなら私が出ていく」

そのまま玄関のほうに向かおうとした怜花を、父親が大声で呼び止めた。

「話だけでも聞いてあげなさい。星野くんはおまえのためにわざわざやって来たんだ。その誠意には応えてやらなきゃ」

怜花はこちらに背を向けたまま一瞬だけためらっていたが、すぐに廊下に出ていった。ほどなく靴を履いている音が伝わってきて、矢も楯もたまらなくなった隼は弾かれたように立ちあがった。痺れた足をもつれさせながら、父親と母親の二人に無言で会釈だけしてあとを追うと、玄関の扉は目の前でぶしつけなまでに大きな音を立てて閉まったところだった。兄と思われる青年は、いつのまにかどこかになりをひそめていた。

濡れて重たくなった靴を急いで履いて転げるように外に出たときには、怜花はすでに道のかなり先へと足を進めていた。赤い傘を前方に傾がせながら、信じられないほどの早足で脇目も振らずに歩いている。「待てって」と駆け寄ってうしろから腕を摑むと、その手を乱暴に振りはらった。

「もう、なんなの、今さら。家にまで押しかけてきて」

言いながらも怜花は歩く速度を緩めず、雪など積もっていないかのように素早く足を繰り出していく。

「話くらい聞いてくれてもいいだろ」

「私のほうには話すことなんてない。もう終わったんでしょ、私たち。それとも、あれだけひどいこと言っておいて、まだなにか言い足りないわけ?」

素早く路地に曲がりこんだ怜花を追って、そんなつもりはない、と反論しようとした矢先に足がもつれ、またしても前のめりに倒れこんでしまった。怜花は振りむきもせずにすたすたと歩み去っていく。にべもない小さな背中が見る間に遠ざかっていくのが見え、雪に両手と両膝を突いたまま、これが永遠の見納めになるのだろうかとどこか人ごとのように考えていたら、隼がついてきていないことに気づいたらしい怜花が、ため息をつきながら引きかえしてきた。

「どっちみち、あんな家じゃ話なんかできないでしょ。アボジとオモニもいるし」

ぶっきらぼうにそう言う声が頭上から聞こえた。アボジとオモニの部分に不自然なアクセントをつけているのはあてつけがましいが、裏腹に手を差しのべて助け起こそうとしている。その手に摑まって立ちあがり、膝についた雪を払っている間に、怜花はまたぷいと前を向いて歩きだしてしまったものの、隼の胸にはかすかな希望が兆していた。取りつく島もないように見えるのは見かけだけで、こちらの話に耳を傾ける余地は残してくれているのではないいか。

「見てのとおり、狭苦しい家だからね。あれだけ狭いとみんな筒抜けで、プライバシーなんて持ちようがないんだよね。高校のときとか、それがすごくいやだった」

どこを目指しているのか、怜花は路地また路地と経めぐりながらぐいぐいと先へ進んでいく。ときどき不意に目の前が開放的になったかと思うと、びっしりと密集する住宅の群れを高台から見下ろすような風景が広がっていたりする。坂また坂が無限に連なる土地だ。

「たしかに、あの中でこみ入った話をするのは厳しいな。さっきもすごい目で睨まれちまったし。あれ、怜花の兄ちゃん？」

「うん。でもテツロー兄ちゃんは誰に対してもああだから。ここ何年かは引きこもり状態だしね」

言われて思い出した。そういえば、上の兄がうつ病で仕事をなくして家にこもっていると言っていたはずだ。テツローというのも、当然、通名なのだろう。

「ああ、あれが民族学校に行ってたっていう兄ちゃんか」

襖の隙間から自分に向けられていた暗い目つきを思い出し、ついいらぬことを口にしてしまった。

「まあしょうがないよな、俺らに敵意を抱かせるような偏った教育を受けてきたんだろうから」

「テツロー兄ちゃん、学校ではそんなこと教えてないって言ってたよ」

むっとした調子で、怜花が言いかえした。

「先生たちはみんな、この国に住んでる以上はこの国の人たちとうまくやっていくべきだって。善隣とか友好とかしつこいくらいに叩きこまれて、歴史の授業ですら、まずは縄文時代だとか卑弥呼（ひみこ）だとか、日本の歴史を一から学ばされたって。この国の学校と何も変わらないんだよ」

教壇のうしろの壁に将軍様やその息子の肖像画が飾られているといったことも、昔ならいざ知らず、今では一種の都市伝説みたいなものなのだという。にわかには信じられない。

もしそれが事実なら、民族学校が自治体から補助金を受けていることを非難する根拠が揺らいでしまうではないか。「そっちの見方こそ偏ってるんじゃないの」と指弾（しだん）されて頭に血がのぼり、口調がけんか腰（ごし）になった。

「だったらなんでおまえらは、慰撫婦やら徴用（ちょうよう）やらのことであんなに目くじら立てて、一方的に責め立ててくるんだよ。まちがった歴史を信じこまされてきてるからだろ。それを教えてるのは誰なんだよ」

怜花は急に立ち止まり、真顔でこちらの顔を見つめかえしてきた。

「ねえ、話したかったことってそれなの？」

そうではない。こんな議論をするために雪の中わざわざここまで押しかけてきたわけではない。さすがに恥じ入る思いで黙りこむと、怜花はそれ以上取りあおうとはせず、またもとのとおりひたすらに足を動かしつづけた。

遅れまいと必死でついて歩いているうちに、どこをどう曲がったものか、気がつけば車の往来が激しい広い通りが斜めに交差する地点まで来ていた。交差点の上に複雑な形状に組まれた歩道橋は、クリーム色の塗料のあちこちから赤錆（あかさび）が噴き出し、滴り落ちていった痕跡を残している。怜花は何も言わずに、その歩道橋に上（のぼ）っていった。

「どこへ向かってるんだよ」

少し息を切らせながら問いかけると、怜花は「知らない」と即答した。

「隼から離れたいだけ。でも離れてくれないから歩きつづけてる。ただそれだけ」

「それ、本心で言ってる？」

そうとは思えない。もしそうなら、転んだのを助け起こしたりせずに行ってしまうこともできたはずだ。こちらから何を話しかけても応じなければいい。もう話すことはないと口では言っておきながら、怜花はチャンスをくれているのだ。

「なあ、あのテラコッタの——」

言いかけてから自分で気恥ずかしくなり、発言を撤回しようとしたが、怜花が歩きながらこちらを振りむき、続きを待っているので、言い終えないわけにはいかなくなった。

「俺が作ったあのテラコッタの怪物、出ていくとき持ってったろ。それがずっと引っかかってるんだよ」

怜花は足を緩めずに進みながら応じた。

「なんで？　だって、あれは私にくれたことになってたでしょ」

「そうだけど……ああいう状況でどうして——」

「これも持ち去る権利はあるって思ったの、あのときはとっさに。だったら持っていこうって」

隼が何を言いたいのかも、なぜ言いにくそうにしているのかもわかっている調子で、つっけんどんに怜花は答えた。

「でもあとであれを見てたらなんだか腹が立ってきて、地面に叩きつけて割っちゃおうかと思った。素焼きだから、かんたんにこなごなになるでしょ。これはもう私のものなんだからどうしたってかまわないはずだって。でも、できなかった。なんかね——」

　怜花は言葉を選んで言いよどみ、心を決めてからは一気呵成に最後まで言い尽くした。

「なんか、あれを作った小学生の頃の隼のことは憎めないっていうか、小学生のときにああいうものを作った人のことはどうしても憎めないっていうか……。たしかにひどいことは言われたけど、あれを作った人が言ったことなら、それはほんとじゃないって気がしたの」

「なんかよくわかんないけど、だったらまだ話しあいの余地はあるってことだろ」

　歩道橋を下りると、怜花は細い路地に入り、さらに歩みを進めた。隼は足を速め、怜花と横並びになるように努めながら、グレーのマフラーを指差してみせた。それは朝、アパートを出たときから、首に巻きつけたままだった。怜花の実家に上げられている間も、緊張のあまり、コートも脱がずにいたのだ。

「ほら、これも着けてるんだよ。お礼言いそびれてるけど」

　反応がないので、「ほら、これだよ、クリスマスに怜花がくれた」とマフラーの端を引っぱり、突きつけるようにすると、「わかってるよ」と苛立たしげに答えた。

「さっき最初に見たときから、隼がそれを着けてるのはわかってた。よくそんな——」

　そこで怜花は突然立ち止まり、非難がましい目で睨みつけてきた。

「よくそんな芝居がかったことができるね」

「芝居がかったって——その言い方はないだろ」

「ねえ、私がそれをどんな思いで編んでいたか、わかる? 隼がヘイトデモに参加してることとかを知って、もうダメなのかもって思いながら、それでも信じたかったんだよ、隼の人としてのやさしさを。そこに賭けてみたかったんだよ。だから、祈るような思いで……」

そこまで言ってから、怜花は急に口をつぐみ、口をついて出る言葉それ自体にうんざりしたような顔をしながら、「もういい」と言うなり、また前を向いて歩きだしてしまった。

出鼻を挫かれたような思いで、それでもあとを追っていくと、不意に視界が開けた。周囲を狭苦しく区切っていた障害物が突如として払われ、一面に雪を散らすまっ白な空が頭上を覆った。目の前には土手があり、石段を上れば、百メートルほどの幅の川が行く手を阻み、その流れに沿って、舗装された道路が緩やかな彎曲を描いていた。雪は川面の上にも等しく落ちていき、川の水は音もなくそれを受け止めながら、左から右へ悠然と動いていく。

川の流れを前にして、怜花は一瞬、目的意識を失ったように立ち尽くした。その隙に隼は歩み寄り、持参していた包みを突きつけた。

「だったらいいよ、芝居とでもなんとでも言ってくれよ。とにかくこれも……渡しそびれてたやつを持ってきたから」

緑の包み紙に、赤と金のリボン。それを留めているシールも金色で、"Merry Christmas!"と浮き彫りにされている。時期を少しでも過ぎてしまうと、クリスマス風の装いというのはやけに空々しく浮き足立って見えるものだ。怜花は一瞬、けげんそうな面持ちで包みと隼の顔を見比べたものの、好奇心に負けたように受け取ってその場で包み紙をはがした。そして中のパステルとスケッチブックがあらわになると、苦痛に歪んだような顔をして大きくため息をついた。

「もう……なんで今さらこんなことするの？　――私はもう終わったと思って、心に整理もつけてたのに！」

そう言って怜花は再びやみくもに足を先に進めはじめたが、包みはしっかりと脇に握りしめている。

「待てって」

「待ってどうするの？　隼は私に何をさせたいの？　どうしたいと思ってるの？」

「それは――」

答えられなかった。この話の終着点はどこなのか。そもそも、何を求めてここまで来たのか。怜花に戻ってきてほしいのか。戻ってきたとして、在邦である怜花と、それまでどおりなにごともなかったかのように一緒に暮らしていくことがはたして可能なのか。それが自分の求めていたことなのか。

しかし、こちらに硬い背中を見せて、土手の上の道を歩み去っていこうとする怜花を目にしたとき、隼は考えもまとまらないまま勢いこんで両手を伸ばし、うしろから抱き止めていた。

「待てって。——頼むから待ってくれよ」

その瞬間、心にあったのは、ただひたすらに、吉見怜花を手放したくないという一念だった。ほかの女ではだめだ。出自も属性も関係ない、自分が知っている吉見怜花という名の女——失いたくないのはその女なのだという思いが、全身を貫いていた。

怜花は「離して」と言いながら隼の腕を摑んで身をよじったが、最初からかよわかったその力はすぐに芯をなくし、体の重みが腕や胸などに委ねられていくのが感じられた。抱きすくめた瞬間にぶつかった二つの傘はそれぞれの手から転げ落ち、今は雪が直接髪や頬や肩にぶつかっては音もなく舞い落ちたり、その場に留(とど)まったりしている。

鼻先にある、わずかに茶色がかった怜花の髪から立ちのぼる甘く懐かしい香り——「くさい」などとはみじんも感じられないそれが、鼻の穴から間断(かんだん)なく吐き出される白い息と溶けあっていく。

やがて腕の中で小さな体が小刻みに震えだし、嗚咽(おえつ)がそれに重なっていった。そのひとつひとつを隼は、自分の胸を貫かれるような痛みとして感じずにはいられなかった。何を言っていいかもわからないのに、なにか言わなければという焦りだけが肚の底からこみあげてくる。「怜花、俺は——」とようやく口に出しかけた言葉は、怜花の潤んだ声で遮られた。

「ひとつだけ、訊いてもいい？」

返事をしないことで促すと、怜花は鼻声でときどきしゃくりあげながら続きを口にした。

「前に、お店で倒れたお客さんに病院までつきそってくれたことがあったでしょ。あのとき隼は、お年寄りでお金もないなんて弱者中の弱者だって言ってたよね。――それは、弱者にはやさしくすべきだって隼が思ってるからでしょ？　そういう気持ちが、隼の中にあるからでしょ？」

「おう……」

なんの話をしようとしているのかわからず、当惑ぎみにうなずくと、怜花は声のトーンを上げて問いを重ねてきた。

「だったら訊くけど、私たち在邦は、弱者ではないの？」

だしぬけに刃のように耳に食い入ってきたその問いに、隼は身をこわばらせた。

「ずいぶんマシにはなってきてるけど、お父さんの世代なんて、あちこちでなにかと差別されて、ろくな仕事もなかったんだよ。今だって、ああいうデモで口汚く罵られて、怖くて外を出歩けなくなっちゃってる人とかもいるんだよ。それは、弱者ってことではないの？」

反駁（はんばく）は、いくらでもできるはずだった。これまで書物やネットなどで蓄積してきた知識の数々。桜浄連がくりかえしデモで訴えてきたこと――。しかし今、そのうちのどれひとつ取っても、口にするにはあまりにも見当違いな気がした。なぜか、霧谷支部長の顔が脳裏をよぎった。それでもとにかくなにか返さなければと思い、口を開こうとする端から、舌が麻痺したように言葉が封じられてしまうのを感じた。

その間に、隼の胸を軽く押しのけ、二人の間に距離を設けるようにしながら、怜花が続けた。

「隼がほんとは……根っこの部分ではやさしい人なんだってことはわかってる。あんなひどいこと言われてものすごく傷ついたし、あとからものすごく頭にもきたけど、それでもそのことだけはわかる。——わかるの、私には。でもそのやさしさは、在邦には絶対に向けられないんだよね。私たちのことは、弱者とは思えないんでしょ？　むしろ、不当に〝甘い汁を吸ってる〟連中だって、そう思ってるんでしょ？　そういう人と、在邦である私が、一緒にやっていけると思う？」

怜花の涙はすでに乾き、その声からも震えは取り払われていた。それは、怒りや悲しみなどの激情に駆られて勢いで口にした言葉ではなかった。それだけに、その問いに対しては、真正面から向きあわなければならないのだと隼は感じた。

ただ、そうしようとすればするほど、頭の中はぐちゃぐちゃに混乱し、自分の望みがどこにあるのか、その手応えが薄くなっていく気がした。

当の怜花は、今この瞬間も目の前にいる。目は伏せたままだが、受け口ぎみのその唇の間から、なにか途方もない浪費のようにとめどなく白い息が吐き出され、凍るばかりの外気の中にむなしく消えていくさまもたしかに目にしている。その体には今も両手で触れていて、体温を感じることもできているのに、それははるかに隔たっているような気がする。

二人の間を分かっているのは、見えない巨大な絶壁だ。見上げてもどこに頂(いただき)があるのかわからないほど高く険しく聳え立つ、垂直の分厚い壁。乗り越えようにも、どこに手をかけ、足を載せればいいのかすらわからない。闘おうという意志を根底から挫かずにはおかない、高すぎる壁。

　だが、この壁の素材はなんだ？　もしもあの怪物と同じテラコッタの素焼きだったとしたら？　乗り越えることはできなくても、拳で力任せに叩いたり、勢いをつけて体当たりをしたりするだけで、思いのほかあっけなく裂け目が走り、崩れ落ちるのではないか。自分で思いこんでいるよりは、それはずっとたやすいことなのではないだろうか――。

　その瞬間は、壁が崩落するさまを、この目で見たような気持ちになった。そうして障壁が取り払われ、怜花との間に、自由に行き来できる新しい通り道ができるのだ。そんな未来を予見した気になっていた。だから隼は、問いに対する答えを、可能なかぎりシンプルな言葉に集約させた。

「やっていきたい、とは思ってる」

　その言葉を、口に出して言ったつもりだった。実際には、言葉になっていなかったのかもしれない。仮に声に出していたとしても、その言葉が怜花の耳に届くことはなかっただろう。目の前を阻む絶壁のイメージに捉われ、考えこんでいる間に、当の怜花は再び隼に背を向けて、土手の上の一本道をかなり先まで歩み去ってしまっていたのだ。

　降り積もる雪で白一色に染めあげられた背景と好対照をなす赤い傘とネイビーのダウンコートが、すでに肉眼で識別できるぎりぎりの距離まで遠ざかっていた。隼は、怜花を抱き止めたときに転がったままになっていた自分の傘を拾い上げようともしないまま、ただそれを目で追っていた。走れば追いつけるかもしれなかった。それでも、足は前に出ようとしなかった。

隼は、着々と小さくなっていく怜花のうしろ姿から目を逸らすようにして、空を仰いだ。それは、目の前に聳える丈高い絶壁の頂上を見定めようとでもするかのような動きだった。白い空を背景に、雪のひと粒ひと粒はかえって黒ずんだ塵に見えた。それが顔に降りかかり、目の中に入りこんできた。ゆっくりと目を閉じると、雪が瞼の内側でじわりと溶けていくのがわかった。

〈了〉

〈ノンフィクションの部〉

近くて遠いままの国

——極私的日韓関係史

最初に断っておくが、僕は生粋の日本人である。在日韓国人でも在日朝鮮人でもないし、日本に帰化した韓民族というわけでもない。系図上、どこかで半島の血が入っているということもない。遠い昔のことはわからないが、それを言うなら、(在日コリアンに向けてのヘイトデモを繰り広げているような人々も含めて)ほぼすべての日本人にその可能性があるだろう。

なぜそんなことをわざわざ断るかというと、第一に、「平山」という姓が、「金田」「新井」などと並んで、在日の通名としてわりとポピュラーであることから、そのように誤認される可能性がなきにしもあらずだからだ(以下、断りなく「在日」と言う場合は、「在日コリアン」を指すものと思っていただきたい)。

第二に僕は、二〇一一年に朝日新聞出版から『出ヤマト記』という小説を刊行している。これは、一九六〇年代を中心に行なわれた、在日コリアンの人々の半島への「帰還事業」をモチーフとして書かれたもので、自分のことを日本人だと信じて疑わずにきたある少女が、あるきっかけから自らのルーツを知り、その深層に迫るために単身、「北の共和国」(作中で明示してはいないが、もちろん、朝鮮民主主義人民共和国を想定している)に潜入するという物語だった。それもまた、僕自身の出自について邪推される要因のひとつにはなりうる。

作品自体がまったく売れなかったため、世間での認知度の低さを考えればほぼ杞憂だろうとは思うのだが、作品刊行直後の時期には、グーグルで自分の名前を検索しようとすると、「平山瑞穂　在日」という検索ワードが候補として自動的に挙がってきていた。少なくともその頃には、そういう臆測を抱いて僕の出自を確認しようとした人が一定数はいたということなのだろうと思っている。

ついでにいえば、僕は顔立ちもどことなく半島人風であるらしい。事実、当の韓国人から、「韓国人かと思った」「韓国人っぽい顔だね」と言われたことが何度もある。

その上、僕は今回、このような本を出すことになった。「やっぱりそうなんじゃないか」と思う人がいても不思議ではない。そうした疑念を振り払うためにも、一度、はっきりと否定しておいたほうがいいと思うに至ったわけだ。

では、そのように誤認されることを、僕はなぜ避けようとするのか。

仮に在日と思われたとしても、そのこと自体は、不名誉でもなんでもない。自分は「生粋の日本人」であると先に述べたが、あえてそう言明したのも便宜上のことで、日ごろ、ことさらにそういう意識を胸に生きているわけではまったくない。自分自身も含めて、人のエスニックな出自というものは、僕にとってほとんどなんの意味も持たない（重要なのは、その人がどういうメンタリティを持ち、どのような姿勢で生きている人なのか、それだけだ）。自分が日本に、日本民族の一人として生まれたのはただの偶然にすぎないと思っているし、だからこの国や、民族としての日本人に対する帰属意識も、きわめて稀薄だ。

この問題については、少し話は横道に逸れるものの、いい機会なので言わせてほしい。

正直な話、「愛国心」というものがいったいなんなのか、それすら僕にはよくわからないのだ。たまたま自分がそこで生を享けた、あるいはその土地と直結する血筋を負って生まれたというだけの国に、どうしてそこまで強固な帰属意識を持つことができるのか。

僕が日本人として生まれたのは単なる偶然であり、そこに僕自身の意志や主体的な努力は、いっさい関与していない。だから、日本がいかにすばらしい国であり、日本人がいかにすぐれた民族であったとしても、それをことさらに「誇る」理由も、僕個人にはないと思っている。偶然の結果を、まるで自分自身の手柄ででもあるかのように誇るのは、論理的にまちがっているのではないかとすら思ってしまう。

もちろん、自分が生まれ育った国、自らをこの世にあらしめた民族的なルーツに愛着を抱き、その国や民族の発展や躍進を喜ばしく思うのは、自然なことだとは思う。そういう気持ちを抱く人を咎めるつもりも、さらさらない。それでも、僕自身は必ずしも、そこにフラットに同調することができずにいる。

オリンピックが開催されるたびに、僕がどことなく居心地の悪い思いにさいなまれてしまうのはそのためだ。個々のアスリートがいかに活躍したか、という部分には素直に共鳴し、喝采を贈ることができても、「日本が勝った」ということに、それほど熱狂できない。日本ではない国が勝つよりは、まあ嬉しいかな、という程度だ。

少々古い上に、それを言った当人が不慮のできごとで故人となってしまった今では言及が憚られるところもあるのだが、「美しい国、日本」といったフレーズについても、意味がわからないと思ってしまう。なぜ、無前提的に「美しい国」と言いきってしまえるのか。

そこに客観性はあるのか。というより、僕が言いたいことは、それに際してかつて僕がたわむれに詠んだ以下の一首に、集約的に表れていると思う。

「美しい国」とは何ぞ　民の目に美しからざる国のあらんや

「郷土自慢」は、どんな国に生まれたどんな人の胸にも萌しうるものであり、どの国であれ、その国の人にとって「わが国」は「美しい」のだ。そしてどんな国にも、風景であれ、人の心のやさしさやたくましさ、おおらかさ、いさぎよさであれ、「美しい」面は必ずある。そんなあたりまえのことを、日本という国が世界に対して持っているアドバンテージとしてことさらに前面に押し出すことに、僕は違和感を覚えずにはいられないのだ。もっとも、僕がそうして自らのエスニックなルーツに対する意識をかぎりなく稀薄な状態に保っていられるのも、僕自身が、これまでの人生において、自らのエスニシティを脅かされるような立場・境遇に立たされたことがないからなのだということは、忘れてはならないと思っている。

この日本に日本人として生まれ、この国で暮らしている人間であれば、日本人であるという理由で不利益を被ったり、虐げられたりすることはほぼありえない。それこそ在日コリアンの人々のように、マイノリティとして、民族的な出自を異にする人々に囲まれて暮らす窮屈さのようなものは、僕には無縁だった。しかし背景はどうあれ、僕自身はそれほどまでに、自分が「日本に日本人として生まれた」という事実には意味を見出していないのだ。そのことは、はっきりさせておかなければならない。

しかしだからといって、自分が在日だと誤認されてもかまわないということにはならない。それはなぜかというと、在日だと思われた場合、今回の『絶壁』のような小説を書いたことについても、「ああ、だからか」と解釈されてしまう恐れがあるからだ。ある意味で「あたりまえのこと」と片づけられてしまう。それはどうにも承服しがたいのだ。

民族的なバイアスがかかっていない目から見ても、おかしいことはおかしい。僕が言いたいのはそういうことであり、そのニュアンスを正確に理解してもらうためには、僕自身が在日だと思われることはやはり、避けねばならないのだ。

いずれにしても、（北朝鮮はともかくとして）韓国という国が、そしてコリアンという人々が、僕にとって特別な位置づけにあることはまちがいない。僕は語学オタクで、「ちょっとだけかじった」というものも含めればこれまでに一四以上の言語を学んできているが、学校の必修科目としてではなく、自らの意志で、独学で習得を目指した初めての外国語は、韓国語だ。初めての海外旅行の行き先もソウルだった。また、僕の小説はデビュー作から四作目まで、たてつづけに韓国で翻訳が出ている。その韓国語訳を担ってくれた韓国人女性・金東姫（김동희）さんとは、もう三〇年来の友人だ。

もちろん、あの国のすべてが好きなわけでは決してない。お国柄や民族性に関して、肌に合わないと感じるところもあるし、いわゆるKポップなどにはほとんど関心がない。韓流ドラマも、ことさらに追って観るほどハマっているわけでもない。従軍慰安婦問題や徴用工問題などをめぐって、日韓関係がかつてなくこじれまくっていることも了解している。それでも、長年の経緯から、根の部分に親近感は常にある。

そこでこの機会に、韓国、あるいは在日も含めたコリアンの人々と自分自身との関係史のようなものを、時系列に沿って振り返ってみることにした。「僕にとって韓国とはなんなのか」という問いに対する答えが、そこから透けて見えてくるのではないかと考えたのだ。

1 前史 ～謎の符号に惹かれて～

記憶するかぎり、在日コリアンと思われる人と初めて遭遇し、なおかつそれと自覚したのは、小学校中学年くらいの頃のことだ（「自覚」とあえてただし書きを添えるのは、自覚せずに会っていたことはそれまでにもあったかもしれないからだ）。

もう半世紀近くも前のことになるが、同じ小学校に「李」という名の双子の男子がいた。面識があったわけではない。たしか、学年も違っていたと思う。運動会のときかなにかに、体操着に「李」と書かれた名札をつけているのを見て、「あんな苗字の人がいるんだ」と不思議に思っただけだ。おまけに、その名札を体操着に縫いつけた男子が二人、そっくりな顔をして並んでいるので、よけいに幻惑されたことを覚えている。

当時は、「中国人みたい」と思っていた。おそらく、「李白（りはく）」などのことをなんとなくは知っていたからだろう。それが「朴」や「金」などと並んで、韓民族の姓として最もポピュラーな部類に属するのだという認識は、その頃にはまだなかった。

家でその双子の兄弟のことを話したら、日本にはそういう人たちがいるのだと言って、在日と呼ばれる人々について、母親がごく簡単な説明をしてくれた。わかったような、わからないような感覚だった。

もっとも、彼らが正確にはどういう立場にある人々であったのかは、今もって不明だ。僕は名札を見ただけなので、本人たちが「李」を「リ」と読んでいたのか「イ」と読んでいたのかもわからない。後者の場合、韓国籍だった可能性が高いが、「李（り）」という名前のまま日本に帰化していた可能性もある。

なお、「李」姓は、韓国語読みすれば「イ」なのだが、北朝鮮では国の政策として意図的に「リ」と読ませている。北朝鮮の日本国内における出先機関である朝鮮総連（在日本朝鮮人総聯合会）の方針に忠実な在日の家庭であれば、あえて「リ」と読んでいる可能性もあるが、もしそうなら、公立小学校ではなく、民族学校に子どもを通わせそうなものだ。しかしそのあたりも、そう単純に色分けできるものではないので、一概にはどうとも言えない。

ついでながら、在日コリアンの国籍について、多くの日本人が誤解していると思われる点を正しておきたい。在日コリアンの人々の国籍には「韓国籍」と「朝鮮籍」の別があるが、「朝鮮籍」＝「北朝鮮の国籍を持つ人」あるいは「北朝鮮という国家に忠誠心を持つ人」というわけではない。少なくとも、そうとは限らない。

「朝鮮籍」とは、第二次世界大戦終結後、日本国内に留（とど）まっていた朝鮮出身の人々が日本国籍を失うのに伴って、便宜上付与された識別符号のようなものにすぎない。すなわち、「朝鮮籍」とは事実上、無国籍と同義なのである。

戦時中、日本の統治下にあった朝鮮半島はその後、北と南に分かれて独立を果たし、大韓民国と日本は国交を樹立したため、「朝鮮籍」を持つ人々のうちの希望者には韓国籍を付与できるようになったが、日本政府は今もって北朝鮮政府を朝鮮半島における合法政府として承認していないため、仮に北朝鮮籍を持ちたいと望む在日コリアンがいたとしても、現段階ではそれが困難であるか、可能だったとしても日本ではそれが国籍としては認められない。それでやむなく「朝鮮籍」のまま留まっている人もいるが、北朝鮮に対して忠誠心を持っているわけではなくても、韓国籍の付与を望まない人もいる。南北朝鮮の分断が固定化されてしまうことに対する抵抗感などから、あえてそれを拒んでいるようなケースだ。

その一方で、思想的には北寄りであっても、「朝鮮籍」ではパスポートも作れないため、便宜のために節を曲げて韓国籍を取得するようなケースもある。同じ家の家族でありながら、親と子、兄弟間で籍が違っていることなどもざらにあるようだ。

いずれにしても、当時はそんな基礎知識もないので、ただ不思議に思っているだけだった。外国人なのに日本にいて、日本の子どもたちと一緒に普通に学校に通っている。しかも、見かけはほとんどまったく日本人と変わらない。そのことをどう考えるべきなのか、幼い僕にはよくわからなかった。

その後、中学生くらいの頃のことだったと思うが、今でも鮮明に覚えていることがある。大晦日(おおみそか)、NHKの「紅白歌合戦」に続いて「ゆく年くる年」を家族と一緒に観ていたとき、韓国のテレビ局内の様子が一瞬だけ中継された。日本人とそっくりな顔立ちをした男性スタッフが、モニターを見ながらキューを入れる際に、「チュンビ、ケーシ！」と口にするのがはっきりと聞こえたのだ。まるで、「準備、開始！」と言っているようではないか――。

日本では「用意、スタート！」とでもなるところだろうが、「準備、開始！」でも十分に通じる。隣の国の人が、こんなに日本語とそっくりな言葉を使っているのかと思い、そのことに驚愕（きょうがく）したのだ。

今から思えば、それはまさに〝준비（チョンビ）〟（準備）と〝개시（ケシ）〟（開始）であり、同じ漢字熟語を単語単位で韓国語読みしているだけだから、日本語と酷似しているのも当然だとわかるのだが（韓国語で使用されている漢字熟語の多くは、日本の植民地時代に日本語として使用されていたものを、独立後に韓国語読みに転じたもの）、僕が韓国語という言語に対する関心を植えつけられた最初のきっかけは、このときの衝撃だったと思う。

さらに時を経て高校時代、ある日僕は、辞典の刊行などで有名な大修館書店が刊行していた月刊誌『言語』を、漫然とめくっていた。日本文学の研究者だった父のもとに、毎月送られてきていたのだ（残念ながら、この雑誌は二〇〇九年度をもって休刊となっている）。その号ではたまたまハングル特集をやっていて、巻頭に折り込みの形でハングルの字母（じぼ）表のようなものが綴（と）じられていた。僕は、それにすっかり目を奪われてしまった。

ハングルという文字表記体系の存在はすでに知っていたが、一字たりとも読めず、アラビア語などと同じく、謎の符号のようなものとしか思えずにいた。たとえば中国語なら、すべて漢字だから、飛び飛びに文字を拾うことで、どういう意味のことが書かれているのか推測のしようもあるし、ローマンアルファベットで書かれているものなら、たとえ知らない言語であっても、どんな音で読むのかくらいは、近似的なレベルではなんとなくわかる。

しかしハングルについては、まるでお手上げだった。文字の種類も、無限にあるかのように見え、いったいこれだけ大量の文字を韓国人はどうやって覚えているのだろうと思っていた。しかしその字母表を見ると、ハングルというのはどうやら表音文字であり、ひとつひとつの文字は、母音と子音を表す構成要素を組み合わせたものにすぎないらしいということがわかった。その組み合わせ方が無数にあるだけで、個々の構成要素に分解してしまえば、恐れるに足るほどの数ではないのだ。

綴じられていた字母表は、日本人にもわかりやすくするためか、日本語の五十音表における「アイウエオ、カキクケコ……」をハングルに置き換えたようなものだったと思うが、それを使えば、少なくとも日本語をハングルで書き記すことはできた。「これは暗号として使える」と思った。だれか友だちにも同じものを持たせておいて、秘密の通信をする必要がある際などにハングルでやりとりすれば、ほかのだれかに見られても内容を気取られる心配がない。なぜなら、ハングルなどほかの人に読めるわけがないから——。

考えてみれば、失礼な話である。ハングルとは、韓国と北朝鮮を合わせて少なくとも七五〇〇万人ほどの人々(当時でも六〇〇〇万人ほど)が公用語として使用している韓国語・朝鮮語を表記するための文字体系であり、「秘密」でもなんでもないのだから。

それに、大急ぎで言っておくが、ハングルというのは、実によくできた文字表記体系である。これは李氏朝鮮時代、一五世紀の世宗大王のもとに学者たちが結集して人工的に考案した文字だが、きわめて科学的・合理的に作られており、少なくとも韓国語・朝鮮語を表記する上では、完璧と言ってもいいシステムを具備している。その点では、しょせん漢字の当て字から派生したものにすぎない日本語のかなやカナなど、はるかに及ばない。だが、韓流ブームが起きるより二〇年ほど遡るその当時、韓国語やハングルを勉強しようとする人が、国内ではきわめて少なかったのは事実だ。

どのみちその「秘密の通信」のアイデアは瞬間的な思いつきにすぎず、実行には移さなかったし（そもそも、「秘密の通信」が必要になるような局面がなかった）、ハングルの字母表を見て覚えた興奮も僕はほどなく忘れてしまっていたのだが、大事なのは、このとき、ハングルという文字体系が、決して歯が立たないものではないという認識を持てたことだったのだと思う。それは、のちに韓国語を学ぼうとした際の気分的なハードルを、だいぶ下げることに役立った。

ただし、この時期までの僕の韓国に対する関心は、かくのごとく、「韓国語への関心」にほぼ限定されていた。韓国という国や、韓国と日本との関係をめぐる歴史的経緯といったものに対しては、なかなか興味が向かっていかなかった。隣の国でありながら、一九八〇年代の当時、この国についての情報自体が、周囲にざらに転がっているわけではなかったことも、その理由のひとつとして挙げられるだろう。

先に述べたとおり、普通に生活している中で、実は在日の人と接触していたこともあったのかもしれない。たとえばクラスメートの一人がそうだったとしても、なんら不思議ではない。ただ、その人が田中、金田といった通名を使っているかぎり、本人が自己申告しないことには、その人が在日であるということを知る手立てはほぼない。そして大学生になるまで、僕の周囲にそういう人は一人も現れなかった。

大学に進学した一九八七年ごろのこととして唯一覚えているのは、現在では「韓国初の男性アイドルグループ」と言われている「消防車（ソバンチャ）」（소방차）をTVで観たことくらいだろう。一九九六年になってから、『ダウンタウンのごっつええ感じ』で「オジャパメン」としてカバーされたことで一躍有名になった、『オジェパム・イヤギ〜ゆうべの話』あたりがなにかの番組でたまたま紹介されたのだったと思うが、正確なところは覚えていない。それはそれで、衝撃ではあった。「消防車」は、日本のジャニーズアイドルグループである「少年隊」を引き写しにしたような三人組で、コスチュームやパフォーマンスなどにも多くの共通点が見られたものの、うち一人の体格がたいへん肉づきのいいものであり、そのメンバーを「アイドル」と呼ぶことには抵抗があったのだ。日本ではほぼ考えられないことだ。なにかのまちがいか、もしくはパロディのつもりなのかと思ってしまったほどだ。

少ししてから、韓民族の間では、「恰幅（かっぷく）がいい」男性は、（たとえその恰幅のよさが、日本人的な感覚では「デブ」と区別がつかないものであったとしても）女性からもそれなりの支持を得ているのだということを知った。その点は、北朝鮮でも変わらないのだろう。金正恩（キムジョンウン）総書記があのような風船状に膨らんだ体形なのは、もちろん飽食もあるだろうが、ひとつには、「国父（こくふ）」たる祖父の金日成（キムイルソン）を髣髴させると同時に、「頼りがいのある感じ」を演出するため、意図的に維持しているものなのではないかという見解をどこかで目にした覚えがある。

もっとも、飛ぶ鳥を落とす勢いのBTSをはじめとする最近のKポップグループには、そうした「恰幅のいい」メンバーは一人も見当たらない。全員、例外なくスリムかつ長身で、スタイリッシュで、普通に（オジャパメンならぬ）イケメンである。あれは国際的なマーケットを意識した結果でもあるのだろうが、ここ数十年の間に、少なくとも韓国では、男性のヴィジュアルをめぐる美意識が、別の方向に大きくシフトしたことを示唆しているのかもしれない。

なお、僕が大学二年生だった一九八八年には、オリンピックの大会がソウルで開催されている。普通に考えればそれこそが、韓国という、近いのに知られざる国に対して興味を抱く強力なきっかけになりそうなところだが、およそスポーツ競技に興味のない僕は、ソウル五輪に対しても冷淡で、ほぼ素通りしていたと思う。当時、TVなどで競技を観賞した記憶すら、まったくない。

しかし偶然にもこの同じ年に、それとはまるで異なるチャンネルを通じて、僕は韓国という国にある意味での異常接近を果たすことになる。当時、通っていた立教大学で所属していたサークルの、一年上の先輩の恋人であるSさんが、三世の在日韓国人であり、しかも僕にとって、非常に魅力的な存在だったのだ。

2　恋する語学学習者とセンチメンタル・ジャーニー

Sさんは、近くの音楽大学の打楽器科に通う学生だった。そして彼女は、通名としては奇しくも「平山」姓を名乗っていた。当初、彼女が在日であることは知らないまま深い関係になった先輩は、ある日、彼女の兄たちにいきなり呼び出され、「妹をいいかげんな気持ちで遊びの対象としてもてあそぶようなら、おまえを簀巻きにして東京湾に沈めてやる」とすごまれ、「ションベンちびりそうになった」と語っていた。

そのエピソードは、「朝鮮高校の奴らに目をつけられると凄惨なリンチを受ける」といった、高校時代に耳にした都市伝説の類を思い出させ、僕もまた恐怖に駆られてしまったのだが、それも、在日として差別的待遇を受けてきたことに起因する、過剰防衛的な反応だったのだろうということが、当時ですらなんとなくはわかった。

先輩は、結果としては一応、Sさんとの交際を彼女の兄たちから認められ、現在に至っているということだった。

やがて僕は、Sさん本人と引き合わされた。Sさんは、見かけの上では日本人の女子学生となんら変わるところがなく、しかも年齢に似合わず、なにかを悟りきったような独特のアンニュイな雰囲気をまとっている人だった。たしか浪人もしており、僕より二つばかり歳上だったはずだが、先輩の恋人であるにもかかわらず、僕は初見のときからこの人に強く惹かれていた。

彼女が、それまでは話に聞くだけだった在日と呼ばれる人々の一人であるという事実が、僕の興味をいっそうかき立てていた。

「家では、お母さんのことはオモニ、お父さんのことはアボジと呼んでるけど、私自身は韓国語はしゃべれない。ハルモニ――つまりおばあちゃんがしゃべってるのを聞けば、だいたいは理解できるけど」

彼女は、そう言っていた。なんて不思議な人たちなんだろうと思った。当然のように生得の言語として日本語を話し、日本人と見分けがつかない見かけで、何代にもわたって日本人と同じように日本で生活しているけれど、日本人ではない。それがどういうことなのか、とっさに理解するのはむずかしかった。しかし、彼女の通名が「平山」であることに、僕はうまく言葉にできない親近感を抱いてもいた。

――そして僕は、あっけなく禁を犯してしまった。先輩の頭越しに、Sさんに手を出してしまったのである。

彼女のほうも僕を拒みはせず、「私も平山くんのことはけっこう好きだから」と言ってくれていたし、僕に熱烈に言い寄られることもまんざらでもなかったようだ。

しかし、これから二人の関係をどうするのかということを話し合った際、彼女は熟慮を重ねた上で、「彼との間には精神的な絆（きずな）があるから、それを裏切ることはできない」という結論を下した。それを聞いて僕も、これはどうにも勝ち目がないから、おとなしく身を引くほかないと思い定めた。それで、もう二人で会うのはやめようということになった。ただ、彼女と会えないことは、燃えさかる恋心にいきり立っている僕にはつらすぎた。おりしも長い春休みに突入する頃のことだった。休暇中、彼女は、少し離れたところで住み込みのアルバイト生活を送る予定と聞いていた。仮にどうしても会いたくなったとしても、そうかんたんには会えない。その間、なにか少しでも彼女と関係のあるものに触れていたいと思った。そのとき僕が選んだのが、「韓国語を勉強すること」だったのだ。

彼女自身が韓国語をしゃべれないと明言していたのだから、僕が韓国語を勉強したところで、それが僕と彼女との関係をより有利な方向に向けていくことに寄与する可能性はまったくなかった。だからこれは、徹頭徹尾、僕の自己満足にすぎなかった。思い返せば、僕は中学生の頃から、韓国語に対する興味を潜在的に燻らせていた。それをいよいよ公然と発揮できる恰好（かっこう）のきっかけが、たまたまそこに立ち現れたということなのだ。Sさんとの関係は、いわば触媒（しょくばい）として作用しただけなのだ、と現在は考えている。

事実、いざ韓国語学習のためのテキストを入手して勉強を始めてからは、僕は勉強それ自体が楽しくてしかたがなくなり、途中からはSさんへの思いもそこのけにして、韓国語にのめり込んでいったのだ。僕は春休み中のあり余る時間のほとんどすべてを、来る日も来る日も韓国語学習に充てていた。

ただ、まだ「ヨン様」も登場していなかった当時、日本における韓国語学習の環境は、きわめて劣悪かつ脆弱だった。ソウルオリンピックを経てもなお、市販されている韓国語のテキストは数えるほどしか存在せず、ほとんど選択の余地がなかった。

僕が最初に入手したのは、三省堂が刊行していた『わかる朝鮮語』（基礎編／実力編）というテキストだった（現在は絶版）。一九七一年に初版が出た教本だが、「韓国語」ではなく、「朝鮮語」と銘打っている時点で、時代錯誤的なものを感じさせる。著者の思想的背景を示唆するタイトルですらあったのではないかと思う。北朝鮮を、社会主義的体制が成功した「地上の楽園」とみなす人が、知識層の中にすら一定数は存在した時代に書かれた教本だという点を考えても、その疑いは濃厚だ。

しかし僕自身の思想傾向はどうあれ、僕はさしあたってこの本で韓国語を学ぶよりほかになかった。

「基礎編」の口絵としては、「ソウル市街」と「ピョンヤン市街」のカラー写真が並べて掲げられているのだが、ソウル市街は、どこの鄙びた地方都市かと思うほど寂れた様子なのに対して（現在のソウルの、超高層ビルが林立する近未来的なありさまとはかけ離れた、温泉を擁する小さな街のようなたたずまい。一九七〇年代当時の韓国は、実際に貧しかった）、ピョンヤン市街の写真では、整然たる高層ビルと美しい街路樹の間を、チマチョゴリの女性たちが誇らしげに闊歩している姿が捉えられており、これを見比べれば誰もが、北朝鮮をこそ「地上の楽園」と捉えてしまうのではないかと思ったことを覚えている。

それでももちろん、韓国語の基礎的な部分については、それで十分に学ぶことができた。続いて僕が手にしたのは、JICC出版局（現・宝島社）が一九八五年に「別冊宝島50」として刊行した、『ハングルの練習問題』だった。これは、ものすごい名著だったと今でも思っている。事実、その後、次第に韓国語が注目を浴びていく中、この本はかなり売れたようだ。何年かしてから、僕はカセットテープつきのセットで同じ本を買い直しているのだが、一九九二年の時点で第二〇刷にも達していた。

この本のすぐれているところは、韓国語についての基礎的な知識はすでに持っている人が読むということを前提にして、くだくだしい文法解説などは大胆に捨象し、具体的な韓国語の例文を覚えさせることにひたすら徹している点だ。

韓国語を勉強したことがある人なら当然わきまえているものと思うが、韓国語と日本語は、語彙や発音は違っても、構文や文法は驚くほど似ている。「テニヲハ」に当たる助詞もあるし、語順もほとんど同じだ。慣例的な言いまわしの組み立て方にも共通点が多い。たとえば、「私は学校へ行かなければならない」という意味の韓国語は、〝저는 학교에 가지 않으면 안된다〟だが、これは、私＝저、は＝는、学校＝학교、へ＝에、行か＝가지、なければ＝않으면、ならない＝안 된다（成らない）、という構成要素で成り立っている。日本語をほぼ逐語的に置き換えていくだけで、韓国語の構文が成立するのである。

『ハングルの練習問題』は、「韓国でいま一番読まれている本は何ですか」（한국에서 지금 가장 읽히고 있는 책은 무엇입니까?）、「台風が近づいているので、風が強い」（태풍이

가까워지고 있으니 바람이 세다（カッカウォジゴ イッスニ パラミ セダ））といった例文をくりかえし掲げ、復唱（ふくしょう）させることで、韓国語の構文などが日本語といかに似通っているかを直感的に体得（たいとく）させ、それを通じて韓国語の構造を理屈抜きで覚え込ませることを目指すものだった。

僕は夢中になってこれらの例文を反復練習し、短い間に韓国語の基礎を習得した。その情熱は、行き場を失ったSさんへの恋心に支えられたものでもあったが、やはり、元来の語学オタク心が発動されたことこそが、最大の動因だったのではないかと思う。

そんな中、僕は、初めての海外旅行の行き先として、韓国の首都ソウルを選んだ。ただしそれも、自分で主体的に選んだというのとは違っていた。同じサークルの後輩が、海外旅行に一緒に行きませんかと誘ってきて、彼が提案した行き先が、たまたまソウルだったのである。ある意味では、まさに渡りに船だった。

こうして僕は、一九八九年の二月末から三月の頭にかけて、酷寒（こっかん）のソウルに滞在することになった。

ソウルは、前年に開催されたオリンピック大会をきっかけに、まさに大規模な再開発が推し進められているさなかにあった。『わかる朝鮮語』の口絵写真で見た、パッとしない小さな地方都市のような古層と、「漢江（ハンガン）の奇跡」と呼ばれることもある急速な都市開発や経済成長に裏打ちされた、高層ビルに象徴されるようなきらびやかな側面との狭間で、キメラ生物めいたハイブリッドなたたずまいを呈していた。

僕は初めて目にする外国の様子に最初から興奮気味だったのだが、では、血道（ちみち）を上げていた韓国語学習の成果はどうだったかというと、無残なものだった。その時点では、僕が熱心に取り組んでいたのはもっぱら韓国語の読み書きであり、「聞く」「話す」に関してはほとんどフォローしていなかったのだ（それは語学オタクとしての僕の最大の弱点であり、韓国語に限らず、僕がその後、手を出したほとんどすべての言語についても同様なのだが）。

それでもハングルの（文字としての）読み方はすでにほぼ完璧にマスターしており、どんな看板もとりあえず音として読むことはできた。知らない単語が含まれていれば全体の意味はわからないとしても、声に出して読むことができるなら、それは外国で過ごす上で大きなアドバンテージになる。誰しも、自分にはまるで読めない文字の看板に囲まれていれば、心細くてたまらない気分になるだろう。

聞き取るほうも、まったくできなかったというわけではない。空港で僕たちを出迎えてくれた現地のガイドは、頬骨の張った、典型的な韓民族顔のおじさんだったのだが、タクシーで助手席に乗った彼が運転手と交わしている会話の一部が、はっきりと聞こえてきたのである。彼は、〝아니야（アニャ）, 학생이야（ハクセンイヤ）~〟と言ったのだ。

これは「いや、学生だよ」という意味なのだが、彼はたぶん、僕たちが「日本のビジネスマン」かどうかといったことを運転手に訊かれたのだろう。それに対して答える言い方が、語調からしていかにも、「いやいや、ただの学生ッポだよ～」というニュアンスに聞こえたので、「あ、軽んじられているな」と感じてしまった（もちろん、そのガイドに悪気はなかっただろうが）。そして、彼は僕が韓国語を解するなどとは夢にも思っていないのだろうなと思い、なんだか不当なだまし討ちでもしているみたいな気分にさせられたことを覚えている。

なお、先に挙げた『ハングルの練習問題』もそうだが、当時の僕は、知識・情報の獲得に際して、かなり大きな部分を「別冊宝島」に負っていた。「別冊宝島」は、一般のメディアがあまり取り上げない一風変わった領域を、独自の鋭い視点で掘り下げるという編集方針で果敢に攻めていく稀有（けう）な存在だったのだ。この韓国旅行に際しても、僕は何冊かの「別冊宝島」をおおいに参照していた。

現物はもうとうに処分してしまっているのだが、現在、宝島社のウェブサイトで調べるかぎり、韓国旅行に当たって僕が最も参考にしたのは、おそらく、一九八八年五月発売の『別冊宝島77　新しいソウルを歩く本』だったのではないかと思う。当地での僕は、このムックで紹介されていた「ディープな」エリア——一般の旅行案内書で必ず取り上げられている景福宮（キョンボックン）や南大門市場（ナムデムンシジャン）などとは別のおもしろみを持ったスポットを、かなり積極的に訪ねて回った。

もっぱら大学生が集う安居酒屋である、「博士酒場（パクサジュジャン）」と呼ばれる類の店に潜り込んで、度数の強い透明な酒を鯨飲（げいいん）したり、韓国の原宿と呼ばれることもある明洞（ミョンドン）の小劇場で、大学生が演じる芝居を（台詞はほとんど聞き取れないのに）観賞したりもした。日本人観光客はあまり立ち寄らないという新村（シンチョン）の石焼きの焼肉店で、従業員が肉片を平然とハサミでチョキチョキと切っていくさまに目を奪われたりもした。

現在のネットカフェの原型と言ってもいい漫画喫茶にも、ふらりと入ってみた。大通りから一本逸れた路地に、〃만화（マンファ）〃（漫画）と書かれた看板がやたらと目につくことが気になっていた。思いきって入ってみると、内部には所狭しと本棚が張りめぐらされていて、利用者は銘々、大きなテーブルのそこかしこに座を占め、自分で選んで持ってきた漫画本を片手に寛いでいる。インスタントコーヒーやカップラーメンなども、時間当たりの利用料と引き換えに飲み放題・食べ放題らしい。

記憶するかぎり、当時の日本にそれに類する施設はなかったと思う。日本のいわゆる「漫喫」は、韓国のそれをモデルとしてだれかが始めたものだったのではないか。

このように、初めての海外体験を思うさま（漫喫ならぬ）満喫していた僕ではあるが、ただ無邪気に、能天気に物見遊山（ものみゆさん）に専念できたというわけでもなかった。

その頃までには、日本が韓国を併合するに至った歴史的展開や、日帝（にってい）（大日本帝国）による植民地統治の内実、日本が韓国人を天皇の「臣民」とみなし、韓国語の使用を禁じると同時に、「創氏改名（そうしかいめい）」によって固有の姓をも奪おうとしたこと、その一方で彼らを「二級国民」として不当に差別し、虐待のかぎりを尽くしたこと、そして戦後、在日と呼ばれる人々が発生するに至った経緯などについて、僕はすでにあらかたのことを知っていた。

その意味で、金浦（キムポ）国際空港（二〇〇一年に仁川（インチョン）国際空港が開港するまでは、韓国における国際線の主要な発着ポイントだった）に降り立ったその瞬間から、僕は一定の緊張を強いられていた。

日本が韓国を植民地支配によって蹂躙(じゅうりん)していたのは、その時点から数えても四〇年以上も前のことで、自分に直接の責任はない。当時のことを覚えている人がいるとしても高齢者に限られるし、いずれにしても全員が全員、日本人に恨みを抱いているわけではないだろう。それでも、加害した側の国に生まれた人間としてのうしろめたさや恥ずかしさのようなものは、濃厚に感じていた。

当地で立ち寄った書店で、僕がまっさきに中高生向けの歴史の教科書を探したのも、韓国の人々、特に自分と同世代の若者たちが、日帝の植民地時代のことをどう教わっているのかが気になっていたからにほかならない。日本の歴史教科書ではあっさりと流している(ともすれば体(てい)よく隠蔽してすらいる)そのあたりの経緯についても、被害を受けた側の民族はまったく別の扱い方をしているにちがいないと思っていたからだ。

もっとも、ちょうど年度の変わり目というタイミングもよくなかったらしく、目当てのものは手に入らなかった。少しだけ日本語の話せる従業員が「今、置いてあるのはこれだけです」と言って差し出してきたのは、大学生向けのテキストだった。この際、それでもいいと思って僕はそれを購入し、帰国後、ずいぶん熱心に読んだ。

韓国歴史研究会(ハングクヨクサヨングフェ)の編による〝한국사강의(ハングクサガンウィ)〟(韓国史講義)というその分厚いテキストから、「日帝の侵略戦争拡大とファッショ統治の強化」という節の冒頭を引用すると、こんな文面になっている。——一九二九年秋、米国から始まった世界大恐慌の煽りで、日本経済は

農業恐慌を随伴する未曾有の大恐慌に突入した。日本はこの破局的な経済恐慌の突破口を、帝国主義的膨張政策、日本独占資本の軍事的再編成、植民地政策の強化、中国大陸の侵略等から探り出していった。

一見、堅苦しくてむずかしそうに見えるかもしれないが、こうした硬質な語彙を多用して書かれた韓国語の文章を読解するのは、意外にもむしろ難易度が低い。韓国語をだいぶ忘れてしまっている今の僕が見ても、ほぼ辞書なしでスラスラと訳すことができる。それは、構文の骨格以外のほとんどが漢字熟語で書かれており、先にも述べたとおり、現代韓国語は漢字熟語のほとんどを日本語と共有しているからである。

漢字熟語部分の読み方は日本語と異なるが、それがどの漢字を使ったどんな熟語を表しているのかは、ある程度、類推で探り当てることも可能だ。「帝・国・主・義・的・膨・張・政・策」(チェ／グク／チュ／ウィ／ジョク／ペン／チャン／ジョン／チェク)などの例を見れば、僕の言わんとするところはわかっていただけるだろう。日本語の「大和(やまと)ことば」に当たる、韓国語固有の語彙が多数ちりばめられた文章こそ、語彙力を問われ、読解が困難になるのだ。

ともかくも、日韓関係をめぐるそうした負の歴史をまったく意識せずに韓国の土を踏むことは、僕にはむずかしかった。実際には、韓国に滞在している間、露骨な敵意を示されるといった形でいやな思いをしたことは一度もなかったのだが、ホテルや飲食店の従業員にせよ、買い物をする際に対応してくれた相手にせよ、当地で接触したあらゆる韓国人について、内心では本当のところどう思っているのだろう、と想像を巡らさずにはいられなかったのだ。

それに、当地滞在中、日本人としてきわめて微妙な気持ちにさせられる局面も、なかったわけではない。

ふらりと訪れたパゴダ公園（当時はそう呼ばれていたが、現在では「タプコル公園」が正式名称となっているようだ）で、僕たちに声をかけてきた高齢の男性のことをよく覚えている。パゴダ公園は、一九一九年三月一日に発生した三・一独立運動の発祥の地であり、韓国人の市民らが大日本帝国からの独立を目指した運動の軌跡を表す重要な場面のいくつかが、レリーフとして展示されている。その男性は、一枚目のレリーフを見ようとしていた僕たちにそっと近づいてきて、「お金は取らないから、よかったらガイドさせてほしい」と日本語で申し出てきた。

小柄な痩せ型で、ものすごく年老いていたように記憶しているが、当時は僕も若かった。実際には、せいぜい六〇代くらいだったのかもしれない。いずれにしても、日帝時代のことを直接記憶しているにちがいない世代だった。だから彼が話す日本語も、戦後、どこかで勉強したものなどではなく、臣民として使用を強制されることで覚えたものだったのだろうと思う。発音にせよ、語彙にせよ、ところどころ怪しい部分があったのも、遠い昔に習ったきりで、もはや記憶が薄れていることを想像させた。

たとえば彼は、説明の間、何度も「トクス」という音を連発していた。最初はなんと言っているのかわからなかったのだが、くりかえし聞いているうちに、文脈からして「独立」と言っているらしいと見当がついてきた（韓国語では、同じ漢字で「독립／トンニプ」と読む）。

「ツ」（ts）という音は韓国語には存在せず、S音を強めたㅆという音で代用することがある。だから「ドクリツ」が「ドクリス」に近い音になるのはわかるのだが（ちなみに「ド」が「ト」になってしまうのは、韓国語では文頭や語頭に濁音が置かれる習慣がないため）、「リ」が抜けてしまった理由は不明だ。そのレリーフを説明する上では、「ドクリツ」は最重要単語だと思うのだが、たぶん、長年の間に音が欠け落ちてしまったのだろう。

ともかくも、僕たちは言われるまま、彼のガイドつきで一枚一枚のレリーフを見ていくことになった。これはどんな場面を描いたものなのか、そのとき、どんなことが行なわれ、日本人が韓国人に対して何をしたのか——。それを聞いている間ずっと、僕はなにかいたたまれないような気持ちに襲われつづけていた。

それは言うまでもなく、レリーフに描かれているモチーフのかなりの比重が、日本人の犯した残虐な所業で占められているからでもあった。そこには、馬の尻尾に髪の毛を結いつけられた状態で引きずられる女性の姿があり、日本兵から無抵抗なまま銃剣で刺し貫かれるキリスト教徒などの姿があった。同じ日本人として目を背けたくなる場面の連続に、恥じ入るような思いをさせられていたのだ。

しかし、それだけではない。いたたまれなかった原因は、ガイドするその男性が、日本語を使っていることにもあったのだ、とあとになってから気づいた。

中年以下の世代のガイドや大学生などが日本語を話していても、仕事上の必要や自発的な興味から勉強しているのだろうと考えて特に気にもしないが、その男性は違う。彼にとっての日本語は、自らの意思に反して覚えざるをえなかった言語なのだ。そうした形で覚えさせられた日本語を彼が話しているという事実自体にも、僕はなにか気まずいものを感じていたのだと思う。

もちろん、彼は終始、紳士的な態度を崩さなかったし、若い日本人観光客である僕たちに対してあえて解説を買って出たのも、「日本人は俺たちにこんなひどいことをしたんだ」と非難したり、それを通じて僕たちを脅かしたりしようとする意図から出たことではまったくなかったと思う。彼はただ、若い世代の日本人に、歴史の正しい姿を知ってもらいたいと思っていただけなのだ。

だから彼のガイドツアーが終了したときには、僕たちは彼に丁重にお礼を述べてから立ち去ったのだが、この国を訪れるからには、やはりただうまい焼き肉に舌鼓（したつづみ）を打ったりしているだけではいけないのだなとあらためて思った。そうした日韓の歴史における負の側面を、過剰に意識する必要はない。しかし、そうした側面があったという事実を忘れてしまってはならないのだと強く意識させられた一件だった。

もうひとつ覚えているのは、宿泊していたホテルの客室で起きたできごとだ。どうやら現存はしないようだが、当時のソウルでは、一、二を争うほどの高級大型ホテルだったと思う。夜、そろそろ入浴して寝支度でもしようかというタイミングで、突然、客室の電話機が鳴った。当然、フロントからなにかの連絡だろうというつもりで受話器を取ったら、相手はホテルのスタッフではなく、どうも外線を使っているようだった。

ホテルの外から直接、客室に電話をかけてきたかのように思えたが、普通に考えれば、そんなことができるはずもない。ホテル自体が、なんらかの形で間を取り持っていたのではないかと思う。ともかくも、電話をかけてきたのは日本語を話す知らない女性で、声の感じからすると中年よりは上の印象だった。

「私は日本人で、神奈川県の川崎市に住んでいたことがあります」と彼女は言った。たしかに言葉にあからさまな訛りはなかったものの、少しだけ不自然なイントネーションだったし、日本人だという自己申告にはちょっと疑わしいものを感じた。その日本人が、いったいどういう資格で、どんな立場で、ソウルの大型ホテルの、日本人観光客が宿泊している客室に直接、電話をかけてくるのか。当惑気味に応じていた僕に向かって、彼女は続けた。

「もしよろしければ、女の子をお部屋に行かせることができますが、どうしましょうか」

思いもかけぬ申し出に僕は言葉を失ってしまったのだが、一応、受話器を押さえて後輩にもその用件を伝えてみた。しかし、後輩も当惑しているばかりだったし、そもそもそんなつもりなど僕たちにはみじんもなかったから、「部屋には二人いるし、そういうつもりで旅行に来たわけではないからけっこうです」と断ってしまった。

少ししてから、たしか川崎市は在日の人が多く住んでいる地域ではなかったか、と思い出した。これはあくまで想像だが、川崎市に住んでいた在日韓国人かその関係者が、その時点ではソウル在住で日本人男性観光客相手に売春の斡旋(あっせん)をしており、ホテル側もその業者と結託して、男性宿泊客の部屋に電話が直接通じるように手配することで、手数料等を得ているといったことだったのではないか。少なくとも、どの部屋に日本人が、しかも男性が宿泊しているかは、ホテルのスタッフにしかわからないことだったはずだからだ。

最も驚かされたのは、ホテル側も公然と一枚嚙んでいると思われる点だった。それも、観光案内書にも代表的なホテルのひとつとして紹介されているようなところがだ(従業員個人が、手数料欲しさに協力していたという可能性もあるが)。現在のソウルでは、さすがにこんな怪しげなビジネスなど横行する余地もないだろうが、そう遠くない過去に、「妓生(キーセン)ツアー」の名のもとに、韓国旅行が日本では性風俗と結びつけられていたことはなんとなく知っていたし、当時は東南アジアなどでの日本人男性観光客の「買春ツアー」が社会問題となっていた時代でもあった。そうした誘いかけにためらいもなく乗ってしまう日本人も、少なからずいたのではないか。

その電話を切ってから、僕はなんとも寝覚めの悪い思いをさせられ、しばらくは寝つけなかった。そんな不愉快な電話をかけてきた斡旋業者や、そういう電話を平然と客室につないだホテル側に対する怒りではなく、そういうビジネスを結果として成立させてしまっている日本人男性観光客らに対する怒りを、そして、自分自身がその同じ日本人男性の一人であることに対する恥を、どうにも扱いかねていたのだ。

日帝時代の暴虐は、遠い昔の話だからまだいい。しかし現代においてもなお、日本人はこの国で、恥の上塗りをしているのだと思わずにはいられなかった。

そんな気まずい瞬間も体験する一方で、帰国する前日には、僕はちょっとした冒険をやってのけてもみている。

先述したとおり、僕の父は日本文学の研究者であり、当時は立教大学で教授として学生らを指導していた。その中には、海外からの留学生もいた。ある日、そのうちの一人、韓国の慶應大学と呼ばれることもある延世（ヨンセ）大学からの女子留学生Ｊさんが、わが家に遊びに来たことがある。Ｊさんは僕よりも少し歳上だったが、清楚（せいそ）な雰囲気の美人であり、当時、高校生だった僕は、ちょっとどぎまぎしてしまったものだ。

ソウル旅行が決まったとき、僕は、すでに韓国に戻って延世大学の大学院に進学していたＪさんを、ソウル市内にある自宅に訪ねることを思いついた。ちなみにＪさんの父親は、同じ延世大学で文学部の教授を務めていた。父親が教授を務める大学で学生になっているという点で、Ｊさんと僕は同じ境遇にあり、その意味での親近感もあった。

僕は父から、Ｊさんが両親と住む自宅の住所を教えてもらい、日本で菓子折りを調達した上で、当地での訪問に臨んだ。後輩はなんの関係もなかったのだが、つきあってもらうことにした。ただし、事前には先方にあえて何も知らせなかった。なまじ知らせてしまうと、きっと大仰に歓待されてしまう。それもいたたまれないので、予告なくふらりと訪れて、本人に会えなければ会えないであきらめようという程度の心づもりだった。

Jさんの家は、ソウル市内でも市街地からはちょっと離れた高台の上にあった（ずっとのちに僕は、韓流ドラマ等の中で、たびたびそのあたりの高台の住宅地の様子を目にすることになる）。住所しかわからない中で（しかもグーグルマップもない時代）、どうやって近くまで辿りついたものかはっきりした記憶がないのだが、たぶん、地図を見て最寄りの地下鉄駅かなにかを見定めたのだったと思う。日本では「町」に当たる「洞（ドン）」単位までは自力で迫ることができたのだが、そこから先は、父から預かっておいたJさんの父親の名刺（僕の父との間でも郵便のやりとりがあったので、父はそれを持っていた）を道行く人などに見せて、案内を乞（こ）うしかなかった。

家の場所を知っている人にはなかなか巡りあえなかったのだが、四人目くらいの人がその場で家族全員に訊いてくれた結果、居合わせた家族の中で最年長のおばあさんが、仏頂面のまま、「延世の大学教授でしょ。だったらそこを登っていった先にあるあの家だよ」といった意味のことを言って、身振りで場所を教えてくれた。それに従って坂を登っていったところに、Jさんの苗字を記した表札を掲げる家が見つかった。閑静な「お屋敷」という感じの家で、門扉脇の呼び鈴を押すにも緊張が走った。

家から出てきて応対してくれたのは、Jさんの母親と思しき品のいい中年女性だった。僕は、そのときのために日本であらかじめ作文して暗記しておいた韓国語を使って、「突然すみません。Jさんが日本留学中に指導を受けられた立教大学教授の息子です」と自己紹介しつつ、父親の名刺を示すことで、たどたどしいながらも、自分がどういう立場にある人間なのかをどうにかわかってもらうことができた。

平日の日中だったということもあり、あいにくJさん本人は大学に行っていて不在とのことだったが、Jさんの母親は、丁重に僕たちをリビングらしき部屋に招き入れてくれた。家には、ほかに誰もいないようだった。同行していた後輩のことは、「後輩」という韓国語をその時点では知らなかったので、〝제 친구입니다〟(私の友だちです)と紹介した。

Jさんの母親は、よく冷えた赤褐色の液体をグラスに入れてふるまってくれた。口に含むと甘く、同時にかすかに苦味があった。「これはなんですか?」と、韓国語の教本の最初のほうに掲げられている例文のようなセンテンスで訊ねると、Jさんの母親は、とてもゆっくりした調子で、一音節ずつ区切るように、〝인・삼〟と答えた。「人参」ということだ。たぶんそうだろうとは思っていたが、それが高麗人参茶との生涯で最初の出会いだった。

しかし彼女は、日本語はおろか、英語もわからないということだったので、コミュニケーションを取るのは難儀を極めた。僕自身、韓国語で意思を伝える能力はまだきわめて限られており、何を話していいのか途方に暮れてしまった。僕たちは、ゆったりしたソファセットで向き合った状態で、無言のまま笑顔を交わす以外に何もできなかった。

やがてJさんの母親は、どこかに電話をかけはじめた。相手と通じてから、電話を代わるように言われ、受話器を耳に押し当てると、相手は「Jの父です」と日本語で名乗った。大学で勤務中のJさんの父親を、捕まえることができたのだ。少しだけ日本語を話すことができた彼は、来てくれて嬉しいということと、Jが同席できなくて残念だということを、たどたどしい日本語で伝えてくれた。でも、それ以上会話を膨らませることはできなかった。

さらに長居してもおたがいにまごつくばかりで、迷惑にしかならないと思ったので、僕たちはJさんによろしくと伝えつつ、早々に退散することにした。門扉のところまで見送ってくれたJさんの母親がなにかを言ったのだが、聞き取ることができずに僕が困惑していると、韓国語はわからなくても勘のいい後輩が、「たぶん、帰り道がわかるかどうか心配してくれてるんだと思いますよ」と耳打ちしてくれた。

そこで僕は、〝괜찮아요（クェンチャナヨ）〟という有名なフレーズ（一般には「ケンチャナヨ」と綴られることが多い。「大丈夫です」という意味であり、韓国人のある意味でのたくましさやおおらかさを象徴している）を初めて口にすることになった。それで文脈上の齟齬（そご）はなかったらしく、彼女は〝아（アー）, 괜찮아（クェンチャナ）…〟（ああ、大丈夫ね）と言いながら、安心したようにうなずいてくれた。

その晩、ホテルに、Jさん本人から電話がかかってきた。Jさんの母親に、宿泊しているホテルと部屋番号を一応伝えておいたのだ。彼女自身はもちろん、日本語はかなり達者だ。家に遊びに来たときに僕と顔を合わせたことも覚えてくれていて、会えなかったことをとても残念がっていた。そして、明日なら都合がつくとも言ってくれたのだが、翌日は帰国日であり、わりと早めの時間に空港に向かっていなければならず、時間を工面するのはむずかしかった。そのことを伝えると、Jさんは「少しでもだめですか？」とものすごく無念そうにしてくれていて、かえって申し訳なく思ってしまうほどだった。

結局、Jさんと顔を合わせることはかなわず、それきり彼女とは、二度と会うことはなかった。その後はたしかアメリカなどにも留学して、日本学のかなり偉い先生になっているらしいと聞いた覚えがある。本来なら、僕の本の韓国語訳が出版されたときに、彼女にはそのことを伝えたかったのだが、その頃には連絡先もわからなくなってしまっていた。

なんにしても、このJさん宅訪問も含めて、初めての海外渡航だったにしては、僕のソウル旅行は恐ろしく充実したものだったなと今さらながら思う。言葉もまだあまりわからない中、ずいぶん果敢にあれこれと挑戦した。結果として、本でもっぱら読み書きを学んだだけだった韓国語についても、実践の機会をかなり豊富に摑むことができた。こうして僕は、この外国語にますますのめり込んでいくこととなったのである。

3 韓国語が飛び交う職場へ

帰国してほどなく、僕は大学三年生になった。春休みの間に集中して韓国語を学んだことも、韓国に旅行に行ったことも、先輩の目を盗んで接近したSさんとの一件と無関係では決してなかったにもかかわらず、その春休みが終わる頃には、彼女とのことは僕の中ですでに思い出になりつつあった。

先輩との絆の強さを語るSさんの言葉から、それ以上、駒を進めることは早々に断念していた。あとは、自分の中に残る未練を少しずつ解消していくだけだと思っていた。ところが、事態はそのまままきれいに収束してはくれなかった。それはひとえに、僕自身の軽率さが原因だった。僕はつい、Sさんとのいきさつを、ひとつの失恋のエピソードとして第三者に明かしてしまい（なにしろ、僕の中ではそれはすでに「過ぎ去った」ことになってしまっていたから）、それがその第三者経由で、先輩本人にも伝わってしまったのである。

ある晩、先輩からかかってきた電話に出たときのことは忘れがたい。先輩は、前置きもなしにこう言って、それだけで通話を絶ったのだ。

「おまえ、どういう了見なんだ。今度会ったらぶっ殺してやるから覚えとけ！」
しかもその恫喝を、実際には「今度会うたらぶっ殺してやるき」といった調子に、郷里の土佐弁で叩きつけられたような覚えがある。あのときは本当に怖かった。まだ携帯電話もない時代だ。受話器を握りしめながら一瞬で竦み上がってしまった僕は、そばにいる両親の手前、その場にへたり込まずにいるのがやっとだった。その後一〇分間ほど、心臓の動悸が鎮まらなかった。

ややあって冷静さを取り戻してから、先輩がすでに知っているということは、Sさん本人にも累が及んでいるということだと思い至った。何はともあれ、すぐに本人に電話せずにはいられなかった。

電話口に出た彼女は、「こんなことになってしまって申し訳ない」と懸命に謝る僕に、消え入りそうな暗い声で「私にも責任があるから」という意味の言葉を返しただけで、僕の不用意なふるまいについてはひとことも責めなかった。あとはただひとこと、「今は誰とも話したくない」と言っただけだった。僕にはただ、謝罪の言葉をくりかえしてうなだれることしかできなかった。

少ししてから、先輩とSさんは結局別れたらしいという話が伝わってきた。先輩は、Sさんの一瞬の不貞が許せなかったのだ。

このまま身を引こうと決めていたのに、僕が黙ってさえいればなにごともなかったことになったはずなのに、僕の軽はずみな言動のせいで、二人の仲を不可逆的に壊す結果になってしまった。このことについては心底悔やんだし、今なお悔やんでいる。

ただし先輩とは、その後、時を経て和解するに至った。僕に激怒していた先輩だが、一方で思いのほか冷静なところもあり、しばらくはあえて部室に寄りつかずにいてくれた。周囲には、「今あいつの顔を見たら、本当に殴り殺してしまいそうだから」と言っていたらしい。何ヶ月かして再び顔を合わせるようになってからは、ぎこちないながらも次第にぽつりぽつりと言葉を交わすようになり、最終的には、おたがいが大学を卒業したのちにも、定期的に酒を酌み交わすところまで関係が修復された。

一方、Sさんとはその後、連絡を取ることもなかった。一年ほどして、池袋(いけぶくろ)駅に続く地下道で偶然、一度だけすれ違ったことがある。彼女は僕に気づくとかすかにほほえみ、無言のまま小さくうなずいてから過ぎ去っていった。それが、Sさんの姿を見た最後の機会だ。その後、韓国に留学したらしいということを、風の噂に聞いた。それ以降、彼女がどうなったのかはまったく知らない。

よこしまな恋ではあったものの、僕は本気でSさんに惹かれ、彼女を求めていたし、在日だからと軽んじて安易な遊び心からちょっかいを出したようなつもりも、もちろん僕にはかけらもなかった。本気で彼女とつきあうとなれば、僕もまた、彼女の兄たちから「東京湾に沈めてやる」と脅されるかもしれなかったが、そのとき、いいかげんな気持ちではないと胸を張って宣言できる自信もあった。

ただ、仮に本当にそうなったとして、異なる文化や風習を、そして過去の暗い日韓関係の残滓を背負った在日の家庭出身のSさんと、たとえば結婚なども視野に入れた上でうまくやっていけるまでの覚悟が、その時点での自分にあったかどうかはわからない。僕自身に、差別意識はかけらもなかった。しかし差別意識とは別に、外野からの干渉も含めて、さまざまな障害が二人の関係にまといついてくるであろうことは必至だった。

それをすべて受け止め、あるいは薙ぎ払っていくことが、あのときの自分に果たしてできただろうか。その意味では、僕はしょせん、いっときの恋心に浮かされていただけだったのかもしれない。

その後は在日社会との接点もないまま、一九九一年に僕は社会人になった。時はまさにバブルの絶頂で、四年制大学の新卒は超売り手市場、東京六大学あたりの卒業見込みの資格があれば、眠っていても一部上場企業の内定を獲得できる時代だった。だが、あまのじゃくな僕はそうした特権にはことごとく背を向け、創業して一年にも満たない、海のものとも山のものとも知れぬ、従業員数二〇名ばかりの零細企業をあえて就職先に選んだ。

「マルチメディア」という言葉が世間に浸透しつつある中、まさにそのマルチメディアそのものを主戦場に据えた会社であり、その後の展開次第では、現ソフトバンクのように大化けする可能性もなくはなかったものの（ちなみにその頃のソフトバンクは、「日本ソフトバンク」の社号でパソコンソフトの流通に携わる一中小企業にすぎなかった。当時、九段下の雑居ビルにあったそのオフィスで、僕は短期間、雑用のアルバイトをしていたことがある）、その時点で現実に手がけていたのは、パソコンソフトなどの企画制作がメインだった。その時代の「マルチメディア」とは、主としてPC（パソコン）を指しており、しかもインターネットすら登場していなかった当時、PCは、現代の基準からすれば、およそ「マルチ」なメディアになどなりえていなかったのである。

僕があえてそういう会社を選んだのは、「大化けする可能性」に期待していた面もなくはなかったとしても、本質的にはたぶん、そういう会社なら、仮に安易に辞めたとしても言い訳が立つと踏んでいたからにすぎないのではないか、と今では思う。つまり、「遅かれ早かれ辞めるかもしれない」という前提を織り込み済みにしての選択だったわけだ。

作家になりたいという思いはその頃からあったし、就職して半年も過ぎる頃には、本気で作家を目指そうと思って小説を新人文学賞に応募しはじめてもいる。立派な一部上場企業に就職しておいて、数年で嫌気がさして退職し、作家を目指したりしようものなら、両親をはじめ周囲から「何をトチ狂っているのか」と轟々（ごうごう）たる非難も浴びようものだが、吹けば飛ぶような、名前も聞いたことのない会社なら、「だったらしかたない」と納得してもらえるのではないか——。そんな姑息（こそく）な計算が、どこかに働いていたのではないかということだ。

案の定、就職して一年も過ぎる頃には、僕はこの会社に心底うんざりして、採用翌年の七月、その後のあてもないまま退職してしまった（僕が辞めて数ヶ月後に、その企業は跡形もなく消滅している。そこだけを見れば、僕は正しく潮目（しおめ）を見極めていたということになる）。

それから半年ほどの間の僕の暮らしぶりは、人生においても最低と躊躇なく断言できるほどひどいものだった。その頃の僕にとっての最重要事項は、作家としてデビューすることであり、それをすべてに優先させていた。収入の手段としては家庭教師と塾講師のアルバイトのみで、月収は四万円から多くても八万円、毎日、宵の口から明け方まで、新人賞応募用の小説の執筆に明け暮れ、それから寝について、起床するのは早くて午後二時、遅い昼食を摂って慌ただしくバイト先に向かう、といったでたらめな生活を続けていた。

親元にいて、寝食に関しては一銭もかからなかったからこそできたことだ（家に月々お金を入れるのも、その間は免除してもらっていた）。一人暮らしなら、とうにホームレスに転落するか、ともすれば餓死していたところだろう。両親もさぞ苦々しく思っていただろうが、僕についてはなんとなく、腫れ物に触るような扱いになっていた。

こうした経緯についてわざわざつまびらかに語るのは、その後の僕がどんな道を辿ったかを語る前振りとして、それが必要だと思うからだ。

やがて、明日も見えないこうした生活に耐えられなくなったのは、ほかならぬ僕自身だった。当時は、収入があまりにも心細いために、国民健康保険への加入も拒み、国民年金の支払いさえ先送りにしつづけている状態だった。だいぶ前から歯痛に悩まされていたのに、実費での支払いのことを考えて、歯医者に行くことすら憚っていた。

そうして追いつめられるあまり、僕はいつしか、精神崩壊の瀬戸際に立たされていた。これはもう、どこでもいいからとにかくもう一度就職し、定期収入を得られるようにするしかない。作家になることについては、それから考えればいい——あたりまえのことのようだが、財政的に極限まで逼迫して初めて、僕はその結論に辿りついたのである。一九九二年の晩秋のことだ。

そのとき、現在は妻になっている当時の恋人が、絶妙のタイミングで、ヒントをもたらしてくれた。彼女が手にしていたのは週刊誌の『SPA!』で、なにか参考になるかもしれないという。ある見開きページに、「カマーゴさか江」というとても変わった名前の女性が、インタビュー記事つきで紹介されていた。

〈GAIJIN広場〉と題されたそのコーナー（今思えばすごいコーナー名称だ）の、見開きの四割ほどのスペースは、「カマーゴさか江」さんが屋外にたたずむポーズを取った大きなモノクロの写真で占められていた。僕より一〇歳ほど歳上だが、美人で華のある雰囲気の女性だった。不思議な名前にもかかわらず、見た目は日本人と変わらなかったが、どうやら旦那さんがコロンビア系のアメリカ人であり、「カマーゴ」の姓はそれに由来するものらしかった。そして本人は、在日コリアンの二世だという。日本と韓国、そしてコロンビアとアメリカという、ものすごく入り組んだエスニシティのもとに生きてきた人なのだった。

記事のタイトルには、こう書かれていた。——4か国語ポリグロット誌『We're』編集長にインタビュー　今の日本に期待したい〝多国籍文化〟の誕生

polyglotとは、「数ヶ国語で書かれた」といった意味の形容詞である。この人が編集長

を務める雑誌『We're』は、なんと記事が日本語・英語・中国語・韓国語の四言語で併記されているという。在日外国人がこれだけ増えてきている中、彼らが自国語で読める情報誌が日本国内にほとんど存在しないのはおかしい――そんな疑問から出発して、この雑誌の創刊に至ったというのだ。

これだ、と思った。僕は韓国語も、ついでに言えば英語も、少なくとも読み書きはそこそこできる。そしてもちろん、日本語の文章についても、作家を目指しているくらいなのだから、普通の人よりは心得がある。この雑誌の編集部にとって、僕は一定以上のレベルで、有用な存在になれるはずだと思った。

しかし肝腎の『We're』を、そこらの書店で見つけることはできなかった。困った僕は『SPA!』編集部に手紙を送り、何月何日号のこのコーナーで紹介されていたカマーゴさか江さんの連絡先を教えてほしいと伝えたのだが、返事は来なかった。

個人情報などについてやかましくなりはじめていた頃合いだったから、トラブルを恐れてあえて開示しなかった可能性もなくはないと思うが、おそらく、そういうリクエストに個別に対応できるほどの余裕も、そのための仕組みも編集部にはなく、僕の手紙は誰からも顧みられないままどこかに紛れてしまったということなのだろうと思っている。

あとで知ったことだが、カマーゴさか江さんらがいざ『We're』を創刊し、流通させようとしたら、そのあまりに特殊な性質が災いして、日販・東販などの書籍取次大手が引き受けてくれず、当時、国内での洋書の流通を手がけていた日本洋書販売を通して、すなわち「洋雑誌」として書店に出回らせるよりほかになかったのだという。発行部数も多くはなかったため、手に入れづらかったのも当然のことだったのだ。

その入手困難な雑誌を、自分がどこで見つけてきたのかさだかな記憶はないが、一九九三年が明けた頃に、僕はようやく、『We're』の現物を手にすることができた。誌面からは、強烈なインパクトを受けたことを覚えている。あらゆるページが縦に四分割され、あらゆる記事が日・英・中・韓の四ヶ国語で書かれている。多国籍化する日本の最前線がここにあるのだ、と感じた。

僕はさっそく、『We're』を刊行している新宿区百人町（ひゃくにんちょう）の会社「ザ・サードアイ・コーポレーション」のカマーゴさか江さん宛てに、ダメでもともとのつもりで自らを売り込む手紙を送りつけた。The Third Eye――「第三の目」ということだ。

『SPA!』の記事で『We're』のことを知り、現物を読んでみてたいへん感銘を受けた。自分は韓国語もある程度できるので、力になれるのではないかと思う。今現在、新規スタッフの募集をしているのかどうかはわからないが、よかったら採用を検討してみてはもらえまいか――そういう趣旨のことを述べた手紙に、僕は一種のデモンストレーションとして、韓国語でしたためた〝직무（チンム） 경력서（キョンニョクソ）〟（職務経歴書）を同封した。当時はワープロ専用機の時代であり、ハングルを打つことも印字することもできなかったから、当然、手書きだ。

ほどなく、『We're』編集部のカマーゴさか江さん本人から電話がかかってきた。ぜひ一度会いたいので、事務所に来てほしいという。僕は小躍りして、当時、東京のＪＲ総武線大久保駅近く（その大久保界隈は、のちにコリアタウン化する）にあった、ザ・サードアイ・コーポレーションの社屋に向かうことになった。

それは、社屋と呼ぶにはためらいを覚える体裁のオフィスだった。建物は雑居ビルの類ではなく、集合住宅であり、僕が通されたのも、ワンルームマンションとでも呼ぶべきひどく狭い一室だった。あとで知ったのだが、この建物はカマーゴさか江さんの父親（ザ・サードアイ・コーポレーションの「会長」も兼任していた）が、ビジネス民宿などと並んで経営していたアパートであり、そこから小ぶりの部屋をいくつか借りる形で、編集部のオフィスにしていたのである。

ともあれ、僕はこうして、この会社の社長兼雑誌『We're』の編集長であるカマーゴさか江さん本人と初めて対面した。『ＳＰＡ！』の誌面で知った人と現実に顔を突き合わせるのは、まるで芸能人を前にしているかのような不思議な感覚だった。

なお、彼女のことは以後、単に「さか江さん」と呼ぶことにする。それは、サードアイに勤めている間に彼女をその名で呼んでいたからだ。ただし、この名前に関しては、ひとつ注釈を添えておかなければならない。

彼女は在日二世だが、国籍上は、幼年期に父親の意向で日本に帰化している。それから結婚するまで、彼女の本名は「田中さか江」だった。それがコロンビア系米国人男性と結婚することで「カマーゴさか江」になったのだが、現在の彼女は、通常、「カマーゴ・李栄」と名乗っている。「李」は、日本に帰化する以前の在日コリアンとしての姓であり、「栄」は「サカエ」とも読めるが、韓国風に「ヨン」と読ませる場合もある。

つまり、現在、彼女が使用している通り名は、本人が背負ってきた複雑なエスニシティをそのまま映し出すような形になっているわけだ。僕は本人のその意思を尊重したいのだが、当時、僕にとって彼女はあくまで「さか江さん」だったので、このエッセイにおいては、便宜上、「さか江さん」で通させてもらうことにした次第だ。

さて、そうして僕と対面したさか江さんは、僕が韓国語で書いた職務経歴書に目を奪われたこと（編集部に出入りしている翻訳スタッフである、韓国からの留学生に翻訳させたと聞いた。その時点では、彼女自身、韓国語は少ししか読めなかったのだ）に触れつつも、僕の前職がパソコンソフトの制作だったという点に強い関心を示していた。

実は『We're』は、当時は黎明期に当たっていたＤＴＰ（机上出版）で製版工程をこなしていた。かなり先駆的な事例だったと思う。雑誌の誌面構成等については、まだエディトリアル・デザイナーが逐一、写植の級数表を片手に、書体から文字サイズからすべて手作業で指定することで形にしていたアナログな時代だ。ＤＴＰは、その手間のかかる作業を電算化し、印刷イメージをＰＣ画面にリアルタイムでモニターしながらデザインしていくことができるという、夢のようなテクノロジーと目されていた（現在では、それがすっかり平準化してしまったのだが）。

『We're』編集部も、その部分は、機材も専用のソフトウェアもスキルも持っている印刷会社に外注していたのだが、そこにかかる膨大な経費を削減するために、DTPの製版工程を社内化したいとさか江さんは目論(もくろ)んでいた。そこに、「PCに明るい」人材が入ってくることは、まさに願ったりかなったりだったのだ。

もっとも、僕は実のところ、「PCに明るい」わけでもなんでもなかった。最初の就職先の業務内容がパソコンソフトの制作・販売だったことは事実だが、この場合の「制作」というのは「企画立案」に近く、ソフトの開発自体は別会社に委託していた。僕自身は、入社後の新人研修でたしなみとしてC言語（プログラミング用言語のひとつ）を少々かじった程度であり、当時はPCそのものを個人として所有してすらいなかった。

しかし、とにかく採用してもらいたかった僕は、そのあたりのことは追々どうにかすればいいという思いで、「そういうことにも対応できると思います」と大見得を切った。こうして僕は、一九九三年の二月から、ザ・サードアイ・コーポレーションの正規社員として働くことになったのである。

給与は一八万円だが、それは三ヶ月の試用期間中の話であり、本採用となればベースアップを考えてくれるとのことだった。社会保険などはなかったが、それまでのギリギリの暮らしぶりを思えば、さしあたってそれで十分だった。

なお、これもあとから知ったことだが、さか江さんの実姉は、前年の五月に急性心筋炎で急逝(きゅうせい)していた芥川賞作家・李良枝(イヤンジ)だった（第100回芥川賞受賞作の『由熙(ユヒ)』は、日本からソウルの大学に留学するものの、韓国社会になじめず、幻滅を抱えて日本に帰ってしまう在日の女子学生の姿を、ソウル在住の韓国人女性視点で描いた作品）。『We're』の創刊に向けての作業にも、編集顧問として携わっていたという。

さか江さんが現在名乗っている「栄」の名を考案したのも、李良枝だった。「〝さか江〟だとハングル読みができないから、〝栄（ヨン）〟にしたら？　もっとも、この〝영（ヨン）〟には〝ゼロ〟という意味もあって（注：「零」も韓国語読みでは同じ音になる）、それだと〝바보（パボ）〟（バカ）ってことになっちゃうけどね」と李良枝はからかっていたそうだが、さか江さん本人は気に入っているらしい。

ともあれ当時、純文学作家として身を立てることを目指していた僕には、李良枝の威光は眩しいばかりであり、そのことも含めて、自分は収まるべきところに収まったのだと満足を感じていた。

ザ・サードアイ・コーポレーション（以下「サードアイ」）は、実に小さな会社だった。さか江さん以下、社員として勤務している正規スタッフは僕を除いてわずか三名、いずれも日本人の女性だった。ほかにアルバイトとして中国人の女子留学生が一人、編集部に常駐していた。それ以外は、必要に応じて出入りする翻訳スタッフなどで、韓国人、中国人、アメリカ人その他、雑多な人々で構成されていた。

さか江さんとの面接の際に僕が通されたのは、「三階」と呼ばれている、オフィスの分室的な位置づけにあるスペースだった。オフィス本体は、一階の管理人室にあった。アパートとしての管理人室のことだ。そこには比較的広いスペースがあり、デスクをいくつも並べたり、コピー機などを設置したりする余裕もあったが、アパートの管理人である高齢の女性も同居していて、僕たちが雑誌編集の業務をこなすかたわらで、管理人としての職務を普通にこなしていた。

いずれにしても、「女っぽい」職場ではあった。その中で僕は、ほぼ「白(はく)一点」と言ってよかった。「ハーレムじゃないか」と言う人もいるだろうが、そんな甘く耽美(たんび)な世界とはほど遠かった。ほとんどは僕より歳上である女性たちに囲まれて、僕はときには顎で使われながら、いいようにイジられる若造にすぎなかったのだ。

この建物は、オーナーである「会長」(さか江さんの父親。在日一世。日本に帰化してからの名前は「田中浩(ひろし)」、本来のコリアンとしての名前は「李斗浩(イドゥホ)」)の意向もあって、国籍を問わず、在日外国人を積極的に受け入れているアパートだった。お昼どきには、どこかの階の住戸から漂い出すニョクマムだかナンプラーだかの強烈なにおいが、周囲一帯に充満していた。

僕は当初、もっぱら「三階」で過ごしていた。マックのPCがそこにしかなく、いずれはそれを使ってDTP業務をこなすことになると目されていたからだ(当時、原稿を書いたりする作業は、ワープロ専用機でするのが普通だった)。建物がどういう構造になっていたのか、その部屋は隙間に無理やり設けたような作りになっていて、ドアが小さく、いちいち身を屈(かが)めて出入りしなければならなかった。また、このアパートにはエレベーターがなかったので、狭い外階段を使って、一階と三階の間を慌ただしく何度も往復したことを覚えている。

ただ、一階の管理人室と三階の間には、しばしば書類のやりとりなどの必要が発生し、そのたびに人が往復するのもたいへんなので、そんなときは、長い紐(ひも)にくくりつけたカゴを、三階の窓から一階の窓まで下ろしてまた引き上げる、という形で、人力による垂直的なロジスティクスを実現していた。そのカゴには、ときには差し入れの菓子などが載せられていることもあった（途中からは、二階に別の比較的広い部屋を借りて、オフィスはそちらに統合された）。

もちろん、もっぱら三階に常駐していたとはいっても、僕もマックにばかりかかりきりになっていたわけではなく、取材をしたり記事をまとめたりもしていたし、翻訳をめぐるコーディネートも、日々の作業の中ではかなりのウェートを占めていた。

四ヶ国語を併記する雑誌を編集するというのは、並大抵の作業ではない。翻訳スタッフは、なんらかの事情で一時的に日本に滞在しているだけの外国人（多くは、翻訳に関しては専業ではなく、本業の片手間に手伝ってくれている人々）がメインであり、彼らの多くは、自らが出身した国で使われている言語と日本語しか知らなかった。

すなわち彼らは、日本語を韓国語に訳したり、日本語を英語に訳したりすることはできても、韓国語の原稿をダイレクトに中国語に訳したり、中国語の原稿を英語に訳したりすることができるわけではなかった。記事のすべては、まずはハブ言語としての日本語に訳されなければならなかった。翻訳スタッフ全員が読める言語は、それしかなかったからである。

だから、たとえば英語圏の人間が書いた原稿については、まず英日翻訳ができるだれかが日本語に翻訳し、いったん日本語に直されたその原稿を、今度は日韓翻訳ができる人が韓国語に訳し、日中翻訳ができる人が中国語に訳す、といった流れで、四ヶ国語の原稿を整えていく必要があった。それを毎月、入稿日までに漏れなく揃えるための手配は煩雑を極め、常に時間との戦いだったのだ。

記事の内容は、今から思い返してもかなり意欲的だったと思う。まだグローバリゼーションという言葉こそ一般化していなかったものの、留学生、国際展開を図る外国籍企業の従業員、あるいは出稼ぎ労働者という形で、かつてないほど大量の外国人が大挙して日本に押し寄せてきている時代だった。それを背景に、異文化の接触と衝突、それを越えての融和という観点から、クロスカルチャーの現場に鋭く切り込む姿勢の記事を矢継ぎ早に打ち出していた。

毎号、巻頭にはさまざまな国籍を持つ市井(しせい)の人（掲載されている四言語のいずれかを話す人に限らず、対象は南米、東南アジアなどにまで及んでいた）をフィーチャーしたロングインタビューを掲げ、特集テーマとしては、「日本で会社を作るには」「日本の若者に聞きたい！」「多民族国家アメリカに学ぶ」といったタイトルが並んだ。日・中・英・韓の四言語について、それぞれの言語の持つ特異な言い回しなどを解説するコーナーもあれば、文化横断的に映画や音楽などエンターテインメントを紹介するページもあった。

ただし、ページ数はわずか四〇ページ、月刊誌としてはただでさえ貧弱な上に、あらゆるページが四分割されているため、実質的には一〇ページ分しか内容がないということになる。それでいて定価は税込みで三五〇円、と決して安くはなかった。そのことに対しては読者から厳しい意見もあり、編集サイドもその弱点は重々承知していたのだが、先述の、翻訳にまつわる膨大な作業などを考えると、当時のマンパワーではそれが限界だったのだ。発行部数もわずかであり、定価をそれ以上下げるという選択肢は考えられなかった。

収益の最大のパーセンテージを占めていたのは、雑誌本体の売上ではなく、広告収入だった。特に表4（裏表紙）には毎号、富士通や三菱電機、大韓航空などの名だたる大企業が全面広告を出稿していた。わずか数名で切り盛りする、版元のブランド力もない雑誌だったことを思えば、快挙と言っていいだろう。

編集業務を主幹するかたわら、そうした広告収入を獲得する営業活動にたった一人で駆けずりまわっていたのはさか江さんであり、そのバイタリティには今もって頭が上がらないのだが、ひとつには、先鋭的でパイオニア的な試みを展開していたこの雑誌の可能性それ自体が、正当に評価されていたということでもあると思う。

とはいえ、経営はそうとう厳しかったようだ。田中浩会長は、『We're』立ち上げが進行するさなかに急逝した李良枝の無念を晴らすためにもさか江さんが死力を尽くしていることをよく理解しており、資金面での援助をはじめ、あれこれと便宜を図ってくれてはいたが、同時にビジネスマンとしてのシビアな目を持つ人でもあった。実の娘が経営する会社であっても、ビジネスとして成り立つかどうかという点には注意を怠らずにいたようだ。

そんな条件下で、毎月購入してくれる定期購読者は貴重な存在だった。一般書店で手に入れづらいこともあって、『We're』を読んで気に入った人の一定割合は、わりとためらいもなく郵便振替による定期購読契約をしてくれていた。そういう読者が、たしか三〇〇人ほどはいたと思う。

その定期購読者への雑誌の発送作業も、編集部総出（そうで）で手分けして行なっていた。毎月、新しい号ができあがり、印刷所から一定数が編集部に納入されると、それからがおおわらわだった。名簿の宛名を市販のラベルシートに打ち出し、『We're』を一部ずつ封入したポリ封筒の上に貼っていくのだ。たしか「料金別納郵便」のマークも、発送部数分、スタンプで無地のタックシールに捺（お）していたような記憶がある。

三〇〇部ほどというその量も、実に中途半端だった。外注に出すほどの量ではないものの、自分たちで片手間にやるには作業負荷が大きすぎた。しかし遅配など許されないので、毎回、数時間はその作業でかかりきりになっていた。

ただし、定期購読者の大半は、名前から判断するかぎり、日本人と思しかった。アジア諸国の文化や言語などに関心を持つ層の人々が反応していたのだと思う。創刊の趣旨からいえば、日本に在住している外国人にこそ購入してもらいたかったのだが、そこにはひとつ、大きな問題があった。

『We're』は、認知度を高めるために、近隣の日本語学校などに無料で頒布していたため、少なくとも都内の留学生等の間では、その存在がかなり広く知られていたようだ。ところが、彼らの多くはふところに余裕がなかった。だから『We're』も、みんなで回し読みするだけで済ませてしまい、自ら購入するケースは稀だったようだ。つまり、お金を出して『We're』を買ってくれる人は、すぐに頭打ちになってしまい、その後なかなか増えなかったのだ。

主要な読者層として想定しているのがそうした外国人、それも中国・韓国を中心としたアジア系の留学生などであったことは、広告営業の際にもネックになっていたようだ。中国が日本を追い抜いて世界第二位の経済大国となり、韓国がサムスンなどの世界的企業で国際市場を席巻している現在とは違って、当時、購買力も乏しかったアジア系の留学生は、企業サイドからは見込み客とみなされていなかったからだ。

そんな際どい経営環境の中、編集長のみならず、営業も経理も、総務も人事もほとんど一人でこなしていたさか江さんの苦労たるや、いかばかりのものだったろうか。社会人としての経験も浅かった(しかも責任感もわりと稀薄だった)僕はおよそ想像も及ばずにいたが、この歳になって振り返ると、当時まだ三〇代のなかばだったさか江さんが、よくもめげずに日々の激務に、そして逆境に立ち向かっていられたものだと心の底から敬服させられる。

さて、そうした苦境を乗り越えるための経費削減案としての目玉でもあった、肝腎のDTPの社内化がどうなったかというと、結論からいえば、首尾よくはいかなかった。僕のスキルがおぼつかないものであったこともあるが、どちらかといえば、オフィスに置かれていたマックのスペック上の問題だったと思う。そのマックはエンドユーザー向け仕様のマシンで、たとえばDTPソフトを本格的に運用するといった業務に用いるには、メモリやCPUの処理速度等が圧倒的に貧弱だったのである。

ついでに言えば、現在と違って当時のPCは、マルチリンガルな環境が標準装備されているわけではなかった。現在なら、ハングルでも、簡体字(かんたいじ)・繁体字(はんたいじ)の中国語でも、あるいはアラビア語などでも、設定をスイッチするだけで自在に使用することができるが、当時は、ハングルならハングルのフォントを、それも画面表示用と印刷用の両方をわざわざ購入して、PCとプリンタにそれぞれインストールしなければならなかった。おかげで容量がむやみに圧迫され、作業がままならなくなった面もある(そういう意味では、『We're』の試みは少しばかり「早すぎた」のかもしれない)。

実際、それまで製版と印刷を委託していた会社も、たまたまハングルのフォントは持っていたから、日・英・韓まではフォローすることができていたものの、中国語には対応できずにいた。だからDTPによる製版は、中国語が入るスペースだけ空白にした状態でやってもらい、中国語の製版ができる別の業者に別途、作ってもらった中国語だけのフィルムを、そこに手作業で貼りつけていって版を完成させるという、非常に手間のかかる工程を経ていた。

いずれにせよ、DTPによる製版と印刷を依頼していた印刷会社にも、さか江さんは「来月からは自前でやります」と宣言して、データもすでに引き上げてしまっていたのだが、先月号のデータを雛形として中身を次号のデータと差し替える作業は、困難を極めた。数分ごとに、あるいはなにかアクションをひとつ起こすたびに、画面がフリーズしてしまうのである。

1号分のデータがどれくらいあり、マシンのメモリがどれくらいあればそれに耐えられるのかといったことは、本来、印刷会社からデータを引き上げる前に当たりをつけられたはずなのだが、そうしたことに通じている人間が、情けないことに僕自身も含めて、当時の編集部にはいなかったのだ。

それでも、いったん印刷会社との契約を切ってしまった以上、自分たちでなんとかするしかないので、入稿期限を迎えた晩は覚悟を決め、ひとつなにか動作をしては上書き保存し、フリーズさせては再起動して（当時は、再起動だけで一〇分間近くかかっていた）——という地獄のような作業を朝まで延々と続けたのだが、窓から明るい日差しが差し込む頃合いになっても、一ページたりとも仕上がっていなかった。

その時点でさか江さんは、DTPの社内化についてはいさぎよく断念した。そして、もとの印刷会社に頭を下げて再びデータを引き渡し、それまでどおりやってもらえるよう手筈を整えた。快く請け負ってくれた印刷会社も寛容だったと思うが、さか江さんのフットワークの軽さ、必要とあらばどんなあつかましいお願いもためらいなくできてしまう神経の強靱さにも、感服せずにはいられなかった。

その時点で、「パソコンソフトの会社にいた」という僕の経歴は、この会社で意味を持たないものとなり、僕は以後、単なる一編集者として、薙ぎ払っても薙ぎ払っても押し寄せてくる膨大な作業に従事することになる。

ここでの仕事は、本当に忙しかった。退勤はしばしば終電ギリギリ、ときには徹夜になったし、土日もちょくちょくつぶれていた。それでいて、マスコミの現場にありがちな事実上のフレックスタイム制も適用されておらず、朝は（一般企業より遅めとはいえ）毎日必ず一〇時までには出社していなければならなかった。当時はまだそんな概念もなかったものの、いわゆる「過労死ライン」など、余裕で超過していただろう。

あるときに試算してみたら、月の残業時間が一三〇時間を超えていたということすらある。それでいて時間外勤務手当は一銭も出ていなかったため、給与を時給換算したら、五八〇円程度とわかり、脱力させられた。そこらのコンビニでバイトでもしたほうが、よっぽど割がよかったかもしれないくらいだ。

当時、川越（かわごえ）市内の実家からここに通っていた僕は、通勤に一時間以上かかっていた。さか江さんなどは、「そんなに時間をかけて通うのもたいへんだろうし、このアパートにはまだ空き部屋があるから、いっそ移ってきたら?」と何度か勧めてくれたのだが、僕はかたくなに固辞していた。オフィスと同じ建物内に住むなんて、職住（しょくじゅう）分離というけじめも何も消失してしまうではないか。「そろそろ終電なので今日はこれで上がります」というギリギリの口実すら使えなくなってしまう。それだけは、なんとしても避けたかった。

昼休みもあってないようなもので、たいていは近所、百人町の中華屋からの出前を、居合わせた全員で取り、食休みもそこそこに仕事に戻るというありさまだった（いちいちメニューから選ぶのが億劫なので、僕は「半チャンラーメン」の一択にしていた記憶がある）。夕食も、オフィスからは一歩も出ないままで済ませる日がほとんどだった。しかもそのメニューは、連日、焼き鳥といなり寿司にほぼ固定されていた。

それには、はっきりとした理由がある。

サードアイは一応、午後六時が定時ということになっており、六時を過ぎたらアルコール解禁、というルールになっていた。オフィスの冷蔵庫には社用で購入した缶ビールが大量に常備してあり、夜間はそれをひと缶、ふた缶、銘々が傾けながら、ややリラックスした雰囲気で仕事することが許されていたのだ（言うなればそのビールこそが、現物支給される「時間外勤務手当」だったのかもしれない）。

その六時に前後する時間帯、ほぼ毎日、律儀にオフィスを訪れてくる人影があった。その人は、差し入れとして手に入れてきた焼き鳥やいなり寿司を、対応したスタッフに慌ただしく手渡すなり、風のように姿を消してしまっていた。――田中浩会長である。

以前、ふと差し入れとして持ってきたそれがスタッフに好評だったということに気をよくしたらしい会長は、その後も決まりきった貢ぎ物のように毎日それを届けてくれていたのだ。会長としては、「六時も過ぎれば小腹もすくだろう」程度のつもりだったのだろうが、その後もたいていは四時間、五時間と仕事を続けなければならなかった中、その差し入れはおのずと、正規の夕食となった。

焼き鳥もいなり寿司も実際にかなりうまい店のものではあったのだが、そうして何ヶ月もひたすら、午後六時になれば焼き鳥といなり寿司を食べる生活を続けた結果、僕は一時的に、これらのメニューに関しては人生における飽和量を超えてしまっており、その後何年かは見るのもいやだった覚えがある。

それでももちろん、会長のそういう心配りは本当にありがたかったし、ほかに何社も経営している多忙な人であり、普段はおいそれと口をきく機会もない存在であるにもかかわらず(僕がこの人と言葉を交わしたのは、一回あったかなかったかくらいだったと思う)、僕たちのことも忘れずまめに気遣ってくれているなんて、なんという義理堅さだろうと痛み入ってもいた。

会長の差し入れの定番であったいなり寿司については、当時のサードアイを知る人々の間で、いまだに懐かしい思い出として語り草になっている。

4 出会ったコリアンの人々と、奉公の終わり

ともかくも、ここで過ごした日々は濃密だった。ここでの仕事を通じて、僕は実に多くの在日外国人と接点を持った。韓国人はもちろん、アメリカ人もいたし、中国人、台湾人、ミャンマー人、マレーシア人もいた。

特にウマが合ったのは、ライターとしてこのオフィスに出入りしていたアメリカ人・ジョンだった。チャーリー・シーンを思わせる美男子で、年齢は、僕よりは上だったが、いくらも違わなかった。当時、彼は日本語を片言程度しかしゃべれず、僕の英語もそのレベルだったため、意思の疎通を直接図るのは困難だったが（さか江さんは、アメリカでの短期留学等を通じて英語が話せたので、彼とのコミュニケーションはもっぱら彼女が負っていた）、彼と話したい一心で、僕は次第に英語での口数が多くなっていった。

僕は英会話をどこかで正式に学んだ経験はなかったのだが、読み書きではかなりのレベルに達していて、潜在的な語彙力・文法力はもともとあったのだ。あとは、それを会話でも駆使できるようにする条件——いわば環境的な圧力が必要なだけだった。「ジョンと話したい」という欲求、そして日常的に彼と接触しているという状況は、その条件として必

要十分だった。いつしか僕は、条件節も含むかなり長い英文を、あたりまえのように口にするようになり、「自分ってこんなに英語がしゃべれたのか」と自分で驚くほどだった。

驚いたのは、ジョンも同じだ。ある日突然、長文の英語を流暢(りゅうちょう)にしゃべりはじめた僕に対して、「なんだ、君は英語がしゃべれるんじゃないか。初めて会ったときは、ほとんどしゃべれない人なんだなと思っていたのに」と意外がる彼に、僕は「おおかたの日本人と同じで、僕はたぶんシャイすぎたんだよ」と返すよりほかになかった。

ジョンとは、仕事の合間に、実にいろいろなテーマについて長々と語りあった。好きな作家、特にサリンジャーについて。お互いの女性観について。これまでに交際した女の子について。音楽についての話題も、しばしば取り上げられた。僕は彼を通じて、バッドフィンガーというバンドの存在を知ったのだ。

ある昼下がりのことをよく覚えている。その日の日中は、たまたまジョンと僕しかオフィスにはいなかった。ジョンは、午後六時を過ぎるまでは解禁されないはずのビールを、今飲んでしまおうと僕に誘いかけてきた。「サカエは夕方まで戻らないはずだから大丈夫だよ」と言う彼に応じて、僕も缶ビールのプルリングを引いたのだが、肝っ玉が小さい僕は気が気ではなく、ビールをひと口含んでは、伸び上がって窓から前の路地に目をやり、さかえさんがなにかの拍子で予定より早く戻ってきはしないかと確認せずにはいられなかった。

それをしながら、僕は自分のあまりの小心者ぶりが自分でもおかしくなり、"Am I too

nervous?"（気にしすぎ？）とジョンに問いかけた。ジョンは、"Hey, come on, Hirayama, take it easy!"（おいおい、ヒラヤマ、落ち着けよ）と苦笑していた。彼が僕を呼ぶときの「ヒールヤーム」という音が、今も耳にこびりついている（下の名前の「ミズホ」は、彼には発音しづらかったらしく、彼は僕を姓で呼びつづけていた）。

その頃は、そんなやりとりもできる程度の英会話力がたしかにあったはずなのに（ちなみにサードアイを辞めたあとも、彼との交友関係はしばらく続き、電話で英語による長話などもちょくちょくしていた）、その後サードアイを離れ、日常的には英語を使わなくなってしまってから、僕は瞬く間に勘を失ってしまい、今ではほとんどしゃべれない状態に戻ってしまっている。五〇年を優に超える人生のうちで、曲がりなりにも「英語をしゃべれる」と言える状態を実現できていたのは、あの頃だけだった気がする。

同じことを韓国語でもできればよかったのだが、そうはいかなかった。オフィスには、翻訳スタッフも含めてかなりの数の韓国人が出入りしており、機会はいくらでもあったのだが、韓国語の運用に関しても、僕は「シャイすぎた」のだ。主な原因はたぶん、僕が日ごろ接する韓国人が、（ジョンと違って）日本語が巧みで、意思疎通において韓国語を使う必然性がほとんどなかった点にあったのだと思う。そうなると、あえて拙い韓国語を使うことが、なんだか気恥ずかしくなってしまうのだ。

日韓翻訳スタッフとして、当初、スキルも高いために主力級と位置づけられていたのは、先述の、僕がソウル旅行をした際に家を訪問したJさんと同じ延世大学から、たしか早稲田大学に留学していたYさんだった（僕がハングルでしたためた「職務経歴書」を翻訳してくれたのも、この人だった）。筒井道隆似のイケメンだったが、留学によるタイムラグなどもあって、僕よりひとつ二つ歳上だった。

関係性としては、僕はあくまで編集者として翻訳スタッフである彼を「使う」立場にあったため、彼も僕には「ですます調」で接してきていたが、彼が歳上であることに着目するかぎり、韓国風の（儒教倫理に基づく）流儀に則る（のっと）なら、歳下の僕は彼を目上の存在として敬うべきであるとも言えた。

あるとき僕は、それを踏まえて、「これから韓国語で話すときは、형（ヒョン）と呼んでもいいですか？」と訊いてみた。〝형〟とは、漢字で書けば「兄」であり、日本語では「兄貴」あるいは「兄さん」に当たる言葉である。韓国では、同性のちょっと歳上あるいは目上の相手に対して、〝형〟あるいは〝언니（オンニ）〟（お姉さん）などと、親族呼称を転用した一種の敬称を用いて親しみを表す場合がある。女性が恋人の男性を呼ぶ際に〝오빠（オッパ）〟、つまり「お兄ちゃん」に当たる言葉を使うのも、それと近い作法に基づくことだ。

Yさんはそれを快諾してくれたのだが、いざ彼のことを〝형〟と呼ぼうとすると、日本では必ずしも一般的ではないそうした距離の取り方も含めて、なんだか恥ずかしくていたたまれなくなり、結局実行には移さないまま終わってしまった。言語を習得する過程では、語学力それ自体以外にも、さまざまなファクターが阻害要因として干渉してくるのだな、と痛感したことを覚えている。

冒頭で触れた金東姫（キムドンヒ）さん――作家デビュー後、僕の小説を相次いで翻訳してくれた韓国人女性との出会いも、サードアイを通じてのものだった。彼女もまた、翻訳スタッフの一人としてサードアイに雇われていたのだ（その彼女がなぜ、僕の作品の韓国語訳を担うようになったのか、その経緯についてはのちに詳述する）。

そんな形で、サードアイでの日々は慌ただしく過ぎていったのだが、サードアイの社長であり、雑誌『We're』の編集長でもあったカマーゴさか江さんには、社の唯一の商品である『We're』を、どんな形であれとにかく存続させなければならないという至上命題があった。それがある時点で、かえって仇（あだ）となった。苦境を乗り越えようとするさか江さんの懸命な尽力が、皮肉にも、社にとっての最大の危機をもたらしてしまったのである。

一九九三年の五月ごろだったろうか、いずれにしても、僕にしてみれば、入社してまだ数ヶ月、「ひよっこ」と言っていい時期に起きたできごとだ。

創刊一周年記念号に当たる七月号をどうするかという話が進行しているさなかのことだったと思う。創刊当時からこの雑誌の編集に携わっていた三名のスタッフが、さか江さんに対して一斉に叛旗（はんき）を翻したのだ。

僕の記憶では、さか江さんが編集方針を大きく変えようとしたことがきっかけだったように思うが、正確な経緯は思い出せない（その点は、確認したところ、さか江さん本人にとっても同様であるようだ）。ほかにもなにか積もり積もるものがあったのかもしれない。

いずれにせよ、僕はまだここのスタッフに加わって日が浅かったこともあり、正直なところ、彼女たちがさか江さんの示した方針の何に対してそれほどまでの反感を抱いているのか、ピンとこないところもあった。しかし彼女たちは一様に、さか江さんの方針変更を「変節」とみなし、そんな彼女にはもうついていけないという姿勢を鮮明に表していた。

そんな中のある晩、僕たち編集部員は、大久保駅前、ガード下の喫茶店にいるさか江さんから一人ずつ個別に、順番に呼び出され、今後、編集部に留まる意思があるかどうかを面と向かって訊かれた。最後に呼ばれたのは僕だった。ほかのスタッフは、「さか江さんが方針を撤回しないかぎり、私たちは辞める」という意志を堅持しているようだった。

僕はどうだったかというと、自分でもよくわからなかった。先に述べたとおり、創刊当時からの思い入れを共有していない僕には、さか江さんの方針転換を「変節」と捉える感覚も今ひとつ摑めなかったからだ。そのときの僕が思ったのはただひとつ、「三人が辞めてしまって、僕だけが残るとなると、僕一人にかかる業務上の負荷はどれだけ増えるのか」ということだけだった。

ただでさえ、ギリギリのマンパワーでどうにか形にしていた仕事を、今後どうやってこなしていけというのか。それを思えば、自分がこの仕事に関わりつづけることを望むかどうか以前に、沈没する貨物船の船倉から逃げようとするネズミの群れさながら、今すぐにでも尻尾を巻いて逃げるのが正解なのではないか——。

さか江さんはあくまで、僕の意志を尊重するという姿勢で臨んできてくれていた。——

これでは納得できないとみんなが言うのもわかる。でも私は、もはやこうするしか、『We're』という雑誌を存続させる道はないと思っている。その上で、平山くんがやはり納得できないと言うのなら、私はもう何も言わない。

真正面からそう言われて、僕はなんだかさか江さんが気の毒になってしまった。その時点では、まだ人生経験が乏しかったこともあって、彼女が抱えていた困難を、彼女と同じ視点で把握できていたわけではなかったと思う。でもとにかく、孤立無援となってしまった彼女を見捨てることは、自分にはできないと思った。そうして僕は、ただ一人、サードアイの社員として残ることを、その場で宣言してしまったのである。

その後、三人のスタッフが去っていったあとのサードアイがどうなったかというと、実際には、三人分の作業負荷が僕一人にかかってくるといったことにはならなかった。さか江さんが多忙をかいくぐり、有能な協力スタッフを精力的に駆り集めてきてくれたおかげで、一、二ヶ月の間には、どうにか新体制が整っていた。フルタイムではなくても、編集を手伝ってくれる人があらたにオフィスに出入りするようになったのだ。

それでも殺人的な忙しさに追い立てられる点に違いはなく、中途半端な義侠心から一人だけ残ったことを心底悔やみたくなったことを覚えている。

そんな中で、僕は多くの在日韓国・朝鮮人たちとも接点を持っていった。

この頃、『We're』は、DTPによる製版・印刷の委託先を途中で一度替えている。ある印刷会社が、「弊社なら中国語も含めてＤＴＰで対応できます」とのセールスをかけてきたため、そちらに乗り換えたのだ。そうすれば、中国語の製版だけ別会社に依頼したりすることによって発生する余分なコストや作業負荷を削減することができたからだ。

その印刷会社の営業マンが、たまたま朴さんという在日の男性だった。サードアイに来る際には憚りもなく本名を名乗っていたと思うが、対外的に配っている名刺には通名を印刷していた。ところがその苗字というのが、「朴山」だったのだ。「ボクヤマ」とでも読ませていたのだろうか。

それを見たさか江さんは、「〃パクヤマ〃って……モロ出しじゃん！」と言って大受けしていた。僕も思わず、そのとぼけた、そしてある意味で投げやりな命名には吹き出さずにはいられなかった。本人も、「変ですかね」などと言いながらへらへらと笑っていた。

しかしなんといっても、出入りしていた在日コリアンの人々の中でとりわけ強烈に覚えているのは、サンホン（相憲）さん――とあえて下の名前で呼ばせてもらう――のことだ。

サンホンさんは、さか江さんが営業スタッフとしてどこかから呼び寄せてきた在日の男性だった。歳は、僕の五つほど上だっただろうか。顔立ちは、大学二年のときのソウル旅行でついてくれたガイドのおじさんと同様、典型的なコリアン顔で、そうと知らなくても「この人はそうなのではないか」と思うかもしれない面立ちだった。

なんにしても、日ごろ編集部に出入りしているライターや編集・翻訳スタッフといった面々とはあからさまに異質な雰囲気を漂わせている人で（事実、のちに知ったことだが、彼の本職は、親族が経営するコリアンパブかなにかのスタッフで、手が空いている日中に、サードアイの仕事をしていたらしい）、さか江さんはいったい何を思ってこんな人をリクルートしてきたのだろうと首を傾げたくなった。

子飼いの社員たち全員にそっぽを向かれたさか江さんの窮状を見かねてサードアイに残った僕だったが、この人に対しては容易に心を開く気持ちになれずにいた。さか江さんが独断で連れてきたこの人のせいで職場の空気が乱されているとすら僕は感じていて、なんの責任もない本人にその不満をぶつけるような形で、あけすけにそっけない態度を取ってしまっていた。

ずいぶん子どもっぽい反応をしてしまったものだと今では思うが、本人もなにか察するところはあったらしく、ある日、わりと早く上がることができた晩の帰り際、彼はわざわざ僕を夕食に誘ってきた。たまたま駅までの間にあったというだけの理由で選んだような、中華系のどうでもいい店だったと思う。無愛想な同僚と少しでも親睦を深めようとしているのだろうと察せられたが、そういう気遣いも僕には煩わしくて、同じテーブルに着いて向かい合ってからも、ふてくされたような態度を取りつづけていた。

サンホンさんはそこで、たしか回鍋肉定食だかなにか、そういった類の料理を選んだ。対する僕は、餃子定食を注文した。すると彼は言った。

「餃子定食って、よくわからないんですよね。餃子って、それ自体がご飯みたいなものじゃないですか。なんでわざわざそれにご飯をつけるんですか？」

言っている意味は、わからなくもない。たしかに餃子の皮はうどんのような炭水化物の塊であり、それにライスをつけたら、炭水化物×炭水化物になる。しかし、僕はそのとき、それを食べたいと思ってあえてそれを選んだのだ。どうしてそんなことにいちいち文句をつけられなければならないのか。僕は彼の質問に対しては生返事を返すだけで、黙々と自分の食事を進めた。

するとしばらくしてから彼は、自分が注文した回鍋肉定食だかなにかの皿を指し示しながら、こんなことを言ってきた。

「これ、どうぞつまんでください」

言っている意味がよくわからなかった。

僕の感覚からすれば、同じ皿に乗せられた料理をシェアできる、すなわち、じか箸を使って同じ皿から取って食べられるのは、一定以上の親しさがあり、それを双方が了解し合っている間柄にある相手との間でだけ成立しうる事象なのだ。知り合ってからまだ間もないサンホンさんとの間に、そういう関係が成立しているとは思いづらかった。それも、居酒屋などならまだしも、銘々が注文した自分用の食事の一部ではないか。

だから僕はそのときも、「ああ、はい」と言いながら、結局は彼の皿からはひと口もつまないまま食事を終え、この会食は二人が打ちとけられないまま解散となった。

しかしずっとあとになって、僕はこのときの自分が大きな見立て違いを犯していたことに気づいていった。それは主として、韓国の映画やドラマで描かれる場面を見ることで得られた認識だった。

彼ら（コリアン）はしばしば、相手に対する信頼あるいは親愛の表現として、じか箸で食べものを共有するというふるまいをするのだ。たとえば、自分の使っていた箸（チョッカラク）でつまんだなにかを、相手の口元まで持っていって、食べることを促したりする。または、自分の箸でつまんだキムチなどを、コムタンを食べようとしている相手のスプーン（スッカラク）の上に直接、乗せたりする。

それは、日本では（よほど親密な間柄でもなければ）およそ考えられないマナー違反のふるまいだが、韓国人同士の間では、文脈によってはおおいにありうることなのだ。サンホンさんもたぶん、それと似た心づもりで、心を開こうとしない僕との距離を少しでも縮めようとして、そういうふるまいに出ていたのではないかと今では思うのだ。

サンホンさんのそういう部分は、僕の目にはぶしつけあるいはお節介と映ることも少なくなかったが、一方で彼は、人懐こいところや憎めないところも多々ある人であり、僕は次第にこの人のことが好きになっていった（そして、当初、自分が取りつく島もない態度を取ってしまっていたことを悔やんだ）。今思い返しても、この人については、「いい人だったな」という印象しかない。

のちに僕がサードアイを辞めることになったときには、彼は「そのうち、店に遊びに来てください。サービスしますよ」と本職のほうのコリアンパブかなにかに誘ってくれていたのだが、そういう店に行く趣味も、また当時はそれだけの財政的な余裕もなかったので、実際に足を運ぶことはなかった。

このサンホンさんのように、当惑と愛着を同時に感じさせられるといったことは、オフィスに出入りするその他多くの在日の人についても、共通して言えることだった。

日中は一般企業に勤めている身でありながら、退勤後、オフィスに訪れてあれこれと無償で手伝ってくれていた、少しだけ歳上の在日男性がいた。その日も、僕がたまたま一人で残業していた夜遅くに彼はふらりとやってきて、なにかやれることはないかと訊いてくれたのだが、特に手伝ってもらえることもなかったので、ただ仕事のかたわらなんとなく雑談を交わしていた。

そのうち終電も間際の時間になってしまい、僕も引き上げることにした。彼も、「だったら俺もそろそろ……」と腰を上げた。ところが、オフィスの鍵が所定の位置に見当たらない。施錠せずに帰宅することはできないので弱り果てていたら、彼は「俺も一緒に探すよ」と申し出てきた。

しかし深夜のことであり、そんなことをしていたら彼だって帰られなくなってしまうかもしれない。僕はいざとなればそのままオフィスに泊まればいいが、翌日も職場に出勤しなければならない彼にまで（社員でもないのに）それにつきあわせるわけにはいかないと思った。それで、「いや、いいですよ、こっちの問題ですし、僕一人でなんとかしますから」と断ったら、彼はにわかに顔を曇らせ、「なんだよ、人がせっかく……。よけいなお世話だって言うのかよ」とむくれてしまった。

善意を無にされたと思って機嫌を損ねてしまったようなのだが、彼とはそれまでに何度か顔を合わせたことがあるという程度の間柄であり、親しい友人というわけでもなかった。そういう場合、日本人なら、「あ、そう？　大丈夫？　じゃあ悪いけど……」とでも言って立ち去るところだろう。

「いや、悪い意味で言ったんじゃないんです。巻き込むのはご迷惑かなと思っただけで……」と必死になだめて帰ってもらったのだが、沸点（ふってん）が異様に低いその反応には当惑させられるばかりだった。それでも彼は、基本的に気のいい人だったし、人として決して嫌いではなかった。「英語の成績は悪かったけど、サザンの英語の歌を歌わせると俺はうまいよ」と自慢げに言っていたことが印象に残っている（実際にその歌をカラオケなどで聴く機会はなかったが）。

ちなみに、鍵の問題を最終的にどうしたかは覚えていない。対処に困ってさか江さんの自宅に電話したら、彼女がまちがって自宅に持ち帰ってしまっていたことが判明し、駆けつけてきてくれたといった経緯だったような気もする（さか江さんは当時、オフィスのかなり近くに住んでいた）。

某旅行代理店の営業マンのことも、よく覚えている。その代理店との間で、タイアップの記事広告のようなものを作ろうという話が持ち上がったのだが、その担当者も在日の男性だった。三〇代の前半くらいの年齢だったと思う。途中までは順調に話が進んでいたのだが、最終的に彼が持ってきた提案は、金額的にどうにも折り合わないものだった。

そこでさか江さんが、「うーん、この条件じゃ、ちょっと呑めないかな」とひとこと言った途端、彼は顔を文字どおりまっ赤にして、「せっかく考えてきたのにそれはないじゃないですか！」と食ってかかってきた。それどころか、興奮のあまり、半べそまでかいていた。

僕たち（さか江さんとサンホンさんと僕）はみな啞然として、「いえいえ、条件的に厳しいと言っただけで、否定したわけじゃないんですよ」と口々に彼を慰撫しなければならなかった。いくら思惑どおりにならなかったからといって、仮にもビジネスシーンで、そこまで感情を昂らせ、しかもそれを隠そうともしないというのは、日本人としてはおよそ考えられないことだったし、この一件に関しては、同じ在日のさか江さんやサンホンさんさえ、面食らって対処に困っていた。

特にさか江さんは、「日本でやっていくためには、日本人になりきるしかない」という信念のもとに生きてきた父親、つまり田中浩会長に育てられた影響もあったのか、感覚的には普通の日本人とかなり近く、在日の人がときに示すそうした激情の奔出に対しては、本人のいないところで「いやー、あれはまいったね」などとこぼしていた。

その担当者は、僕たち三人になだめすかされているうちに次第に落ち着きを取り戻し、最後には「すみませんでした。また別の機会になにかありましたら」と頭を下げておとなしく引き返していったが、営業先でいちいちあの流儀でふるまっていたら仕事にならないのではないか、と人ごとながら心配になったものだ。

こうして僕が在日コリアンの人々と接触する機会が急に増えたのは、三人のスタッフがいきなり抜けてしまったこととも無関係ではない。その欠をどうにかして補い、創刊一周年記念号を予定どおり刊行することに向けて、さか江さんは奔走していた。先にも述べたとおり、新しい編集スタッフをリクルートしてもいたが、それ以外にも雑用が山のように発生する中、少しでも手伝ってくれる人材が必要で、彼女自身が所属する在日コミュニティをフル活用していたのだ。

そんな中、ある晩にオフィス内で起きたできごとは、いまだに忘れがたい。

その日はどういう巡り合わせか、夜のたしかもう九時、一〇時を回るほどの遅い時間帯に、狭いオフィスが満杯になるほど人が集まっていた。サードアイの正規スタッフは僕のみで、それ以外は翻訳スタッフやライター、手伝いで出入りしていた韓国人ビジネスマン（今や誰もが知っている某世界的大企業が、「日本を研究させる」という名目で、若手社員を何人か東京に送り込み、社費で長期間にわたって滞在させていた）などだったと思う。全部で五、六人はいただろうか。

その中には、在日三世のライターであるKさんも含まれていた。この人は朝鮮総連寄りのバックボーンを持ち、民族学校に通学した経験も持つ人で、宝島社（この年の四月にJICC出版局から改称）が刊行していた『宝島30』などで常連ライターとして活躍していた。

なお、その場に居合わせていた人々は、たまたま全員、男性だったのだが、彼らの共通点は、性別だけではなかった。僕以外は全員、コリアンだったのである。在日か、一時的に日本に来ている韓国人かといった違いはあれど、民族的には全員がコリアンだった。そのことに気づいただれかが、不意にこう指摘した。

「あれ、今ここにいる中で、日本人って平山さんだけじゃないですか？」

全員が口々に「そうだ、そうだ」と唱和し、僕自身もその時点では、「あ、ほんとですね」とただおもしろがっていただけなのだが、次の瞬間、先述の在日ライターKさんが口にしたひとことに、全身が凍りついた。軽口を叩く調子ではあったものの、彼はこう言ったのだ。

「それじゃ平山さん、〝創氏改名〟しなきゃ」

何人かは遠慮がちに笑ったが、気まずそうに黙り込んでしまう人もいた。僕としては、苦笑しながら「いや……勘弁してくださいよ」と返すほかなかったのだが、ジョークにしてもあまりにブラックすぎる。今なら「だったら鄭瑞穂（チョンソス）とでもしますか」と笑いながら返すところだが、当時はまだ若くて、それをするだけの余裕もなかった。

「2　恋する語学学習者とセンチメンタル・ジャーニー」で述べたとおり僕は、日帝時代に、併合した韓国の人々に対して、国家としての日本が行なった暴虐などについては、僕自身に直接の責任はなくとも、同じ日本人として、民族としての恥のようなものはずっと感じていた。そうした歴史における負の側面を知りもしない日本人や、知っていても何も感じない鈍感な日本人と一緒にしてほしくない——強いて言葉にするなら、そんなやり場のない思いが、そのときの僕の心中には渦巻いていた。

でも一方で、コリアンの人々が、そんな当てこすりをときには言ってみたくなったとしても、それは過去の因縁から言ってしかたのないことなのではないか、という思いも僕にはあった。

もちろん、そんなどぎついジョークを、日本人である僕に直接投げかけてくるような人は、サードアイに勤めていた全期間を通じても、Kさん以外には一人もいなかった。それでも、彼らの一人ひとりが本当のところどう思っているのかはわからないし、そういう攻撃的な側面を見せつけられたとしても、加害サイドである日本人としては、ある程度までは甘受するしかないのではないか、と僕は思っていた。自らの民族性をめぐる怨嗟や怨念といったものは、そうかんたんに晴れるものではないと思うからだ。

いずれにしても、なんとも気まずい、もやもやとした心持ちにさせられる一幕ではあった。翌日僕は、愚痴かたがた、さか江さんにこのいきさつをかんたんに報告したのだが、さか江さんも、「あー、あの人ちょっと屈折してんのよ。気にしないで」と渋面を作っていた。

だいぶあとになって、くだんのKさんが、このエピソードのわずか二年後である一九九五年に、まだ三〇代のなかばと若かったのに亡くなっていたと知って驚いた。はっきりとはわからないが、どうも変死と呼べるような死に方だったようだ。癖のある性格が災いした結果でなければいいのだが、今となってはどうとも言えない。

ともあれ、そうして大勢の助力をかき集めるような形で、『We're』は最大の危機を乗り越え、創刊一周年記念号を無事にリリースすることができた。それ以降も、どうにか本来のペースを取り戻し、毎月、安定的に次号を出しつづけられる態勢がなんとか整ったような雰囲気になっていた。

しかし僕はサードアイの、望まずしてその位置に就かされてしまった事実上のナンバー2として、そうした綱渡りのような日々を送っていく中で、いつしか心底、疲れ果ててしまっていた。サードアイへの就職以来、小説もほとんどまったく書けずにいた。平日は、帰宅できた時点で午前一時を過ぎていることが多く、それからなにかを書くなど考えるべくもなかったし、休日は疲れきった体を癒やすので手一杯だった。

それに、試用期間を過ぎても給与が一八万円のまま据え置かれていることが、気にかかってもいた。これだけ身を粉にして会社のために尽くしているのに、僕の働きはベースアップに値しないというのだろうか。

蓄積した疲れもあって、いっそもう辞めたいという思いが、毎日のように脳裏をかすめた。せめて給料のことだけでも訴えるべきではないかと思ったが、さか江さんはあまりに忙しくて、ことあらたまってそういう相談を持ちかけるタイミングを摑むのもむずかしかった。そうして、ただいたずらに日々だけが過ぎていった。

痺れを切らした僕は一計を案じ、あらかじめ訴えを綴った手紙を自宅で用意しておいて、ある日、帰り際に「あとで読んでください」とだけ言って、それを本人に手渡した。翌日、さか江さんは、「手紙読んだよ」と言って、きちんと僕と向き合ってくれた。

そして、僕が毎日のように辞めたいと思っていたことを「ショックだった」と語り、昇給しなかったことについては、申し訳なかったと率直に頭を下げてくれた。仕事に追われる中、右から左へと流してしまっていただけで、まったく他意はなかったという。その言葉に、嘘はなかったと思っている。彼女が抱えていた仕事量や日々の心労は測り知れないほどのもので、スタッフへの報酬といったルーチン的なものは、「先月どおり」という形で機械的にこなすのが精一杯だったのだろう。

さか江さんは、僕の給料は二一万円にアップしてくれたばかりか、試用期間を過ぎた期間については、過去に遡って差額をまとめて支給してくれた。常に運転資金の不足に悩まされている中、それだけのお金をいちどきに捻出するのは痛かっただろうと思う。その誠実な対応には感激したし、かくなる上はこちらも誠心誠意、ここでの仕事を続けようと思わざるをえなかった。

「仕事がきついのも、本当に申し訳ないと思ってる。これからは、午後七時を過ぎたら、差し迫ったことがないかぎり、帰ってもいいから」

さか江さんは、そうも言ってくれた。

ただ、文字どおり七時で上がれることなど、まずなかった。仕事は常に目の前に山積しており、そのどれもこれもが「差し迫って」いた。七時で僕が帰ったとして、だれかが代わりにそれをやってくれるというわけでもない。結局、僕はその後もほぼ毎日、終電間際までの残業を強いられる生活を送っていた。

午前一〇時までに出社しなければならないのはあいかわらずだったが、ある日、たまたま出足が遅れて、いつも乗っている電車を逃してしまったことがあった。それで一本だけ遅い電車に乗ったところ、僕はあることに気づいてしまった。シートに、点々と空きがあるのだ。それまで使っていた、定時に確実に間に合う時刻に発車する便では、よほど運がよくなければまず座れなかったのに――。要するに、空席が発生するかどうかの分水嶺(ぶんすいれい)が、まさにその一本の違いの間にあったのだ。

僕は毎日、疲れきっていた。出勤のために乗っていく電車の中で座れるかどうかは、死活問題と言ってもよかった。池袋までのほんの四〇分のこととはいえ、その間、少しでも仮眠が取れれば、その後のパフォーマンスに格段の差が発生する。

分水嶺の先の便に乗っていけば、大久保のオフィスに到着できる時刻は、定時である午前一〇時を一〇分近く過ぎてしまう。しかし、たかが一〇分ではないか。どのみちほぼ連日、終電を口実に、定時をはるかに過ぎた午後一一時台にかろうじて上がっている状態だし、時間外勤務手当などもらったためしがない。その中で、定時に一〇分遅れることがなんだというのか。その一〇分の遅れを補って余りあるほどの貢献を、僕は日々、会社に対して無償でしているではないか――。

僕は自分の中でそんなロジックを勝手に組み立て、やがてほぼ毎朝、確実に座れる一本遅い便を、最初から選んで出勤するようになってしまった。疲労のあまり、そうしたい誘惑に抗うことができなかったのだ。そして出勤後は、遅刻について謝るでもなく、しれっとしてそのまま仕事を始めていた。さか江さんは、口には出さなくてもそれを不満に思っている様子だったし、僕自身、それに気づいてはいたのだが、あえて気づかないふりをしていた。

ところが、七月に入った頃だったか、僕は突然、身をよじるような腹痛と高熱が原因で、出社することがかなわなくなってしまった。かつてないほど激しい下痢に見舞われ、ともかくも這うようにして病院に行ってみたら、「急性腸炎」との診断が下され、その場で栄養補給のための点滴を打たれた。過労によるストレス性のものだったようだ。それで三日ほど休んで出社したら、さか江さんからはこう言われた。

「ここのところ、毎日遅刻していたよね。それで今回のこれがあったわけで、こういう勤務状態なら、正直、これ以上うちで働いてもらうわけにはいかないと思う」

もともとは僕が辞めたいと訴えていたのに、いつしか立場は逆になり、最終的には、僕が会社を追われる形になってしまったのだ。

理不尽だとは思った。急性腸炎で倒れたのだって、無理を押して会社のためにがんばった結果にほかならないではないか。ただ、遅刻に関しては何も言いかえせなかった。疲れ果てていたからとはいえ、さか江さんが示してくれた精一杯の誠意を踏みにじるようなふるまいであったことは否定できない。それに、急性腸炎のことも含めて、僕の心身がここでの勤務に耐えられる限界に達していたらしいことも事実だ。その後、勤務を続けたとしても、早晩、僕はまた心身にトラブルを起こしていたかもしれないのだ。

こうして僕は、ザ・サードアイ・コーポレーションを去ることになった。入社も退職も、同じ一九九三年の間のことだ。わずか八ヶ月のできごとだったということが、今もって信じられない。その八ヶ月の間に経験したことはあまりに濃密で、軽く三年か四年分の重みを持っているように感じられるのだ。

それに、結果として解雇されたとはいっても、さか江さんとの間では、喧嘩別れのような形になったわけではなかった。サードアイ退職後、さか江さんは僕をライターとして起用してくれて、それまでに僕が担当していたコーナーの記事の一部を、原稿料と引き換えに毎月、依頼してくれるようになったのだ。

僕の小説家デビューは二〇〇四年だが、実はその一一年も前に、ひっそりとライターデビューを果たしていたのである（『We're』以外の媒体に、活躍の場が広がることはなかったが）。

しかもさか江さんは、僕のその後の再就職活動にも協力的だった。僕が次に就職した会社はそこそこ規模の大きい企業だったので、選考時に僕の身元調査もしていたらしく、興信所が前の職場であるサードアイにも探りを入れに行っていたようなのだが、それについて後日、さか江さんはこんなことを言っていた。

「興信所の人が来たときには、平山くんのことはよく言っておいたよ。〝転職の障りになるといけないから、悪い話はしないように〟って会長にも釘を刺されていたし」

おかげで僕は、難なく次の職場を見つけることができた。田中浩会長には、本当に頭が上がらない。

しかしサードアイの資金難はその後も悪化の一途を辿り、『We're』は残念ながら結局、この年のうちに休刊に追い込まれることになる。最終号となった一九九四年一月号（さか江さん自身は、この号を「ピリオドではなくカンマ」と呼んでいる）の表紙を飾ったのは、ほかならぬ田中浩会長だった。本文中でも、休刊に際して、「発行人」としてコメントを寄せていた。

ザ・サードアイ・コーポレーションはその後、それまでに築き上げていたネットワークを活用し、さらに拡大させる形で、翻訳コーディネートの会社として仕切り直しを図り、現在まで存続している。今では四ヶ国語どころか、中東・アフリカ圏も含めて四〇近い言語に対応する多言語翻訳ネットワークを擁し、マルチリンガルなあらゆるニーズに応えているようだ。さか江さんのたくましさには、あいかわらず敬意を覚えずにはいられない。

5　韓流ブームの中での作家デビュー

サードアイを追われた僕は、可及的すみやかに次の求職活動に乗り出した。サードアイに就職する直前のような困窮状態には二度と陥りたくなかったし、サードアイに勤めたこと自体から学んだ点も少なくなかった。それに基づいて僕が次の職場に求めた条件は、以下四点だった――経営基盤が安定していること。社会保険等がひととおり整っていること。できれば時間外勤務手当についての取り決めが存在すること。そして、そこで取り組む仕事を好きになれるかどうかは別にして、残業があまりないこと。

作家を目指すという目標は、まだ撤回していなかった。ただし、作品を新人文学賞などに応募しつづけたとしても、いつ作家デビューがかなうかはわからないし、デビューできたとしても、すぐに専業になれるとも限らない。そこは長期戦の構えで臨むことにしたため、いずれにしても、一定の収入や社会的安定が確保され、しかもそれが容易には雲散霧消しないものである必要があった。

もっとも、ある程度の企業規模があって、経営基盤が安定していれば、普通、社会保険や時間外勤務手当の制度なども備わっているものだと思うので、実質的にいちばん問題なのは、「残業が少ないかどうか」だった。僕がとりわけその点にこだわったのは、以降は小説を書く時間（および、それを許す体力の余剰分）だけはなんとしても確保したかったからだ。

サードアイで『We're』を作る仕事は、仕事を通じて出会う人々との交流も含め、刺激に満ちていて楽しかった。仕事の種類としては、「好きだった」と今でもためらいなく言える。問題は、それが忙しすぎたことだ。仕事が忙しすぎて、小説を書く余力が残らないようでは意味がない。仕事から得られる充実感などは、いずれ作家デビューできてから、そちらの仕事に求めればいい。勤務する職場での仕事のことは、好きになれなくても、熱意を持てなくてもかまわないと思っていた。

結果として僕が選び、そして採用された次の職場は、右に述べたような目的を果たすには、まさに理想的な条件を揃えた企業だった。そこで手がける仕事は、特別好きでもなかったが、するのが苦痛というほど嫌いなわけでもなかった（途中からは、むしろある程度のおもしろみを感じてすらいた）。給料もそこそこもらえていたし、従業員数も四〇〇名超と、それまでのことを思えば破格の規模だったこともあって、経営難で今日・明日にもつぶれそうといった心配からはほど遠かった。

何より、残業をほとんどせずに済んだことは大きかった（もちろん、たまに残業になってしまう場合は、ちゃんと手当が出た）。結果として僕は、一九九三年の一一月から、作家として一本立ちすべく退職した二〇一一年一月末に至るまでの一七年間超、ここに勤務することになった。同じひとつの職場に長くいたためしがない僕にしてみれば、異例の長居だった（その企業は、現在も存続している。「流行語大賞」などで有名な会社だ）。

日中はこの会社で働きながら、帰宅後や休日に着々と作品を書き継いでは応募する生活を僕は実現し、時間はかかったものの、先述のとおり、二〇〇四年には作家デビューを果たした。それからの約六年間は、サラリーマンと作家の兼業だった。

しかしその間に、コリアンの人々や韓国語との縁が急速に薄くなっていったことは否めない。日常的に接するコリアンは一人もいなくなり、韓国語に触れる機会も極端に減っていった。せいぜい、同じ社内で韓国語を勉強している同僚と、たまになかばたわむれで韓国語を使ったメールのやりとりを交わす程度だった（韓国語を勉強している人が、以前よりもざらに見つかるようになったこと自体は注目に値するとしても）。

例外があったとすれば、のちに僕の小説作品を韓国語に翻訳してくれることになる、サードアイ時代に知り合った金東姫（キムドンヒ）さんと、その夫であるアルベルトさんくらいだろう。アルベルトといっても、西洋人ではなく、ソウル生まれの生粋の韓国人なのだが、彼は一一歳のときに家族とともにブラジル移民となり、当地のポルトガル語での慣習に応じて「アルベルト」を名乗っていた時期がある。本人の意向もあり、本書では彼をその「アルベルト」の名で称することにした次第だ。

金東姫さんは、さか江さん同様、僕より一〇歳ほど上の世代だが、笑顔がとてもチャーミングな美人だった（僕が出会う韓国人女性には、なぜか美人が多かった。一応言っておくが、美容整形が隆盛する前の時代の話だ)。一時的に日本に滞在していただけで、いわゆる在日ではなく、韓国生まれの韓国人だが、韓国以外の土地で暮らした期間が長いこともあったのか、典型的な韓国人との間に感覚的には一定の距離を置いており、その意味で、日本人である僕が身構えなく共有できる部分も少なくなかった。

サードアイ時代には、さか江さんの大雑把さやある種の横暴さなどについて、よく東姫さんと愚痴をこぼしあったりもしていたものだ(もちろんさか江さんは、ある程度大雑把で、なおかつ横暴とも取れる大胆な指針を示すことができたからこそ、リーダーとして君臨(くんりん)できていたわけだが)。

そして、彼女の夫であるアルベルトさんも、非常に興味深い人物だった。ブラジルでの移民生活を経て、日本に来てからは職を転々としており、当時は某大手マスコミ系列の研究所で管理職を務めていた(英語も話せる彼は、韓国語・ポルトガル語・英語・日本語の四ヶ国語話者だった)。外国人でありながら、そのようなメジャーな大企業で管理職に就けたということからもわかるように、ものすごく優秀な人だった。

このアルベルトさんも、韓国以外の土地で暮らした期間が長かったせいか、いわゆる韓国人っぽさ(沸点が低く、人懐こい一方で他人に過剰なまでに干渉しようとする、ある意味で暑苦しい感じ)とは縁の遠い人であり、僕の目からは「コスモポリタン」とも見える立ち位置をナチュラルに具現化していた。学者肌で博覧強記(はくらんきょうき)、そしてそういう人にありがちなこととしてかなりの変人でもあったが(そう言う僕も人のことは言えないのだが)、一度でも言葉を交わせば、その特異な魅力に惹き込まれずにはいられなかった。

サードアイを退職してからも、僕はこの夫妻とは懇意にしつづけ、当時、東京都練馬区にアパートを借りて住んでいた二人（まだ子どもはいなかった）のもとを、僕は定期的に訪れていた。アルベルトさんはお酒が大好きな人だったので、彼らの家を訪ねた際には、僕もついついご相伴に与り、帰る頃にはたいてい泥酔していたことを覚えている。

東姫さんは料理も上手で、ジェノベーゼソースをからめたパスタなどを懐かしく思い出すが（彼らのもとを訪ねて、いわゆる韓国風の料理が供されたことは、記憶するかぎり一度もなかった）、アルベルトさんが酔っ払ったときに作る得意料理、エビのニンニク唐辛子炒めも絶品だった。今でも、「あれが食べたい！」と思う瞬間がときどきある。

しかし二人は日本語がきわめて堪能だったため、彼らと会っている間も僕には韓国語を使う必然性がなく、もともと乏しかった僕の韓国語会話能力は、どんどん劣化していった。しかもこの夫妻は、ある時点で日本を離れ、ソウル郊外の住居に移転してしまった。優秀なアルベルトさんが韓国の某世界的大企業に役員として引き抜かれ、本社勤務になってしまったからだ。

そんな中、二〇〇〇年代に入ると、日本では最初の「韓流ブーム」が吹き荒れた。初恋の人との再会を軸に描かれる悲恋をモチーフとしたドラマ『冬のソナタ』は、日本でも大ヒットして、主演の一人、ペ・ヨンジュンを「ヨン様」と呼んで崇める日本人女性ファンなどの姿が、社会現象として大々的にフィーチャーされる流れとなった。

その煽りで、韓国語を学びたいという情熱も沸騰し、韓国語学習のためのテキストがかつてない勢いで濫造されて、書店の語学書コーナーを埋め尽くしていった。大学生時代、僕が三省堂の『わかる朝鮮語』やJICC出版局の『ハングルの練習問題』といった乏しい教本で苦労して韓国語を習得していった時代のことを思えば、まさに隔世の感と言ってよかった。

しかし、そうしたムーブメントに対して、僕は一貫して冷淡だったと思う。

要するに、あまのじゃくなのだ。韓国語は、周囲の誰も知らず、興味すら持っていなかったからこそ、僕にとって価値があったのだ。僕がハングルに初めて興味を持ったきっかけを思い出してほしい。高校時代、月刊誌『言語』で組まれていたハングル特集を見て、「これなら秘密の暗号通信に使える」と思ったことこそが、最初のとっかかりだったのだ。勉強する人がざらにいる言語なら、知っていたところでたいした意味もない、と思ってしまったのだ。

『冬のソナタ』をはじめとする、当時の韓流ドラマの多くが、昼ドラ的な「ベタさ」を売りにしていたことも、僕の趣味には合わなかった（韓流ドラマもピンキリであり、質のいいものは本当に非の打ちどころがないほどおもしろいということがのちにわかっていくのだが）。僕自身はもう一〇年以上も前から注目していた韓国および韓国語に、その頃はほとんどの人が見向きもしなかったくせに、何を今さら色めき立っているのか——そんな釈然（しゃくぜん）としない思いもあった。

もちろんそれは、言いがかりみたいなものだ。何がきっかけであれ、隣り合っていながらそれまでさして関心も抱かれずにいた国に目が向けられる動きは、喜ばしいことにはちがいないのだから。

二〇〇四年、僕が『ラス・マンチャス通信』という作品で日本ファンタジーノベル大賞を受賞し、作家デビューを果たしたのは、奇しくも、日本中が韓流ブームに沸き立っているさなかのことだった。驚いたのは、この作品が刊行されてまだ三ヶ月も経たない頃に、韓国の出版社が早くも翻訳出版のオファーを版元の新潮社に持ちかけてきたことだ。

そのとき僕が思ったのは、もしや、ソウルにいる金東姫さんが、その出版社になんらかの働きかけをしたのではないかということだった。『ラス・マンチャス通信』はかなり風変わりな小説であり、それも災いしたのか、セールスは振るわずにいた。そんな本が、韓国の出版社の注意を容易に引くとは思えない。日韓翻訳者としてのキャリアを持つ東姫さんが僕のためを思って特に紹介してくれた結果だったのだとしたら、ありえる話だと思ったのだ。

取り急ぎ僕は本人にメールを送り、経緯を明かして、そこに東姫さんが関与しているかどうかをたしかめた。ところが当人は、この件をまったく関知していないという。ただし彼女は、もしそういう話が動いているのであれば、ぜひ自分が翻訳を担当したいと言ってくれた。そして実際に彼女は、オファーを出してきたソウルの出版社と直接連絡を取り、

「著者である平山瑞穂さんの友人である自分に翻訳させてほしい」とかけ合って、それを実現させてしまった。

　スタジオ・ボーンフリー（Studio Born-Free／스튜디오 본 프리。正確には「ステューディオ」なのだが、ここでは慣例的に「スタジオ」とする）というのが、その出版社だった。本来は、日本のアニメ作品等をめぐるライセンスビジネスを生業としていた会社だが、近年は出版事業にも乗り出し、特に日本の小説の翻訳に力を入れているとのことだった。

　翻訳作業においては、東姫さんにかなり苦労をさせてしまったようだ。日韓翻訳でそれなりの経験を積んでいたとはいっても、文芸作品の翻訳は初めてだった上に、『ラス・マンチャス通信』は決して読みやすい素直な内容の小説ではなかったからだ。翻訳が進められている間、「この一文はどういう意味なのか」「この部分はどういう文脈なのか」といった目もくらむような量の質問を、ソウルにいる東姫さんからメールで受けつづけたことを覚えている。

　なんにせよ、自分の小説が初めて翻訳された国が韓国であったことに、僕は不思議な因縁を感じていた。それはまるで、僕が初めて自分の意思で学んだ外国語が韓国語であったこととパラレルなできごとであるかのように思いなされたのだ（その後、僕の作品は、台湾、タイ、ベトナムなど、もっぱらアジア圏で翻訳されていくことになる）。

　韓国語版『ラス・マンチャス通信』（라스 만차스 통신）刊行へ向けての作業は驚くべきスピードで進められ、最初に打診を受けてからわずか半年後、二〇〇五年の九月には、本

が韓国の書店に並んでいた。そこに至るまでのどの段階のことだったかさだかな記憶がないのだが、僕は東姫さんからの誘いでソウルに向かい、彼女と連れ立って、版元スタジオ・ボーンフリーの社屋に挨拶(あいさつ)に赴いている。僕にとって、生涯で二度目の韓国旅行だった。

社の代表のKさんと、企画局長のMさんが出迎えてくれて(肩書きはすごいが、二人とも若手だった)、昼食もごちそうしてくれた。『ラス・マンチャス通信』を見出し、韓国語訳の企画として通してくれたのは、Mさんだった。Mさんは独学で日本語を勉強しており、そこそこ話すこともできたが、読むほうが得意だったようで、ちょくちょく日本に出張しては、いわばバイヤー的に書店めぐりをして、気になる小説などがあれば購入し、持ち帰って目を通すことで、社で訳書を出す作品の候補を見定めているのだという。

そんな中、ふと訪れた東京の書店で、『ラス・マンチャス通信』がパッと目に入ってきて、読んでみて「これだ」と思ったのだとMさんは語っていた(単行本の『ラス・マンチャス通信』のカバーには、アニメーターである田中達之氏がイラストレーターとしてのCANNABIS名義で描いた、印象的なイラストが使われていた。そのイラストは、韓国語版のカバーでもそのまま踏襲されることになる)。

なお、そうして版元訪問を終えた翌日は、一六年ぶりのソウル観光でものんびり楽しみたいところだったのだが、実際にはそうもいかなかった。今回の、東姫さんによる韓国語訳出版という吉報に駆けつけてきた彼女の親族一同と引き合わされ、慌ただしく一日が終わってしまったからだ。

東姫さんに次から次へと親族の人を紹介されたが、ものすごく数が多くて、誰が誰やら把握できないままだった。東姫さんのお兄さんと、英語で二言三言交わしたのをかろうじて覚えている程度だ。東姫さんが美人であるように、彼女のお兄さんもまた美男だったのが印象に残っている。そして、親族間のつながりの強さが、日本人とは比較にならないと感じたことも。

韓国語版『ラス・マンチャス通信』は、ほどなく刊行された。スタジオ・ボーンフリーのMさんはこの小説を非常におもしろがってくれていたが、一般の韓国人読者はどう感じるのか。反応がまったく予測できず、期待と不安が入り混じる思いだった。

このエッセイを書くまですっかり忘れていたのだが、この韓国語版には、巻末に僕自身が「著者あとがき」を寄せており、まさにその思いについても触れている。原文はもう散逸してしまっているので、東姫さんが韓国語に訳してくれたものから、該当箇所を逆輸入的に日本語に訳し直した上で抜粋してみる。

> そんな〈僕〉(註：この作品の語り手のこと)の姿が、韓国の読者の皆さんにはどんなふうに受け止められるのか、私としてはまったく予想することができません。韓国人と日本人は、似ている点もありますが、違っている点はまるで違うと思います。意外な反応が返ってくるのではないかと期待される反面、心配もされます。
>
> いずれにしても、この作品に込めた私の思いが、言語の壁を越えて少しでも伝わる

なら、それにまさる喜びはありません。

日本語の原文では、僕は自分を表す一人称を「僕」としていたと思うが、通常、「僕」を訳す際に充てられる〝나（ナ）〟は、こういうオフィシャルな声明にはそぐわないという判断からか、東姫さんはあえてそれを、「私」に相当する〝저（チョ）〟と訳していたらしいということに、今になって気づかされる。

さて、『ラス・マンチャス通信』に対する韓国での評価が実際にはどうだったかというと、これはもう、「意外」と言うほかないのだが、びっくりするほどの好評を博し、何度も重版がかかったのである（日本では結局、初版止まりだったのに）。確認できたかぎり、たしか第一〇刷くらいまでは達していたはずだ。もっとも、人口差もあるため、韓国では文芸書というと初版が二〇〇〇部、増刷は一回あたり一〇〇〇部程度が標準、と規模も小さいのだが、それでもトータルで一万部は超えており、それは文芸書としてはかなりのヒットに相当するという話だった。

当時は、ネット上に溢れる韓国語のレビューなどもまめに拾い読みしていたはずだが、たしかに好意的な感想が目立っていた印象がある。

おかげで、スタジオ・ボーンフリーでは僕は一躍「ドル箱」扱いとなり、日本国内で続いて発表していった作品もほとんど無条件に、金東姫さんによる翻訳で順次、韓国語訳を刊行してもらえる運びとなった。

ただしその特例扱いは、四作目の『冥王星パーティ』（日本語版は二〇〇七年三月、韓国語版〝명왕성 파티〟は二〇〇八年六月発行）までしか続かなかった。二作目以降のセールスが振るわず、いずれも初版止まりとなってしまったからだ（そうでなくても、全体的に低調だった出版事業そのものから、ある時点でスタジオ・ボーンフリーは撤退してしまっていたらしい）。

特に二作目『忘れないと誓ったぼくがいた』（韓国語版タイトルもほぼ直訳で、잊지〔忘れ〕않겠다고〔ないと〕맹세한〔誓った〕내가〔ぼくが〕있었다〔いた〕）については、対照的だった。これは僕が、デビュー作とは打って変わって、当時の売れ線だった『いま、会いにゆきます』（市川拓司）などに代表される純愛路線を露骨に狙って打ち出した作品で、日本ではまずまずのスマッシュヒットとなり、のちに映画化（二〇一五年、主演は村上虹郎と早見あかり）もされたのだが、韓国読者の反応は鈍かった。

おそらくだが、そうした純愛路線は、『私の頭の中の消しゴム』（二〇〇四年公開の韓国映画）などを通じて韓国でも既視感があり、かなりオフビートな作風であった『ラス・マンチャス通信』ほどのインパクトを及ぼすことができなかったものと思われる。それにしても、『ラス・マンチャス通信』に関して、どうして日韓でこれほど顕著な反応の違いが生じたのかは、今もって謎だ。もしかしたらそこにこそ、日本人とは「まるで違って」いる韓国人の、なんらかの側面が関与していたのかもしれない。

このように、尻すぼみな形になってしまったとはいえ、僕は作家としても、韓国社会に少しばかりは波紋を投げかけることができたわけで、そこにはやはり、なにかしらの縁があったものと思わずにはいられないのである。

ただ、これはたしか、スタジオ・ボーンフリーを訪れるためにソウルに滞在していたとき、宿泊させてもらった東姫さんとアルベルトさんの住居付近を散策している間に聞いた話だったと思うが（住居は高級マンションの一フラットで、その家賃も社の費用として賄われているという話だった。なおこのときには、二人の娘であるEさんが、すでに思春期にさしかかっていた）、彼女がスタジオ・ボーンフリーで翻訳者として受けた待遇は、かなり劣悪なものだったらしい。

それはスタジオ・ボーンフリーに限った話ではなく、韓国の出版業界全体の抱える問題だったようだ。今現在はどうかわからないが、少なくともその頃までは、翻訳者の置かれている地位は一般にかなり低く設定されており、納期のシビアさも含め、かかる労力を思えばとうてい見合わない程度の報酬しか受け取れていなかったという。東姫さんは、「平山さんの本でなければ引き受けていなかった」と明言していた。

そんな悪条件のもと、僕の本を四冊も翻訳してくれた東姫さんに対しては、心苦しい気持ちでいっぱいである。

もうひとつ残念なのは、僕の本の韓国語版の出版に尽力してくれた、スタジオ・ボーンフリー企画局長のMさんが、何年かしてこの社を辞し、出版とはまったく無関係の、日本とも縁の薄い職場に移ってしまったことだ。

Mさんとは、韓国で対面したあとも、日本出張に来た折などに何度か顔を合わせていた。ビジネスとしては、スタジオ・ボーンフリーが、僕の本の韓国語訳を刊行しつづけることができなくなってしまったことは承知していたものの、彼個人が僕の本を心から愛読してくれていることはわかっていた。

そんな中、ぜひ彼に読んでほしいと思う小説を、僕はいくつか書いている。ひとつは『3・15卒業闘争』(角川書店、二〇一一年)。これは、Mさんが激賞してくれていたデビュー作『ラス・マンチャス通信』の直系の後継作とでもいうべき作品だった。もうひとつは、このエッセイの冒頭でも触れた『出ヤマト記』(朝日新聞出版、二〇一二年)。在日韓国・朝鮮人の、北朝鮮への「帰還事業」をモチーフにした物語だ。韓民族のことを描いた僕の小説を、韓国人であるMさんが読んでどう感じるのかが知りたかった。

それらの本を送ろうとした時点で、Mさんはすでにスタジオ・ボーンフリーを退職してしまっていることが判明したのだが、東姫さん経由で、現在の連絡先を教えてもらうことはできた。ひとまずメールで連絡し、読んでほしい本があるので送ってもいいかと訊ねたところ、彼は快諾してくれた。そこで僕は、教えてもらった住所宛てにくだんの二冊の本を送り、同封した手紙に、それぞれの作品の概要と、どうしてそれをMさんに読んでもらいたいと思うのか、その理由を記しておいた。

ところが、Mさんからはその後、なんの反応もなかった。本を受け取ったという連絡すらなかった。一、二ヶ月も過ぎてからようやく一通のメールが届き、その中で彼は、本を贈られたことについての礼を日本語で述べてくれてはいたが、あきらかに、本はまだ一行も読んでいない風情（ふぜい）だった。しかもメール全体がひどく短く、その日本語も、かつて彼が折々に書き送ってくれたメールに比べて、あけすけなまでにたどたどしい、文法ミスなどの目立つ文面になっていた。

それを見た瞬間、「ああ、Mさんがあの二冊の本を読んでくれることは、もうないのだろうな」と僕は思った。

彼はたぶん、その時点で、日本語に対する勘をだいぶ失ってしまっていたのだろうと思う。かつては社で刊行する訳書の対象となりうる日本語の小説を、自ら読んで可否を判断することもできていたMさんだが、その後まったく畑違いの仕事をするようになり、日常生活の中で日本語を読む機会も書く機会も格段に減った結果、日本語をスラスラと読むことも、日本語で書かれた手紙やメールに返信することも、困難になっていったのではないか。

新しい職場での仕事の忙しさもあったのかもしれないが、おそらく、僕が本に添付した長めの手紙を読むのも、くだんの返信メール一通をしたためるのも彼にはすでに負担が大きく、だから送ってくれるまでに時間がかかったのだろう。そんな状態で、日本語の長編小説をやすやすと読んでもらうことなど、望むべくもない。

もちろん、だからといってMさんを責めているわけではない。それをいうなら、僕自身も同じ穴のムジナなのだ。サードアイ時代、アメリカ人ライターのジョンと親しく接している間は、たしかに英語をしゃべれていたはずの僕が、その後の何年か、日常的に英語を使わずにいた間にあっけなく片言状態に戻ってしまったように、外国語のスキルというのは、行使せずにいれば容易に錆びついてしまうものなのだ。

僕自身の韓国語能力についてもそうだ。会話のほうはもともとおぼつかなかったが、あるレベルには達していたはずの読み書きに関しても、今ではもうかなり心もとない。先ほど掲げた、韓国語版『ラス・マンチャス通信』の「著者あとがき」を抜粋する際も、さして難易度の高い文章でもないのに、辞書を何度も引き、すっかり忘れていた文法なども必死で思い出しながら翻訳しなければならなかった。

外国語を学ぶことで、別の国の、異なる文化を背負った人と意思疎通を図ることができるようになるのは、すばらしいことだ。しかしその外国語のスキルというものが、思いのほか脆く、あてにならないものなのだということを、忘れてはいけないと僕は思う。

6 言葉の通じない人々

さて、そうして韓流ブームが勃興するのとほぼパラレルに、反動のように日本国内に発生したもうひとつの潮流がある。——「嫌韓（けんかん）」である。

山野車輪が『マンガ 嫌韓流』を刊行するのは、二〇〇五年七月だ。ネット世論のようなものにはアレルギーがあって、主体的に追うことはしていない僕でも、アマゾンの書籍ランキングで一位になるなどの際立った動きのあったこの本については、まるっきり無視するわけにもいかなかった。そして実際に読んでみて、なんともいえない不快な、やるせない思いをさせられた。

もちろん、アマゾンで売れたということが、すなわち世間一般の広い層からの支持を受けているということと必ずしもイコールではないことはわかっている。書籍は基本的に書店でしか買わないという人もまだまだいるし、当時はその層がもっと厚かっただろう。それに、購入したからといって、その本に書かれていることに賛成しているとも限らない。かく言う僕自身、この本が何をどう主張しているのかを一応は確認しておこうと思って、まさにアマゾンで一冊、（結果として売上に貢献してしまうことを不本意に思いながらも）購入した口なのだから。

しかし少なくとも、この本と同じような見方をしている人々が、確実に世間の一翼を担うようになってきているという事実は、もはや否定できないのだろうとは思った。

2ちゃんねる（当時）などの掲示板で、似たような論調のことをしきりに喧しく発言している人々が存在することも、なんとなくはわかっていた。ざっくり定義して、「ネット右翼」または「ネトウヨ」と呼ばれるような人々だ。そしてそうした人々とは、どうやらまるで言葉が通じないらしいということも、いくつかの経験を通じて体得していた。

一応言っておくが、こうした人々の主張していることがまったく理解できないなどと言うつもりは、僕にもない。

日本の植民地政策は、鉄道敷設など、韓国のインフラの近代化にむしろ貢献していたといった、彼らが好んで駆使するロジックも、フラットな事実ベースで見れば決してまちがってはいない（ただしそれはあくまで結果論にすぎず、そもそも日本がなんのためにそれをしたのかを考えれば、「だから韓国人は日本に感謝すべきなのだ」などという理屈はまちがっても成立しないはずなのだが）。また、反日的な傾向の強い韓国人が日本を批判する論調の中には、たしかに、言いがかりとしか思えないもの、こじつけではないかと疑われるものも多々含まれているとは思う。

ただしそのひとつひとつを、ここであげつらうことはしない。そういう問題点について詳細に論じた本などは、すでに多数刊行されていると思うからだ。それでも、これだけは言っておきたい。――あらゆる韓国人が、そういう意味で、あるいはそういう流儀で反日的であるわけでは絶対にない。

その点は、おたがいさまだとも言える。日本にも、たとえば『嫌韓流』を愛読し、そこに書かれた内容を頭から盲信して、韓国を全否定せんばかりに批判する人々がいるように、韓国側にだって、それを反転させた姿勢を日本に対して示す人々がいるというだけの話だ。「先に喧嘩をふっかけてきたのはあいつらだ」と彼らなら言うかもしれないが、それはなんの弁明にもならない。そのレベルでいがみ合い、おたがいを口汚く罵り合っていて、なんの生産性があるというのか。

僕はサードアイ時代に、ずいぶん多くの韓国人・在日コリアンの人々と接点を持ったが、その中に、そういう種類の人は一人もいなかった（内心ではどう思っていたのか、本当のところはわからないとしても）。思い当たるのはせいぜい、「4　出会ったコリアンの人々と、奉公の終わり」で触れた在日ライターのKさんから、「創氏改名」をめぐるどぎついジョークを突きつけられたことくらいだ。

もちろん、彼らとの接触の舞台となったのが、文化交流や異文化間の相互理解を旗印として掲げる雑誌の編集部であったこと、彼らがそこに自ら望んで足を踏み入れてきていたことは、割り引いて考える必要がある。その時点で彼らはふるいにかけられており、反日的傾向の薄い人ばかりが集まっていたとも考えられるからだ。彼らはたまたま、選りすぐりの「良き韓国人」ばかりだったのかもしれない。

それでも、日本人に対して敵意をむき出しにしたり、ことさらに日本を貶めようとしたりすることは決してない韓国人を、僕が直接、多数知っていたという事実に変わりはない。その僕からしてみれば、『嫌韓流』で強調されている韓国人観のようなものは、どうにも受け入れがたかった。「そういう韓国人」も、たしかにいるだろう。しかしすべてがそうであるわけではないし、そのあきらかな偏りのある像をもって韓国人全体を十把ひとからげに類型化するのは、まちがっているのではないかと思っていた。

いずれにしても、『嫌韓流』的な主張を繰り広げている人々の視座は、あまりにも偏っていると思わずにはいられなかった。わけても、『嫌韓流』の作中に登場する韓国人のキャラクターが(在日も含めて)ことごとく、一重瞼の細い吊り目、極端に頬骨の張った骨格といった形でことさらに醜い風貌に設定され、あまつさえ、さも卑劣そうなニヤニヤ笑いを浮かべたり、ことあるごとに顔をまっ赤に紅潮させて食ってかかってきたりと、徹底して悪意的に描かれている点には、いかなる申し開きも成り立たないだろう(対する日本人側の登場人物が、なぜかおおむね、軒並み美形であることを考えても)。

まあ、「4 出会ったコリアンの人々と、奉公の終わり」でも具体的なエピソードをいくつか挙げたとおり、彼らがえてして熱くなりやすく、沸点が低めであることはある程度まで事実でもあるのだが(韓流ドラマなどで、登場人物たちがしょっちゅう声を荒らげていがみ合っていることからいっても、傾向としてそれはたしかにあるものと思われる)、そうした国民性をよくもここまで露骨な悪意によってデフォルメできるものだと思う。その時点で、品性がない。

こうした見方が国内で一定の広がりを示していることについて、僕は嘆かわしく、かつ腹立たしく思ってはいたが、そうかといって何ができるというわけでもなかった。『嫌韓流』を支持するような人々と、ネット上で対話しようと試みたこともあるが、早々に気持ちが挫けてしまった。彼らとは「まるで言葉が通じない」と僕が感じたのは、そのときのことだ。

もうだいぶ前のことなので詳細は忘れてしまったが、たしか、在日コリアンの人々について、「そんなに日本がいやなら出ていけばいい」といった趣旨の発言があり、それに対して僕が、「そもそも彼らが、望んで日本に来たといえるのでしょうか」といった疑問を呈したところ、「なんでも人に訊かないで、自分で調べてください」と返されて、意味がわからずに当惑の極みに至ってしまった、というようなことがあったのだ。

言うまでもないことだが、僕が呈した疑問は、「彼らだって、望んで日本に来たわけではなかったはずだ」という含意(がんい)を持つ、ひとつの反語文である。「彼らは望んで日本に来たのですか?」と質問しているわけではない。それが反語文であり、文章の見かけ上の体裁とは必ずしも一致しない真意が込められているのだということ自体、この人には伝わっていないらしかった(わからないふりをしていただけかもしれないが)。

もっとも、彼ら自身が、「自分で調べる」ことに非常に熱心であることは、否定できない。彼らは自分たちが槍玉(やりだま)に挙げる問題の周辺について、実によく調べていた。なにかを調べるに当たって、公刊された書籍や雑誌、新聞等に依拠するよりほかになかった昔と違って、現在はネットがある。特定のキーワードで検索すれば、数えきれないほどの関連情報が、（その信憑性やクオリティの度合いはさておき）泉のごとく湧き出てくる。それらを深掘りして身につけた「知識」でもって、彼らは重厚な武装を施していた。

一方で、その「知識」が、なんらかの権威によってオーソライズされているかどうかということに対して、彼らはほとんど関心を持っていないように見えた。典拠がはっきりしないことであっても、自分たちの見立てにとって有利な情報でさえあれば、真正な論説として躊躇なく採用しているらしく思われた。

彼らのそうした姿勢は、たぶん、マスメディアに対する根深い不信感に裏打ちされたものなのだろう。マスメディアは従来、たとえば「朝日新聞にはこう書かれている」といった形で、自らの主張したいことをオーソライズし、補強する方向で援用されてきた。しかし彼らにとって、新聞にそう書かれているということは、なんの保証にもならないどころか、かえってうさんくささえあるのだ。

マスメディアの言うことを鵜呑みにしてきたせいで、これまで自分たちはだまされてきた。実際には、あの連中はありもしないこと（たとえば従軍慰安婦問題など）をあたかもあったかのように騙り、それによってものごとの真相を覆い隠してきた。マスメディアが言及しない部分にこそ、真実があるのだ——彼らは、一貫してそう主張しているように見える。

「マスコミには在日向けの採用枠があり、その言論は在日によってコントロールされている」といった、彼らが好んで言及したがる通説（それは根拠のないデマか、都市伝説の類にしか思えないのだが）も、そうした意識に基づくものなのだろう。すなわち、「マスゴミ」だ。

いずれにしても彼らは、信仰にも近い形であらかじめ胸に抱いている見立てに沿った言説しか受け入れようとはせず、見立てにそぐわない意見などはことごとく、無条件に拒絶しているように見えた。ネット上で彼らと接点を持ったとき、わずかなやりとりからもその点はすぐに察せられた。そうした人々との間では、建設的な議論などはとうてい望めず、こちらが一方的に消耗して終わることになるのが目に見えていた。僕はあえてそれ以上話を広げずにすみやかに撤収し、以降はいかなる形でも彼らと接触を持とうとはしなかった。

腰抜けと呼んでくれてもかまわないが、そこで僕が闘いつづけたからといって、彼らの考えが少しでも変わったとは僕には思えない。

彼らから言わせれば、僕などは典型的な「反日」ということになるのだろう。この言葉がそういう意味合いで使われはじめたのがいつごろだったのか、さだかなことはわからないが、そういう用法で用いられる「反日」という語彙が、いわゆるネット右翼の勃興と足並みを揃えて浮上してきたことは、まちがいのないところだと思う。

あの「反日」という言葉が、僕にはどうしても理解できない。もちろん、彼らがどういう意味合いでその語を使っているのかはわかるが、僕自身の持つロジックに照らして、どう解釈しようとしても、それが明瞭な定義を持つに至らないのだ。

このエッセイの冒頭で述べたとおり、僕もまた、生粋の日本人なのだ。戸籍上、日本人として生まれ、日本人として育てられて、五〇余年を生きてきた。その日本人である僕は、好むと好まざるとにかかわらず、また、僕自身がこの祖国に対してどういうスタンスを取っているかとは関係なく、「日（にち）」の一部を担っているのではないのか。「日」の一部である僕に、どうして「反日」であることができるのか。

日本人ではない人（たとえば韓国人や中国人）が、日本に対して反感なり嫌悪なりを抱き、「反日」になることはわかる。しかし、生まれながらにして日本の一部である僕が、「反日」になることはできないはずだ（仮になりたかったとしても）。それは、論理矛盾としか言いようがない。そうでないならば、そのとき僕が「反」している「日」とは、いったい何を指しているのか。

彼らにとっての「日」とは、「こうあるべきだと自分たちが信じているところの日本」であり、それに同意しない人間、それを信奉しない人間は、国籍のいかんを問わず「反日」なのだ、と彼らは言っているように思える。

驚くべきは、安倍晋三元首相までもが、そういう意味合いで「反日」という語彙を平然と用いていたことだ。東京五輪開催に批判的な人々のことを、「反日的」と評したのだ（『月刊Ｈａｎａｄａ』二〇二一年八月号における、櫻井よしことの対談記事において）。

まああの人は、ネット右翼の人々にとってのアイドルみたいなもので、本人も彼らにもてはやされることで承認欲求を満たしていたのだろうから、世界観や、使用する語彙が彼らと似通ってくるのも当然だったのかもしれないが、仮にも国家元首を務めたことがある人なのだから、言葉をロジカルに運用する最低限の心得くらいは、踏まえておいてほしいものだと思ったのは事実だ。

なんにせよ、ひとつだけ確実に言えることがあるとすれば、『嫌韓流』などの言論が称揚されるその同じ土壌から、在日韓国・朝鮮人に対するヘイトスピーチが生まれたということだろう。

『嫌韓流』がブレイクしていた時期に、そうした言論の支持者らとコミュニケーションを取ることに挫折して以来、僕はこの問題からは目を背けるようにしていた。そうしたものに触れても、いたずらに不愉快な思いをさせられたり、やり場のない苛立ちを覚えさせられたりするだけであることがわかっていたからだ。

だから、僕がヘイトスピーチと呼ばれるものを認知したタイミングも、世間一般の人とほとんど変わらなかったと思う。おそらく、一般的なマスメディアがそれを問題視して取り上げるようになった、二〇一三年ごろのことだったのではないか。

もちろん、ヘイトスピーチというのは、特定の人種や国籍、宗教、あるいは性別など、生得の、あるいはそれに近い属性を標的として、憎悪表現や侮蔑的言辞などを並べ立てるふるまい全般の総称であり、その中には、白人至上主義者の組織が黒人やイスラム教徒を無条件に攻撃したり、あるいは自国第一主義を奉じる人々が、差別意識に基づいて移民への排外的な姿勢をあらわにしたりする言動も含まれるわけだが、日本においてそれが最も先鋭的に現れたのは、何をおいてもまず、在日韓国・朝鮮人を対象としたものだったのだ。

そのアイコンとも言うべき団体である在特会（在日特権を許さない市民の会）は、実は二〇〇七年の初頭には早くも活動を開始している。そして二〇〇九年には、在特会の会員を含む数人のグループが、京都朝鮮第一初級学校の前で街宣活動を行ない、授業などを妨害したことから、威力業務妨害等で逮捕され、刑事罰を受ける結果となっていたのだが（そのあたりの経緯については、安田浩一の名著『ネットと愛国』に詳しい）、恥ずかしながら、リアルタイムでは僕はそうした動きをまったく関知せずにいた。

ヘイトスピーチの存在を知ってから、おっかなびっくりネットで検索をかけてみたところ、在特会が東京・大久保通りで行なったヘイトデモ行進の様子を自ら撮影した動画が出てきた。当時は、その種の動画を、まだＹｏｕＴｕｂｅで多数、見ることができたのだ。目を逸らしてはいけないと思い、一応は再生させてみたものの、最後まで見ることはとうていできなかった。頭をしたたかに殴られ、視界が暗転したような気分にさせられたのだ。あまりにも醜悪な光景が、そこでは展開されていた。

もうずいぶん長いこと、特別な用事でもなければ寄りつかなくなってはいたが、大久保といえば、サードアイ時代に通った街だ。僕は山手線を使っていたので、毎朝、新大久保駅から、オフィスのある総武線大久保駅付近まで歩いていた。まさにその通りを、在特会の構成員がわがもの顔で練り歩くさまが、その動画には映されていた。彼らが手にしている拡声器を通じて放たれつづける声は、「市民団体の主張」などとはほど遠い、単なる口汚い罵詈雑言（ばりぞうごん）、ここに再現することすら憚られる、差別的で品のない嘲弄（ちょうろう）や侮蔑、聞くに耐えない暴言の羅列にほかならなかった。

そうしたヘイトスピーチは、『嫌韓流』のような言説と同じ土壌から発生したものだと先に僕は述べたが、僕がそう思うのは、たとえば在特会の初代会長である桜井誠の著書や、本人がインタビューに応じて述べていることなどを見るかぎり、その主張を成立させているロジックが、『嫌韓流』などを貫いているものと酷似しているからだ。

ただ、実際のヘイトスピーチの様子を見ると、『嫌韓流』などの言説のほうがはるかにましだと思えてしまう。それらは、「この問題についての歴史的経緯はこうなっている。それを踏まえずに韓国人がこう主張するのはおかしい」といった形で、少なくとも筋道立った論証を試みてはいる。その論証の過程で取り上げる論拠に不当なものがあったり、論の展開の仕方に強引なところがあったりして、結果として主張全体の当否が疑わしくなっているだけで、そこにはそれなりのロジックが一応は存在している。

ヘイトスピーチで吐き出される悪罵に、ロジックなどあろうはずもない。それは子どもが喧嘩中に衝動的に、切れぎれに口にする罵り言葉と、なんら変わるところがない。それをいったいどう受け止めればいいのかが、僕にはわからなかった。彼らはいったい何を考え、どんな気持ちで街頭に立ち、あるいは通りを闊歩して、したり顔であのような粗野で幼稚な罵倒を繰り出しつづけるのか――。

本書収録の小説『絶壁』を着想した出発点は、その疑問にあった。ヘイトデモを繰り広げる団体に所属する男性をあえて視点人物に設定することで、そういう立場にある人間の心理をプロファイリングしてみようと考えたのだ。

それは二〇一六年、まさにヘイトスピーチが社会問題化して、法的規制をどうするかについての審議が国会で進められているさなかのことだった。

次章では、この『絶壁』という作品の成立過程と、作品発表がなぜこんなに遅くなってしまったのか、そのあたりの経緯について触れておきたい。

7 小説『絶壁』成立の背景

韓民族に対する憎悪をためらいもなく口にする人々は、僕にとっては謎と言ってもいい存在だった。

彼らは韓国人・北朝鮮人や在日コリアンの人々のことを、ただ韓民族であるというだけの理由で、無条件に憎悪の対象としているように、僕の目には見えた。「韓国人にはこういうところがあるから嫌い」といった理由づけも、ひとつひとつはさももっともらしく見えるものの、それは自らの憎悪を正当化するための、便宜上の手立てにすぎないのではないかと思えることがあった。

僕が最も疑問に感じていたのは、そのとき、個人として、人間としてその人が好きか嫌いかということと、その人が韓民族に属しているという単一の理由で無条件に嫌いだと感じることとの間に、彼らはどう折り合いをつけているのかという点だった。

在日コリアンの多くは、通名として日本人の名を名乗っているし、見かけも日本人とほとんど変わらない。ソウルでガイドについてくれた中年男性や、サードアイの営業スタッフであったサンホンさんのように、ひと目でそれとわかるほど典型的な韓民族顔をした人も中にはいるが、そういう顔立ちでも血筋的には日本人というケースもあるし（僕自身、冒頭で述べたとおり、当の韓国人にすら「韓国人っぽい」と言われる顔立ちであるように）、韓流ドラマなどを見ていると、典型例とは異なる風貌を持つ役者のほうがむしろ多い印象である。そうした役者の多くは、一見したところ、日本人とはほとんど区別がつかない。

まあ、当然のことだろう。日本と韓国は、地理的にこれだけ近接しているのだ。そもそも、「日本民族はどこから来たのか」ということを考えれば、（南方の海洋民族との混血があったとしても）韓民族と日本民族との間に、ＤＮＡのレベルでそれほど大きな懸隔（けんかく）が生じるはずもないのだ。

そして在日の人は、二世、三世以降になれば（現在はほとんどがそうだろう）、日本語のネイティブ・スピーカーであり、言葉の訛りもない。

そうなると、本人が「自分は在日」と自己申告しないかぎり、その人が在日であるかどうかを見分けるのはかぎりなくむずかしくなる。友人などの中に、在日とはつゆ知らずに長年つきあってきた人も含まれているかもしれない。そして、その人のことを人としては好きだった場合、その人が実は在日だと知ったら、在日を対象としたヘイトスピーチをしているような人は、その事実をどう捉え、自分の中でどう説明をつけるのか——。

『絶壁』は、まさにその問題設定を具現化する方向で作品化していったものだった。

執筆に当たっては、関連書籍を読んで裏を取ること以外にも、いくつかの取材をしている。そのうちのひとつは、ロケハンだ。物語の舞台のひとつ、ヒロインの吉見怜花が家族とともに住む家は、当初、神奈川県川崎市にある在日コリアンの集住地域という設定だったため、僕は実際にそこに足を運び、雰囲気を摑むことを試みた。

その後、いくつかの理由から、怜花の家のある場所については設定を変更したため、本書に収録されたバージョンには、そのロケハンの結果も結局は反映されなかったのだが、六年半前のこのときに僕が見て回ったのは、具体的には、桜本と池上町周辺（ともに川崎市川崎区）だった。

その日の午後になって、「今日行こう」と急に思い立って出かけたのに近い状態だったため、十分な下調べもしないまま、丸腰で当たるような形になってしまったのだが、それはいみじくも、「ヘイトスピーチ解消法」が公布（即日施行）された二〇一六年六月三日の四日後だった。

その二日前には、同じ川崎市の中原区でヘイトスピーチ解消法施行後初めて実行された在日コリアンに対するヘイトデモが、市民からの反対で開始早々、中止に追い込まれていた。この団体は、それまでにも桜本地区を標的にしたヘイトデモを複数回行なっており、この日のデモも本来は桜本で開催する計画だったが、六月二日に横浜地裁川崎支部が団体主催者に対して、桜本地区でのデモを禁止する仮処分決定を下していたため、代替地として中原が選ばれたという経緯だった。

ヘイトスピーチ解消法は、正式名称を「本邦外出身者に対する不当な差別的言動の解消に向けた取組の推進に関する法律」といい、非常に長々しいが、この法律の本質をかなり正確に定義したものだと言っていい。理念法であり、罰則規定はないが、この法の施行によって、空気は確実に変わっていた。ヘイトスピーチは、図らずも、それを題材とした小説を僕が書き上げる前に、かなり深刻な一撃を食らって衰退の途につきはじめていたのだ。

ロケハンは無事終了したのだが、その終盤で経験したちょっとしたできごとについて、本筋からは逸れるものの、ここで触れておきたい。

京浜急行大師線の川崎大師駅を降りてから、二時間近く歩きづめで、僕はくたびれ果てていた。とにかくどこでもいいから座って休みたかった。ところが、周辺でいちばん広い神奈川県道一〇一号線沿いを歩いていても、カフェの類が一軒も見当たらない。もう日暮れも迫る時間帯だったので、いっそ居酒屋でもかまわないと思ったのだが、どこも間口の小さい、常連客ばかりが集っているような雰囲気の店で、入りづらかった。

よんどころなく、韓国料理を銘打つ比較的広い店に入ったのだが、そこは韓国料理店というより、業態としてはスナックに近い店だった。短めの髪にチリチリのパーマを当てた、絵に描いたような「アジュンマ」という感じの韓国語訛りの高齢女性が一人で切り盛りしていて、僕が入ったときには、客はほかに一人もいなかった。

ここも基本的に常連しか来ない店のようで、僕はかなりめずらしがられた。途中で六〇代後半くらいの男性客が一人、ふらりと入ってきたが、やはり常連らしく、ママも気安い調子で口をきいていた(切れぎれに耳に入ってくる発言内容から察するかぎり、彼は在日ではなく、日本人らしかった)。それからは、ママは自分用の灰皿を携え、その男性と僕の間を均等に行き交いしながら、あれこれとおしゃべりしていった。

彼女が日本に来たのは、二六年前だったという。いわゆる在日というよりは、ニューカマーに当たる人だ。ほとんど川崎市を出ない生活をしているらしく、僕が住んでいるところを訊かれて「板橋」(東京都板橋区)と答えても、ピンとこないようだった。「東京の北のほうです」と説明したら、「東京は近い?」と訊きかえされた。

たしかに、「東京の北のほう」というのは、「東京都内の北部」ではなく、「東京都に対して北方に位置するどこか」という意味にも取れる。日本語もなかなかむずかしいなと思いつつ、彼女の誤解はあえて訂正せずに、ただ「近いです」とだけ答えておいた。

ママが話したことの中で印象的だったのは、次のひとことだった。

「韓国にいる親戚の子たちは、日本においでって言っても来たがらない。今の(反日的な)教育を受けてるから、〝日本は怖い〟って言って。でも実際に来てみたら、やさしい人ばかり。だからその子たちにも、〝みんなやさしいよ〟って言ってるの」

そう言ってから、ママはそっとつけ加えた。

「でも日本人は、言葉がわかりにくい。〝行くよ〟って言っておいて、来なかったりする。ものごとをはっきり言わない。でもそれが日本人のやさしさなんだって思ってる」

ママが僕のもとを離れ、もう一人の男性客の近くに行っている間に、テレビでは、舛添要一東京都知事(当時)が、公金の不正使用について謝罪会見している様子が流されていた。それを見ての連想だったのか、ママがふと、「オバマ(の任期)ってもう終わりだよね」と男性客に訊ねた。男性客は、「うん、今年で終わり」と答えてから、やおらオバマ米大統領と朴槿恵韓国大統領（いずれも当時）について論評しはじめた。

二人とも「儲かることをやってない」から「ダメ」というのが、彼の評定だった。舌足らずなところを補うなら、「一般の国民の財政が潤うような政策を実現できていないから、評価できない」とでもいったところだろうか。僕はそれを、マッコリを片手にカルビ丼を食べながらBGMのように聞いていたのだが、それに続けて男性が口にしたひとことに、思わず耳を疑った。

「やっぱダメだよ、黒人は」

――黒人はダメ？　その根拠は、いったいどこに？

バラク・オバマはたしかに黒人だが、その中でもエリート中のエリートだ。失礼ながら、辺鄙な場所にあるこの店で鮭トバだけをつまみにビールをちびちび飲んでいるその男性など、およそ比較の対象にもならないほど優秀な、傑出した人材だろう。それでいてどうして、そんなふうにひとことで切り捨てることができるのだろう。

彼は、韓国人女性が経営する店に自ら（たぶん）しばしば足を運んでいるくらいなのだから、「やっぱダメだよ、チョンコは」と言う人ではないのかもしれない。しかしその両者の間に、本質的な違いはない。「黒人だからダメ」であれ、「韓国人だからダメ」であれ、人種や出自を唯一絶対の基準として、無条件に可否を決めつけているという点では同じだ。

それがなんの根拠もない不当な差別にほかならないということに、彼らはなぜ気づかないのだろうか。そうした差別意識を心に抱えたまま、どうして平然と生きていくことができているのだろうか。僕はなんともいえない複雑な思いで、聞いていなかったふりをしつづけていた。ママは、男性客の言ったことを肯定も否定もせずに受け流していた。

結果としては、その店でかなりの量の飲食をしてしまった。支払いの際、「そんなに飲んじゃって、帰り、バスは大丈夫?」とママに心配された。酔いすぎていてバスに乗るのがしんどいのではないか、という意味に取れた。取材の一環だという意識があって気が張っていたせいか、実はさほど酔いが回っていたわけでもなかったのだが、ママが当然のように「バス」を引き合いに出しているのを聞きとがめ、「このへんの人はみんな(移動に)バスを使うんですか?」と訊いてみた。

「バスなんて使わないよ、みんな近所の人だから」

ママの答えは、それだった。質問の趣旨を正確に汲み取ってもらえなかったようだ。そして、この店にとって自分がいかにマレビト扱いであったかということがあらためてよくわかった。

最寄りのバス停の位置を親切に教えてくれたママの手前、店を出た僕は、形ばかりそこを目指して歩いていくふりをしてはみたものの、バスを使うつもりははじめからなかった。バスがどういうルートを辿るのかもわかっていなかったし、それで川崎大師駅前まで行けたとしても、来たときと同じ経路を辿ってそこから何度も乗り換えをしながら帰る気力は、とうてい搾り出せそうもなかったからだ。

タクシーを捕まえた僕は、一も二もなく「品川駅まで」と言ってしまった。すると運転手は、「時間とか大丈夫ですか？　もちろん、目一杯急ぎはしますが……」と気遣わしげに訊いてきた。まだバスも電車も普通に動いている時間帯に、あえてタクシーで品川駅まで直行する意図を斟酌してくれたのだろう。「いえ、まったく急いではいませんので」と答えて深くシートに身を沈め、ようやく人心地がついた思いで帰途に就いた。

品川駅までは、思っていたよりも距離があり（土地勘がないため、距離感を正確に摑めていなかった）、ママが一人で采配を振るう韓国料理店での飲食費と合わせて、けっこうな散財となってしまった。

あとは原稿を書くのみだったが、僕がそういう小説を書こうとしていると知った友人の一人から、ノンフィクション作家の朴順梨を紹介してもらえることになったため、まずはその話を聞いてからにしようと思い直した。

朴順梨は、日本に帰化した在日韓国人三世で、安田浩一との共著『韓国のホンネ』や、北原みのりとの共著『奥さまは愛国』などで知られる人だが、会ってみると実にカラッとした気さくな性格で、ざっくばらんに言葉を交わす関係性を容易に築くことができた。なんというか、僕が仲よくなりやすいタイプの人と共通する属性を、（酒飲みであることも含めて）いくつも持っていることが即座にわかったのだ。しかも彼女は、サードアイ時代に僕がお世話になったカマーゴさか江さんとも面識を持っていた。

朴さん自身は自分のことを、一種の自虐ネタとして「野良在日」と称している（日本人社会でそれなりに距離を置かれてしまう一方、コテコテの在日コミュニティにも今ひとつなじめず、身の置きどころがない状態を、そのように表現している）のだが、やはり狭い世界であるらしく、韓国にルーツを持つ人々同士は、どこかしらで顔を合わせてしまうものであるようだ。

こうして朴さんからは、「在日社会の現在」とでもいった、当事者サイドからの情報をあれこれと提供してもらえたのだが、僕が書こうとしている小説のアウトラインを知った彼女は、「だったら今度、安田浩一さんと三人で飲みましょうよ」と提案してくれて、今度は朴さんの紹介で、安田浩一とも引き合わせてもらえることになった。

それぞれ、在日やヘイトスピーチをめぐる問題を調べる中で、著書を通じて認知していた存在だったので（だから彼らは僕にとって、「朴さん」「安田さん」である以前に、「朴順梨」であり、「安田浩一」だったのだ）、なにやら畏れ多いと言えばいいのか、もったいないと言えばいいのか、三人で顔を合わせて酒を酌み交わした晩のことは、今でもなにか夢でも見ていたかのような印象とともに脳に刻みつけられている。

安田さんもまた、とても話しやすい雰囲気の人であり、ヘイトスピーチをめぐるその時点での状況などについて、その場で腹蔵なく語ってくれた。勝手な印象かもしれないが、骨太さと繊細さの両方を併せ持つ人だなと感じたことを覚えている。

いずれにせよ、このようにして、在日コリアンへのヘイトスピーチ問題に取り組むいわば重鎮（じゅうちん）のような人々からの協力まで得てしまった以上、この作品はぜひとも発表して、世に問わないわけにはいかない位置に置かれることになった。実際、作品そのものはほどなく書き上げていた。ただし、いざ発表しようという段になってから、遺憾ながらいろいろと支障が発生してしまった。

内容がタブーに接していたということが問題だったわけではないと思う。主要な原因は、たまたまその頃、僕の作家としての地位が、きわめて脆弱なものになってきていたことにあった。僕はそれまで、エンターテインメント系の小説家として活動し、年に数作の長編小説を発表していたのだが、悲しいまでに売れなかったため、どの版元からもそっぽを向かれつつあったのだ（そのあたりの経緯については、光文社新書から刊行される拙著『エンタメ小説家の失敗学』を参照してほしい）。

そんな中で僕は、畑を純文学に転じることで、作家としての延命を果たせるのではないかと目論みはじめていた。実はこの『絶壁』も、もともとはそういう文脈の中で着想した作品だったのだ。エンターテインメント小説の領域では、僕はすでに自分名義の本を出すことがきわめてむずかしくなっていたが、短編もしくは中編の純文学作品として、しかるべき媒体に掲載してもらうという形でなら、作品を発表できるのではないかと考えたのである。

だからこの作品も、最初から（文芸誌に一挙掲載してもらえる最大限の尺としての）中編小説として構想していた。しかし、伝手（つて）を頼っていくつかの純文学系文芸誌にかけ合ってみても、結果は芳しいものとはならなかった。

　そうなると、もはや打つ手はない。原稿が中編の規模では、単体で本にすることもできず、できたとしてもどのみち、引き受けてくれる版元が存在しなかった。そんなわけで、僕はなすすべもなく、何年もこの原稿を宙ぶらりんの状態で寝かせておくことを余儀なくされていた。快く協力してくれた朴さんや安田さんに合わせる顔がないと思いつつも、現実問題としてどうしようもなかった。

　しかし、もともと長らく友人としてのつきあいがあった編集者・谷川茂(たにかわしげる)さんは、僕のこの作品について、何年も気にかけてくれていた。彼の主戦場はノンフィクションや人文書の類なので、小説は違うだろうと思い込んでいたのだが、二〇二一年の暮には、彼は僕の長編小説『さもなくば黙れ』を担当し、論創社から刊行してくれた。そのときにも彼は、「前に話していた、在日についての小説はどうなってるんですか?」と訊いてくれた。

　そうだ、論創社から出してもらえばいいのだ、と僕もようやく気づいた。原稿ボリュームが一冊分に満たない問題は、なにかを書き足せば解消できる。当初は短編小説などをいくつかあらたに書き起こすことを考えていたのだが、併録(へいろく)するのはなにも小説でなくてもいいのではないか、と途中で思い直した。それで思いついたのがこのエッセイ、『近くて遠いままの国』だったのである。

　いわゆるプロパーの文芸畑では、そういう構成の書物というのは企画しづらいだろうが、論創社で出す本なら、そうした枠組みは取り払ってしまってもかまわないはずだ。ひとつの中編小説と、それにまつわる長い「解説」からなる本というのも、あっていいのではないか。そんな考えから、本書のコンセプトが定まっていったのである。

ただ、『絶壁』については、執筆から六年近くを経て原稿を読みかえしてみると、現在の世情に照らして違和感を覚える部分が少なくなっていた。原稿を宙吊りにしている間に、社会全体の状況がだいぶ変わってきてしまったからだ。

二〇二一年八月二一日放送のＴＢＳ報道特集『解消法から5年「ヘイトスピーチ」はいま』によれば、ヘイトスピーチ解消法施行からの五年間で、開催されるヘイトデモの回数は劇的に減少したという。ピークであった二〇一四年の一二〇回に比べて、二〇二〇年には九回、と一〇分の一以下にまで減っている。さらに、かつてヘイトデモが多発していた川崎市では、二〇二〇年、最高五〇万円の罰金が科される刑事罰つきの「ヘイトスピーチ禁止条例」が成立し、外濠（そとぼり）は着々と埋まってきている。

それでもヘイト団体は、あの手この手で法令の抜け道を作りながら事実上のヘイトデモ行為を続けているし、行為主がどこの誰であるかはさておき、在日コリアンを標的とした、陰湿化した手口による個人攻撃も絶えない。

たとえば、桜本にある多文化交流施設「ふれあい館」の館長である在日三世の崔江以子（チェカンイジャ）さんは、二〇二一年三月、スナック菓子の空き袋が封入された封書を受け取った。同封されていた手紙には、在日コリアンに対する差別的・侮蔑的な文言が並べ立ててあり、「コロナ入り残りカスでも食ってろ自ら死ね死ね死ね死ね（※以下「死ね」が一四回）」と綴られていた。

それ以降、崔さんは、いつ誰に襲われるかもわからない恐怖から、外出時には防刃ベストの着用を欠かせなくなっているという。

悪意がなくなったわけではない。むしろ、規制で抑えつけられた分、その負のエネルギーは、より救いのない陰湿なものに変質している気配すらある。しかし少なくとも、彼らがかつてと同じ形で公然と在日コリアンへの憎悪を口にすることに躊躇を覚えるような空気が、ここ数年で確実に醸成されてきたことにまちがいはないだろう。

つまり、『絶壁』の作中で描かれているような、在日コリアンに対するあけすけで大っぴらなヘイトデモは、もはやほぼ過去のものになってしまっているわけだ。この機会に、現況に近づけて描写をアップデートすることも検討したのだが、結果としては、あくまで六、七年前の状況を描いたものとして、あえてそこには手をつけずに発表することにした。

僕がこの作品の執筆を通じて目指したのは、現実に行なわれているヘイトスピーチ等に関するルポルタージュ的なものというよりは、そこにあえて加わる人の心理に肉薄することだったからだ。それが成功しているかどうかは別として、作品の設定としては、当初の案を変更する必要はないという判断に至った。そのかわり、後日談を冒頭に加筆することで、それ以降に描かれる物語の舞台が「七年前」であることを最初に明示する形を取った。

そうして書籍化に向けて『絶壁』を見直したり、このエッセイを執筆したりしている中で、もう一人、この機会に訪ねておきたい人がいると僕は感じはじめていた。四ヶ国語雑誌『We're』の編集部でお世話になった、カマーゴさか江さんだ。

さか江さんとは、作家デビューを果たしてから一度だけ、六本木で再会を果たしたことがある。六本木は、翻訳コーディネートの会社としてのザ・サードアイ・コーポレーションの事務所兼さか江さんの自宅がある街だ。二人ともかなり飲むほうなので、後半は前後不覚になるまで酔っ払っていたと思うが（二軒目はカラオケで、最後はたしか裏ぶれた雑居ビルに入っている老舗(しにせ)らしきオカマバーに連れていかれたと記憶している）、ふと気づけば、そのときから数えてもすでに軽く一五年ほどは過ぎていた。

コロナ禍のさなかではあったが、取材を兼ねて久々にお会いしたいと年賀状で伝えると、ぜひ会いましょうと快諾してくれた。再会に指定された場所は、かつて『We're』を編集する際に通(かよ)っていたのと同じ、ＪＲ総武線大久保駅近くのアパートだった。

こうして二〇二二年の一月下旬、新型コロナウィルスのオミクロン株が猛威を振るう中、僕は大久保に向かったのだった。

8　二九年ぶりの「大久保」再訪

その日の午後、新大久保駅の改札を抜けた僕は、体が覚えているとおりに左側（方角としては西側）に向かい、そのまま大久保通りを伝っていった。

もちろん、サードアイを辞めてからも、大久保界隈に足を運ぶことは何度もあった。そもそも、サードアイの次に就職した会社で最初に配属されたのは、偶然にも新大久保にある事業所だったのだ（この会社は、現在は代々木に八階建ての自社ビルを持っているが、当時は新宿区や豊島区に小ぶりなオフィスを散在させていた）。

その後も、韓国料理を食べたくなると、まずは新大久保を目指すことが多かった。しかし、サードアイに勤めていた当時の通勤経路を再現するように、新大久保駅から歩いて大久保駅を目指すこのルートを取ることは、このときの僕の中では、特別な行為と位置づけられていた。僕はまさに、サードアイを去ってからの二九年間の空白を埋めるような心持ちで、当時の記憶と照合しながらその道を辿っていったのである。

こちらの方向に進んで五分も歩けば、総武線の大久保駅前に出るはずだ、という感覚は失っていなかった。しかし、目に映る風景は、当時とはまるで違っていた。記憶に残る店舗やその看板などが、ひとつも見当たらないのだ。

二〇〇〇年代に入ってからの大久保界隈のコリアタウン化は、新大久保駅・大久保駅間よりもむしろ、新大久保駅以東の、東京メトロ副都心線・東新宿駅までの間や、そこから南下して歌舞伎町に至るあたりのエリアに拡大する形で進行していったものなので、大久保駅を目指すまでの間に、コスメショップなどをはじめとする典型的なコリアタウン的風景が広がっているわけではない。

それでも、当然のようにハングルが飛び交う街路の様子は、日本国内とはにわかには信じがたいものになっていた。「ここは覚えている」とはっきり確信できたのは、ウェスレアン・ホーリネス教団の淀橋（よどばし）教会くらいのものだ。やがて通りを横切るように宙空に浮かぶ総武線・中央線の高架が視界に入ってきても、「本当にこのルートで正しいのだろうか」という懐疑が胸中に浮かぶのを、僕は止めることができずにいた。

大久保駅前を通り過ぎ、覚えのある路地に入ってほどなく、かつて『We're』編集部があったアパートらしき建物の前には辿りつけたのだが、記憶に残るのとは異なる外観なので、確信が持てなかった。指定されている部屋への入口を探して、一度、外階段に迷い込んでしまいさえした。しかしその外階段には、嗅いだ覚えのあるニョクマムだかナンプラーだかのにおいが漂っており、少なくとも建物はここでまちがいないと見立てることができた。

それでも入口がわからないので、その場でさか江さんに電話をすると、路地に面した目の前のドアが開き、本人が姿を現した。マスクはしていたものの、目元はまちがいなく、よくなじんだ彼女のものとわかった。いずれにしても、あれから二九年も経っているのだ。その間に、アパートもリフォームは当然していただろう。

さか江さんに招き入れられた一階の端の一室は、僕がサードアイに入社した当初、アパートの管理人の女性と編集部員が同居していた「一階」のオフィスの、その後の姿にほかならなかった。ここが、六本木の自宅と並ぶ現サードアイの「大久保オフィス」なのだ。

このアパートはもともと、さか江さんの父親である田中浩会長が経営していたものだったので、二〇一三年、会長が九〇歳で亡くなってからはさか江さんがオーナーを引き継いだ。そして、アパートの運営を委託している管理会社のスタッフや、その他来客との面談が必要な際などには、今もこの部屋を使っているという。

最初に感じたのは、こんなに狭かっただろうか、ということだった。管理人の女性とサードアイの最大四人のスタッフがここに居合わせ、ファクス機なども置かれていたはずなのだ。しかし、デスクが並ぶ窓際を見たとき、まさにその窓の向こうで、紐に吊したカゴを三階の分室との間で行き交いさせていた情景が、まざまざと脳裏に蘇ってきた。

このアパートが積極的に外国人の入居者を受け入れている点は当時と変わっていないが、コロナ禍でかつてなく空室が目立つ状況だという。訪問した時点では、前年一一月から続く政府の水際対策により、留学生を含めた外国人の新規入国が原則として停止されていた。それ以前から在住していた外国人も、生活苦からか、中には家賃を払わずに行方をくらませるようなケースも見られるようだった。

さか江さんは、最近起きたという入居者の「夜逃げ」の実例を明かした。

「郵便受けに契約書と部屋の鍵が入っていて、管理会社の人と一緒に部屋に行ってみたら、もぬけの殻だった。ベトナム人だったのよ。出ていったところで、こんな寒い中、どこで過ごすつもりだったのかな。今は祖国に帰ろうにも帰れないだろうし」

家賃を踏み倒された被害者であるにもかかわらず、さか江さんは、姿を消したベトナム人入居者の身の上を案じていた。

なお、『We're』の休刊後、翻訳コーディネートの会社として再スタートを図ったザ・サードアイ・コーポレーションは、さいわい、大きな成功を収めていた。雑誌の休刊時点でさか江さんは、父親であり、出資者でもあった田中浩会長に多額の負債を抱えていたが、事業内容を変更してから三年も経ずにそれを完済しているという。翻訳の中継ぎならば、膨大な印刷費などがかからない分、順調に利益を上げることができたのだ。

「それに、質の高い翻訳の成果物を正当に評価してもらうという形で、正々堂々と報酬を受け取れる点も、私にとっては嬉しいことなの。『We're』のために、口八丁手八丁で広告を取ろうとする仕事は、屈辱的だったから」

さか江さんはそう語った。僕は、ボスが内心に抱えていたそんな葛藤に思いを致すよすがすら持っていなかった若き日の自分を、そっとたしなめたい気持ちになった。

この訪問は取材も兼ねていたため、質問項目もひととおり用意してあったのだが、あまりに久方ぶりの再会だっただけに、おたがいに積もる話もあって、なかなか本題に入っていけなかった。そのまま雑談だけで終わりそうになってしまったところで、僕は慌てて気を引きしめ直して、ようやく問いをひとつひとつ投げかけはじめた。

　そもそも僕は、サードアイに勤めていた頃、さか江さんの生い立ちについて、ことあらたまって訊ねたことはなかったと思う。そして当然それは、父親である田中浩会長の辿ってきた人生行路とも、不可分な関係にあるものなのだ。

「父は本気で、日本に溶け込もうとしていたの。そうしなければやっていけないと思っていたから」

　田中浩会長、すなわち李斗浩（イドゥホ）氏は済州島（チェジュド）出身で、一九四〇年に日本に渡ってきている。戦後は山梨県富士吉田（ふじよしだ）市に六畳一間のアパートを借り、反物（たんもの）の行商で日本中を駆けめぐりながら身を立てていった。

　近隣で機織（はたお）りをしているのは普通、日本人であり、「朝鮮人には売らない」と言う人も多かったため、斗浩氏は信用を得るために血の滲むような努力を重ねた。織田信長や、（朝鮮に出兵した）豊臣秀吉、徳川家康といった戦国武将の登場する映画をいくつも観て、日本の礼儀作法や歴史を学び、「義理と人情」という価値観に身を浸しながら、日本人になりきろうとした。

「富士吉田の映画館を借り切って、興行をしたこともあるの。フランキー堺とかを呼んでね。当時のお金で三〇万円はかかった。結局、儲けは出なかったんだけど、それで信用を勝ち取ることはできて、反物を卸してもらえるようになった」

日本へ帰化し、戸籍名として「田中浩」を名乗るようになったのも、そんな中でのことだ。斗浩氏がもうけた五人の子のうち、下から二人目のさか江さんはその頃まだ幼くて、帰化も当然、本人の意思とは無関係になされたことだった。長兄は帰化に反対だったというし、姉の淑枝(よしえ)――のちの李良枝(イヤンジ)(「良枝」の名は、本名「田中淑枝」の「淑枝」から一字だけ差し替えて、それを韓国語読みしたもの)も、帰化をめぐってはのちのちまで斗浩氏との間で確執があったという。

しかしそれと引き換えに斗浩氏は経済的に成功し、富士吉田市に大きな家を建て、同じ広い敷地内にアパートも建てたのを皮切りに、不動産をあちこちに所有する身となった。連れ込み旅館などをいくつも経営し、東京の大久保にも進出した。その末裔(まつえい)こそが、サードアイの事務所も擁するこのアパートなのだった。

ただ、斗浩氏は、自らの出自について、子どもたちに自分からはいっさい明かしていなかったという。日本社会に溶け込もうとする、そして、子どもたちにもそうさせようとする姿勢が、それだけ徹底していたということだ。しかし子どもたちは、成長していくにつれ、次第に家族のルーツに気づいていく。さか江さんは語る。

「子どもの頃は、着物とか浴衣(ゆかた)とかを着せられていたの。父は、在日として自分が苦労した分、子どもたちには同じ思いをさせたくなかったんだと思う。それでもほかの家とは違っているところもあって、祝日に国旗を揚げなかった。〝うちはなんで国旗を揚げないの？〟と父に訊いた覚えがある」

ここで言う「国旗」とは、もちろん日の丸のことだ。当時のさか江さんは自分のことを生まれつきの日本人だと思っていたから、「国旗」といえばすなわち（太極旗ではなく）日の丸を指していたのだ。もっとも、日本人でも祝日に国旗を掲揚しない家もある。僕が育った家庭もそうだった（一部の人は、それを「育った家庭からして〝反日〟だったのだ」としたり顔で槍玉に挙げるだろうが）。しかし、斗浩氏が日の丸を掲げないことに、さか江さんは子ども心になにかを感じ取っていたようだ。

「それだけは、できなかったみたいね。日本社会に順応しようと努めていた人だけど、本心は別のところにあっただろうし」

やがてさか江さんは、自らが属する家族のルーツが、どうやら日本とは違うところにあるらしいということを、少しずつ察していくことになる。一種の笑い話として彼女が例に挙げた次の二つのエピソードは、印象深い。いずれも、母方の親族が大勢住んでいたという大阪市東成区を子ども時代に訪れた際のできごとだ。

大阪の親族たちは、しばしば「違う言葉」を使っていた。たとえば、彼らが〝숟가락주세요〟（お匙ちょうだい）などと言い交わしているのを聞いて、それを大阪弁と解釈したさか江さんは、山梨に戻ってからクラスメートなどに、「大阪ではこれのことを〝スッカラ〟っていうんだよ」とスプーンを指して言ったりしていたという。

また、向こうにはケンイチという名のおじがいて、みんなから「ケンちゃん」と呼ばれていた。そのため、親族のおばさんたちが、〝괜찮아（ケンチャナ），괜찮아（ケンチャナ）〟（大丈夫、大丈夫）と言っているのを聞くと、「ケンちゃん」と呼んでいるものと思い、本人に「呼んでるよ」と伝えに行ったり、呼ばれているのになぜ無視しているのだろうと不思議に思ったりしていた。そうした経験の積み重ねから、さか江さんの中には次第に、「うちはそうなのではないか」という見立てが形成されていった。確信するに至ったのは、高校受験に際して戸籍謄本を取り寄せたときだったという。そこには、「田中浩」が日本に帰化する以前の「李斗浩」の名がはっきりと記されていた。

在日家庭――それも、在日であることを子どもたちに積極的に明かそうとはしていない家庭に生まれ育った人が、そういう形で自らのルーツを知っていくというのは、めずらしいことではないようだ。ジャグリングのプロ・パフォーマーとして国際的に活躍しているちゃんへん.（本名：金昌幸（キムチャンヘン））も、著書『ぼくは挑戦人』で、小学校での経験等を通じて徐々にそれに気づいていった過程を生々しく語っている。そのとき、どんな心情を抱くものなのかは、当事者でないと想像することもむずかしい。

ともあれ高校生になる頃には、さか江さんは自分が国籍上は日本人でも血筋上のルーツは韓国（もしくは「朝鮮」）にあることを自覚していたのだが、その高校時代に、ある忘れがたい経験をしている。

「姉が高校を中退して家出してしまっていた頃のことだったと思うけど、ある男の子と親しくなって、一緒に山に登って夜空を眺めたことがあったの」

姉＝李良枝の「家出」については後述する。ともかくも、このときさか江さんが一緒に山に登った相手は、暴走族のようなことをやっているやや不良っぽい男子だったらしい。それでも、「このままつきあってもいいんじゃないか」と思っている矢先のことだった。

満天の星空のもと、二人はキスを交わした。さか江さんにとっては、それがファースト・キスだった。ところがその後、星がとりわけきれいに見える澄んだ空気のもとにいたことからの連想だったのか、彼が突然、あらぬことを口走りはじめたという。

「チョーセン人がこの世にいるから、空気が汚れるんだよ！」

彼はもちろん、一緒に山に登ってキスを交わした少女「田中さか江」が、ほかならぬ「チョーセン人」であろうなどとは、夢にも思っていなかったにちがいない。日本に帰化していたこともあって、田中家が在日出身だということは、近隣にはほとんど知られていなかったはずだという。

「なんでこんなことを言うんだろうって思って、悲しくてボロボロ泣いちゃったの。——彼がそれをどう解釈したかって？　さあ……ファースト・キスが嬉しくて泣いてるんだとでも思ってたんじゃない？」

さか江さんは現在、六〇代だが、今なお、このときの心情がフラッシュバックすることがあるという。

このエピソードは、実に多くのことを示唆していると思う。とりわけ以下二点については、とうてい看過することができない。

第一に、正当な根拠などそっちのけで、ただ「チョーセン人」であるというだけの理由で、在日コリアンの人々を蔑み、まるで汚物でもあるかのように忌み嫌う人々は、在特会などのヘイト団体が登場するよりはるか以前から存在していたのだということ、そして、それほどまでに忌避しているはずの当の「チョーセン人」が相手でも、その事実を知りさえしなければ、彼らはその相手を人として、あるいは異性として好きになりうるのだということだ。

それはまさしく、本書収録の『絶壁』のテーマとぴったり符合する。さか江さんはもう一人の、リアルな「吉見怜花」だったのだ。

さて、さか江さんはやがて高校を卒業することになるが、田中浩会長は、「女は大学に行かなくていい」という方針の人だった。そこで彼女は簿記学校に進み、その後は会計事務所勤務、ファッション業界での経理などを経験した上で、会長が経営する、当時「五城観光」を名乗っていた会社の専務を務めたりしていた。

一方、同じ父親のもとに生まれ育った娘でありながら、姉の李良枝は早稲田大学に進み(ただし一年次に中退)、その後は韓国に留学して、名門ソウル大学を卒業している。会長があえて封印しようとしていた家族の血筋に意識的に回帰しようとしていたことも含めて、この人が父親に対して、いかに真っ向から刃向かっていたかが偲ばれる。

「父が子どもたちを日本に帰化させたことについても、姉は抗議していたけど、私は姉ほどの反発は感じなかった。パスポート上は日本人の扱いになってしまうけど、パスポートなんて私にとってはただのツールで、民族的なアイデンティティとはあまり関係がないものだと思っていたから」

そう語るさか江さん自身は、いっときアパレルブランドの会社に勤めていた頃は、バイヤー的な立場で海外のあちこちに飛んでいた。ただ、その頃、ひとつショッキングなできごとがあったという。海外でファッションショーなどが催される際、会場への同行を必ず断っている同僚がいた。島根県出身の、スタイリストの女性だ。なぜ断るのだろうと不思議に思っていたところ、あるとき、二人でお酒を飲んだ際に、彼女は自分が朝鮮籍であることをさか江さんに打ち明けてきた。

先に述べたとおり、朝鮮籍とは事実上の無国籍であり、そう規定されている人にはパスポートを作ることもできないのだ。しかも彼女は、民族学校に通うことで学業を終えていた。北朝鮮寄りの教育を受けてきたということだ。それでも彼女は、海外に行けない不便さを解消するために、韓国籍に変えようかどうしようか悩んでいると語ったという。

「そのときは、自分が日本国籍のもと、難なく海外と往復できていることを申し訳なく思った。そして、父が私たち家族を帰化させる手続きを取ったのは、子どもたちに彼女みたいな思いをさせたくなかったからだったんだって、そのときに気づいたの。父には全部わかっていたんだなって」

帰化についての考えはそれぞれだったものの、きょうだい仲はよかったという。五人きょうだいのうち、一人だけ歳の離れていた末っ子の妹以外は、ある時点までに上京していた。特に長兄と姉の李良枝、そしてさか江さんの三人は、練馬区桜台（さくらだい）のアパートで一緒に暮らしていた時期もあるという。その長兄について、さか江さんはこう語っている。

「頭のいい人で、落語が大好きだった。学校でも人気者で、みんなに落語を聞かせていたの。ただ、長男だからと父がかわいがりすぎたせいで太っていて、若くして糖尿病にかかっていたし、女の子にはモテなかった。大学を出てからは五城観光の跡継ぎになったんだけど、やる気がなかった」

「俺は商売は向いてないんだよね」などとボヤいているので、「何言ってんの、お兄ちゃん。ホテル王になれるくらいまでがんばりなよ」とさか江さんがハッパをかけたりもしていたという。しかし彼は、ホテル業などにはいっこうに興味を示さなかったため、田中会長は、「だったら店でも出せ」と言って、歌舞伎町のメインストリートであるさくら通りの地下にジャズバーを出店させた。

その店は、店主が太っていることから〝Fatty（ファティ）〟という屋号にしたが、李良枝も関わっていたばかりにやがて文壇バーと化し、劇団黒テントの役者なども出入りする、客がツケで飲むような特異な店になってしまったという。

長兄はしばしば、妹つまり李良枝と連れ立って、泥酔してタクシーでアパートまで帰ってきていた。最年少のさか江さんはおのずと彼らの世話係となり、店の売上管理まで担うようになっていったが、たまに三万円などの売上が発生しても、帰り着くまでに飲んできてしまうといったありさまだったようだ。

「姉も本当によく酔っ払っていたのよ。タクシーの中で眠り込んでしまって、警察から電話がかかってきたりしていた。迎えに行こうとすると、〝いいよ、近くだからパトカーで送っていく〟と言って、警官が家まで連れてきてくれたりね。姉はお酒が弱いくせに好きで、酔っ払うと化石みたいに眠り込んでしまって、水をかけても起きない。今思えば、それも病気のせいだったんじゃないかと思うの。無理にでも病院に連れていけばよかったって悔やんでる」

彼らきょうだいのことは、李良枝の処女作『ナビ・タリョン』（タイトルは、「嘆きの蝶」の意）に詳しく書かれている。もちろん、フィクション化を経た上でのことだろうが、作中では「哲ちゃん」として描かれているのが長兄、「和男兄」が次兄、「愛子」が李良枝本人、そして妹の「道子」が、さか江さんをイメージして創出したキャラクターだろう。

『ナビ・タリョン』は、愛子が高校時代に家出し、京都で旅館の住み込みスタッフとして過ごした時期のことを中心に描かれているが、それと併せて、兄たちを見舞った壮絶な運命についても克明に綴られている。まず「哲ちゃん」が、三一歳にしてくも膜下出血で亡くなり、続いて、原因不明の脳脊髄膜炎（のうせきずいまくえん）で植物状態になっていた和男が意識を回復できないまま命を落とす。現実も、それと大差ない経緯だったようだ。

そして現実世界では、李良枝自身もまた、前述のように急性心筋炎により三七歳で絶命している。五人きょうだいのうち、生き残ったのは、さか江さんを含む下の二人だけだ。運命の過酷ないたずらと呼ぶほかない。

「私は、差別というものは、すべて根底でつながっていると思ってるの。社会問題としての在日差別はもちろんのこと、沖縄の基地問題とか、福島の原発事故問題なども、私は同列に見ているし、同じように憤りを感じている。LGBTQの問題なども、その同じ枠に入るんじゃないかって」

さか江さんはそう語る。LGBTQ問題への関心から、ある勉強会に参加した際、在日コリアンとして受けてきた差別について語ったところ、会場にいたLGBTQの当事者たちが、「在日の人たちがそんな差別を受けていたなんて知らなかった」と言って泣きだしてしまい、驚いたこともあるという。

「自分で痛みを受けている人は、人の痛みもわかるんだなと思った」

そんなさか江さんだが、現在は「カマーゴ・李栄」と自らの出自を公明正大に掲げて活動していることもあって、在日であることから不快な思いをすることは少なくなっているという。在特会によるヘイトデモなどを目と鼻の先で経験した際などにはもちろん衝撃を受けたし、ネット上ではときに心ない言葉を投げかけられたりもするものの、『We're』を刊行していた三〇年ほど前と比べれば、世間の空気は確実に変わってきている。

そんな中では、日本社会に対してどうこうというより、世界全体が右傾化してきているような気配が気がかりだとさか江さんは言う。

「トランプがアメリカの大統領になったときも危機感を覚えたし、日本では（保守色・ナショナリズム色の強かった）安倍首相がやっと辞めてくれたと思ったのに、その後もあまり変わっていない。最近、ウィシュマ・サンダマリさんの一件などをめぐってよく取り上げられている出入国在留管理庁の問題も、在日の問題と地続きになっていると思うの。在日の問題が解決しなければ、入管の問題も解決しない」

排外意識が突出する世の中のそうしたどこかきなくさい空気をよそに、さか江さん自身の中では、年を経てからかえって、自らのルーツに接近する原点回帰の意識が強まってきているという。

「韓国の音楽を聴いたり、ネットフリックスで韓国ドラマを観たり、韓国料理を食べたりすると血が騒いで、〝ああ、私は韓国人なんだな〟って思うことがあるの。ここ何年かは伽倻琴(カヤグム)も習ってるし、韓国の舞踊も習ってる。オッケチュム（肩を上下させる踊りの作法）のリズムが、自分にはよくわかると思う。この歳になって目覚めたという感じ」

伽倻琴は、日本の琴に似た韓国の伝統的な弦楽器で、李良枝も長年、習っていたことはよく知られている。そしてこの伽倻琴について、さか江さんはひとつ、とても印象的なエピソードを語ってくれた。

さか江さんは、東京の水道橋(すいどうばし)にある韓国ＹＭＣＡで週に一回、伽倻琴を習っているのだが、ある日、その帰りに、伽倻琴を抱えたまま友人と連れ立ってタクシーに乗り、六本木まで走ってもらったことがあるという。運転手は、一見、暴力団風にも見える角刈りの強面だった。その彼に、「その楽器、何？」とぶっきらぼうに訊かれたさか江さんは、一瞬、身を竦ませた。

「乗った場所が韓国ＹＭＣＡだし、なにか言いがかりをつけられるんじゃないかってちょっと怖かったの」

それでもさか江さんが、「これは伽倻琴といって、韓国の琴なんですよ」と率直に説明したところ、運転手はこう応じた。

「あ、知ってる知ってる、『イ・サン』にも出てくるよね」

『イ・サン』とは韓国の時代劇ドラマであり、李氏朝鮮王朝の国王・正祖（チョンジョ）を主人公とした、全七七話の大作である（韓国では、二〇〇七年から二〇〇八年にかけて放送）。彼は、劇中で伽倻琴が出てくる場面を具体的に挙げながら、「あの音はいいよね」と続けた。同乗していたさか江さんの友人は日本人だったのだが、たまたま韓流ドラマにハマっており、『イ・サン』も全話観ていたので、二人はすっかり意気投合し、六本木に着くまでの間、その話で持ちきりになってしまったという。

やがて彼は、「実は俺、北九州で〝組の者〟だったんだよ」と明かした。さもありなんと思いながら、「そういう人は、韓国などについて差別意識を持っているのではないかと思って、最初は怖かった」という意味のことをさか江さんがやんわりと伝えると、彼はこう答えたという。

「いや、喧嘩で足を骨折しちゃったことがあってね。三ヶ月、ただ寝てるしかなくて、退屈を持て余してたら、後輩がＤＶＤを持ってきてくれたんだよ。それが韓国のドラマでさ。それを観たらすっかりハマッちゃって……」

六本木に到着すると、「そのうち、金貯めて絶対、韓国に行くつもり」と言って、彼はさか江さんたちを下ろし、夜の街に車を走らせていった。

さか江さんは言う。

「それで差別がなくなることはないと思う。それでも、少なくとも理解は深まったんじゃないかと思うの。そういう意味では、韓国ドラマの影響も小さいものではないんじゃないかなって」

このエピソードの背後に、僕はかすかな光明を垣間見た気がした。

偏見かもしれないが、さか江さんが当初、警戒心を抱いたように、「組の者」になるような人は、概して思想的には保守的で排外的だというイメージがある。しかしそんな人でも、韓流ドラマにハマって、伽倻琴の音色（ねいろ）を「いい」と感じたりしているのだ。そして韓国という国それ自体に興味を抱き、旅行で訪れようとまで思っている。

さか江さんが言っているとおり、だからといって差別意識が跡形もなく吹き消されるというのは、甘すぎる見立てなのかもしれない。在日コリアンに対するヘイトデモをしているような人でも、韓国料理やキムチは好きで、焼肉屋にちょくちょく足を運んでいるといったケースもあるという。「それとこれとは別」ということだ。

しかし、韓国ドラマの筋を熱心に追っていく中では、当然、登場人物たちに感情移入もしていくだろう。ときには彼らと同じ視点・同じ心情で、怒りを覚えたり悲しみに染まったりもするはずだ。

たとえばくだんの運転手が、仮にそれまでは「チョーセン人なんて」と思っていたとしても、その「チョーセン人」が、思いのほか自分たちと似ていること、同じ人間として共有できるものも実はたくさんあるのだということに、ドラマを通じて気づいていくかもしれない。伽倻琴という美しい音色を放つ楽器をはじめ、韓国にもすぐれた文化があるのだということを知り、韓国およびそこに出自のルーツを持つ人々を、少しでも見直す気持ちになるかもしれない。

共感と理解は、同じものではない。しかし、すべての礎（いしずえ）になるのは、理解にほかならない。まず理解することなしには、一歩も先へ進むことができない。

その理解のきっかけを提供するのは、なんであってもかまわないと思うのだ。僕はかつて最初の韓流ブームが吹き荒れたとき、言いがかりに近い理由から、その風潮をなんとなく苦々しく思っていた人間だが、今となっては、そんな自分を厳しく戒めたい。

そうして韓流ドラマなどに触れた結果、「こういう部分は、やはり自分たちとは違うし、わかりあえない」と思うなら、それはそれでいいと僕は思う。異なる歴史・異なる文化を背負った別の民族なのだから、違いがあるのは当然だし、すべてが理解できるわけでもないだろう。それでも、はなから理解しようとすらせず、無条件に「受け入れられない」と撥ねのけてしまうよりははるかにましだ。

韓流ドラマの浸透は、まちがいなく、そうした理不尽で頑強な排外意識を突き崩すためのの、少なくとも足場のひとつにはなりえている。三〇年前には考えられなかったことだ。

そのあたりは、ＬＧＢＴＱ問題なども似た構図になっている気がする。性同一性障害などは、三〇年前、四〇年前には、ともすれば「変態」のひとことで片づけられていた。現在は、問題としての認知度も格段に高まり、そういう人々を理解し、受け入れようとする気運が、社会全体の中にうっすらとながら広がりつつある。

僕は中学生時代に最も親しかった男友だちの一人がゲイだったこともあって（僕自身はストレートなのだが）、そうした人々に対する差別や偏見も、もともとほとんどなかったものの、彼らに対する一般社会からの風当たりは、当時は今と比べものにならないほど激越で苛烈なものだったと思う。

もちろん、今なお差別意識は根強く残ってはいるが、少なくとも、彼らを異物として公然と排除したり、あるいは多数派の規格に無理やりはめ込もうとしたりすることは憚られるような空気が、じわじわと濃度を高めてきている。個々人の意識がそうしたスタンダードに本当の意味で追いつくには、まだ一定の時間が必要かもしれない。しかし、「そうしづらい」という社会的な雰囲気にとりあえず迎合するだけでも、つまり、まずは「形から入る」のでも、さしあたっては十分なのだ。意識というのはどのみち、そう一朝一夕に塗り替えられるものではないのだから。

在日コリアンに対する差別問題も同じだ。時間はかかっているが、まちがいなく前進はしている。ここ三〇年ほどに及ぶ社会全体の動きを、つかず離れず見守ってきた身だからこそ、その変化をくっきりと見定めることができる。『イ・サン』にハマっているというタクシー運転手の一件は、その点に希望を感じさせてくれる心強いエピソードだと思った。

さかか江さんのオフィスを退去したときには、屋外にはすっかり夜の帷が降りていた。いつしか見慣れない街になってしまっていた大久保通り沿いには、コロナ禍にもかかわらず、眩い電光がギラギラと瞬いていた。来るときよりも緊張が解けていたせいか、目に映る風景と記憶との照合もスムーズに行なえた。

『We're』が創刊一周年を迎える頃、編集部に残る意思があるかどうかを訊ねるために、さか江さんがスタッフを一人ひとり呼び出したあの喫茶店は――と目を走らせると、当時ですらわりと古めかしいたたずまいだったと記憶しているその店があったはずの、大久保駅前のガード下には、ドラッグストアの「ココカラファイン」が、白地に赤いロゴマークを光らせていた。

その無機的な外観は、時代が推移したのだということを強く印象づけていた。そのとおり、あれから二九年で、時代は変わったのだ、と僕は思った。そして、変わったのだとしたら、いいほうに変わったのだ、と思いたかった。

さか江さんとの再会を済ませてから、僕はあらためて、韓国という国と自分自身との間の距離感に思いを馳せてみた。

§

近くて遠い国――韓国に対して、この国ではしばしば、そんな呼称が付与される。

古代より、大陸の先進文化を伝える玄関口として、日本と深い関わりを持ってきた朝鮮半島。高句麗(こうくり)・百済(くだら)・新羅(しらぎ)の時代から、李氏朝鮮王朝を経て、日本の植民地時代、そして戦後の南北に分かれての独立に至るまで、日本と朝鮮あるいは韓国は、切っても切り離せない運命共同体のような形で、それぞれの歴史を刻んできた。

その構図は、現在に至るも基本的には変わっていない。ただ両国の歴史には、数々の負の側面が刻印されており、その関係も、常に親善一色で染められてきたわけではない。

地理的には、相互に関与し合うことを避けられない近さに位置していながら、過去から引きずるさまざまな経緯が元凶となって、両国はときに、極の異なる磁石同士のように反発し合い、理知的な対話も困難になるほど関係が悪化し、硬直化することもある。「近くて遠い」というのは、物理的な近さと、それと裏腹の相互理解のむずかしさの双方を示唆する表現だろう。

その韓国に対して僕は、さまざまな形で、単なる物理的近接を超えたレベルでのアプローチを果たしてきたと思う。その接近度は、標準的な日本人による平均値を軽く上まわっているはずだ。

学校の科目以外に自らの意思で初めて学んだ外国語が韓国語であり、初めて訪れた外国は韓国だった(実は、二度以上訪れている外国も韓国だけだ)。短いものだったとはいえ、在日コリアンの女性との恋愛沙汰も経験している。在日も含めたコリアンの人々と日常的に接する職場に勤めたこともあり、自らの著作が四作も韓国で翻訳されている。そして、在日コリアンに対してヘイトデモが公然と行なわれているありさまを見て黙っていられなくなり、『絶壁』という小説を執筆した上で、それをこのような形で発表するに至っている。

だが、そうしてことさらに意識してみると、ある疑問が頭の中に浮かび上がってくる。僕は本当に、「あの国」に近づくことができたのだろうか。できたとしても、その度合いは、実はかなりおぼつかないものにすぎないのではないだろうか——。

コリアンの人々に対する差別意識は、もともとない。しかし、彼らのことがどれだけ理解できているかというと、それは心もとない。韓民族がどういう人々であり、どんな歴史を歩んできたのか、といった知識はあるが、それは本などを読めば誰にでも身につけることができる単なる知識にすぎず、「理解」と同じものではない。

韓流ドラマなどを観て、理解できない面があってもかまわないと僕は書いたが、実のところそれは、僕自身の実感なのかもしれないのだ。

他人とじか箸で食べものを共有する風習も、韓流ドラマを観て知ったことだが、そうしたふるまいの背後にある意図やメンタリティは理解できても、同じ風習に自分がなじめるかというと、むずかしいと思う。登場人物たちのふるまいに、「こんな些細なことで、どうしていちいち声を荒らげたりいがみ合ったりするのだろう」「この人たちは、どうしてこうすぐに感情を昂らせ、それをむき出しにするのか」と気おくれを感じてしまうこともある(もちろん、脚本上の演出として誇張されている面もあるのだろうが)。

そういう意味では、僕と「あの国」との距離は、思うほど縮まっていないのではないかとも思うのだ。

ただ、同時にふと気づいたことがある。

一般的な日本人とは異なるふるまい方というのは、なにもコリアンの専売特許ではない。欧米の人々だって、普通の日本人ならまずしないような行動をしばしば取っている。しかし、たとえばアメリカ映画を観ていて、白人または黒人などの俳優たちが、人前でも平気でディープキスを交わしたり、親子や兄弟姉妹間で、それも、双方とも成人しているのに、ハグなどの身体的接触を日常的に行なったりしている場面があったとしても、おおかたの日本人は、わりと当然のこととして受け流しているのではないだろうか。

それは、同じことを同じように自分たちがするわけではなくても、「彼らはそうする」ということを、一般的知識としてすでにわきまえているからだ。そしてもうひとつ、彼らの多くは、見かけも日本民族とは大きく異なっているため、「違う」面があることが当然の前提になっており、それを格別に奇異な風景として捉える視点も、もともと存在していないのだ。

その点、韓流ドラマはどうか。俳優たちの見かけは、日本人とほとんど変わらない。だからなんとなく、ふるまい方も日本人に似ているものと心のどこかで決めつけてしまっている。それでいてときに、彼らがその暗黙の前提を覆すような思いもかけないふるまいに出るために、観ているほうはぎょっとして、「これはいったいなにごとか」と目を瞠ってしまう――そういう構図が、韓流ドラマを観る日本人の意識の中には成立しているのではないだろうか。

見た目がほとんど同じなのにふるまいだけが異なるから、違和感を抱き、「こういう部分については共有できない」とことさらに意識してしまうのだろう。

しかし、くりかえすが、たとえ見た目がどれだけ似ていても、日本民族と韓民族は、異なる民族性や歴史を持つ別の民族であり、違っているところもあって当然なのだ。その違いはわきまえた上で、できるかぎり距離を詰め、できるかぎり多くのものを共有しようと努めることで、たぶん十分なのだろうと僕は思っている。

近くて遠い国だった韓国は、僕にとって今なお、近くて遠い国のままなのかもしれない。かの国とそこに連なる人々との間に、長年にわたって少なからぬ関わりを持ってきた僕にしてそうなのだから、日本人一般から見れば、もっと距離があるように感じられてもやむをえないと思う。政治的にも常になんらかの火種を抱えている両国が、隣人として真に宥和し、親善を取り結べる関係になる日が、そうやすやすと訪れるとも思っていない。

しかし両国の間には、架け橋となりうるさまざまな文化がある。韓流ドラマやＫポップグループにハマる日本人がいる一方、逆に日本の『鬼滅の刃』などのアニメ作品を夢中になって観る韓国人もいる。『君の名は。』をはじめとする新海誠監督のアニメ映画も、韓国では人気だという。

そうしたアニメ作品を享受するのが若い世代を中心としている、という事実に象徴的に現れているように、今後は世代交代も進んでいくだろう。その間に、日本側でも韓国側でも、意識はきっと、わずかずつながら変わっていく。在日差別などをめぐって、三〇年前とはだいぶ違う風景が広がってきたのなら、今から三〇年も経てば、また別の風景が見えるようになっているはずだ。

時間はかかってもかまわない。少しずつでもいいほうに向かっているのであれば、そのかすかな動きに賭けてみるよりほかにないのだ。

あとがき

これをやっと本にすることができた——今、胸に去来しているのは、肩の荷が下りたようなそんなほっとする思いである。

『絶壁』については、六年半ほど前、「自分はこの小説を書かなければならない」という天啓のようなものが突如として頭に下りてきて、その衝動のままに一気呵成に書き上げたことを今でも覚えている。それを結果として長い間、ただ寝かせておく流れとなってしまったことは、まったくもって不徳の致すところであり、弁解の余地もないのだが、そのまま永遠に埋没させずに済んだことで、どうにか面目を保つことはできたのではないかと思っている。

わけても、エッセイ『近くて遠いままの国』にも書いたとおり、『絶壁』執筆に際して、協力要請に快く無償で応じてくれた朴順梨さん、安田浩一さんのお二人に対しては、これでようやく顔向けできるという思いでいっぱいだ。

実は朴さんには、今回の書籍化に際してもご協力いただいている。第一稿脱稿から六年も過ぎてしまった『絶壁』を読み返してみると、あれこれと気になる点が浮上してきて、「このまま発表していいのか」と不安を覚えるようになっていた。そこで、あつかましくも朴さんに一度、原稿に目を通してもらい、気になる点などを指摘してもらったのである。

朴さんは、僕に書き送る感想について、「辛口がいいか、甘口がいいか」と事前にわざわざ念押ししてくれた。あえてそのように前振りするということは、厳しい意見もお持ちなのだろうという見立てが当然、成立する。「少し怖いですが、この際、率直なところをお聞かせください」と返したところ、朴さんはいくつかの点について、シビアな見解を吐露してくれた。

それでも、実際には、朴さんは気を遣って、かなり甘めに言ってくれたのではないかと僕は思っている。「辛口」と銘打っているレトルトのカレーが、実際にはせいぜい「中辛」程度に留(とど)まっているようなものだ。

なんにしても、その朴さんの意見も踏まえつつ、僕は『絶壁』の原稿に相当程度の手を入れた（ヒロイン吉見怜花の実家のロケーションについて設定を変更したのもその一環）。それがどれだけ、彼女の指摘した問題点を回避することにつながったのかはわからない。甘すぎて、話にならないレベルである可能性もある。それでもとにかく、今の自分にできるベストを尽くしたとは思っている。

また、かつての僕の雇い主であり、長い間、交流が途絶えていたにもかかわらず、取材の申し入れに快く応じてくれたカマーゴ・李栄さん（エッセイの文中では「さか江さん」と呼称）にも、痛み入る思いが尽きない。取材の最後のほうで、「平山くんも含めて、被害を受けている在日の人々を支えようとしてくれる日本人もいることは事実。そういう問題提起をする小説なりなんなりが注目を集めてくれればいい。日本人がそれを書いた、ということが大事だと思う」と言ってくれていたことが印象に残っている。

　この本が実際に、どれだけの注目を集めることができるかに関しては心もとないところもあるが、協力してくれたことを無駄にはしまいという思いで、この本にまとめていることだけはたしかだ。

　余談ながら、そうして取材を兼ねて李 栄さんと再会したことが機縁となり、僕は二〇二二年五月二二日に開催された「李良枝没後30年 エッセイ集出版記念」の会にも招かれる運びとなった（新泉社刊行の李良枝エッセイ集『ことばの杖』のお披露目も兼ねていた）。本書のエッセイ中で述べたとおり、さか江さん＝栄さんは、芥川賞作家・李良枝の実妹である。

　その栄さんが主催したこの会は、会場となった新大久保のビルの屋上に、実に不思議な空間を現出せしめていた。フリーライターの辛淑玉さんが司会の声を朗々と響きわたらせる中、韓国舞踊やアイヌ舞踊などが繰り広げられ、エキゾチックな楽曲の音色が絶えなかった。会場には安田浩一さんの姿もあり、おかげでこの本をようやく刊行できる目処がついたことを直接、報告することもできた。

　本書のエッセイにも登場する、サードアイ時代の同僚であるサンホンさん（自分が注文した回鍋肉定食かなにかを「どうぞつまんでください」と僕に勧めてきた在日コリアン男性）とも、二九年ぶりの再会を果たした。彼は、会わずにいた間に絵本作家として活躍した時期もあったらしく、現在は韓国についての情報を流すユーチューバーのようなことをやっていると聞いて驚いた。同僚だった当時の僕には見えていなかった、意外な一面を持っている人だったのだ。

そうした関係者の方々への感謝の念もさることながら、宙に浮いていた『絶壁』の原稿について、このような形で発表する機会を設けてくれた担当編集者・谷川茂さんにも、併せて謝辞を述べたい。谷川さんとは旧知の仲だが、一方で彼は、「おもしろい」と思い、発表する価値があるとみなせば、躊躇なく本にしてくれる奇特な人でもある。「売れるか売れないか」という観点のみからすべてが決められていく出版業界の閉塞的な現況の中では、こうした現場の人の良心こそが最後の砦になっているのだと常々感じている。

あとは、この本がどれだけ多くの人の胸に波紋を呼び起こすか、それだけだ。コロナ禍が依然、収束の気配も見せない中、ほのかな祈りを胸に筆を置きたい。

二〇二二年一一月八日

平山瑞穂

参考文献

『ネットと愛国 在特会の「闇」を追いかけて』安田浩一(講談社)
『なぜ、いまヘイト・スピーチなのか─差別、暴力、脅迫、迫害─』前田朗(三一書房)
『ナショナリズムの現在─〈ネトウヨ〉化する日本と東アジアの未来』萱野稔人/小林よしのり/朴順梨/與那覇潤/宇野常寛(PLANETS)
『在特会とは「在日特権を許さない市民の会」の略称です!』桜井誠(青林堂)
『大嫌韓時代』桜井誠(青林堂)
『マンガ嫌韓流』山野車輪(晋遊舎)
『知っていますか? 在日コリアン 一問一答』川瀬俊治・郭辰雄(解放出版社)
『在日コリアン女性20人の軌跡』かわさきのハルモニ・ハラボジと結ぶ2000人ネットワーク生活史聞き書き・編集委員会(明石書店)
『縁を結うひと』深沢潮(新潮文庫)
『兄 かぞくのくに』ヤン・ヨンヒ(小学館)
『奥さまは愛国』北原みのり/朴順梨(河出書房新社)
『忘却された支配 ─日本の中の植民地朝鮮』伊藤智永(岩波書店)
『ぼくは挑戦人』ちゃんへん.(集英社)
『由煕 ナビ・タリョン』李良枝(講談社文芸文庫)
『ことばの杖 李良枝エッセイ集』李良枝(新泉社)

【映画】
「セキ★ララ」松江哲明監督作品

平山瑞穂（ひらやま・みずほ）

小説家。1968年、東京都生まれ。立教大学社会学部卒業。2004年に『ラス・マンチャス通信』（角川文庫）が第16回日本ファンタジーノベル大賞を受賞してデビュー。著作には、『忘れないと誓ったぼくがいた』（新潮文庫）、『あの日の僕らにさよなら』（新潮文庫）、『シュガーな俺』（世界文化社）、『プロトコル』（実業之日本社文庫）、『マザー』（小学館文庫）、『四月、不浄の塔の下で二人は』（中央公論新社）、『午前四時の殺意』（幻冬舎文庫）、『ドクダミと桜』（新潮文庫）、『さもなくば黙れ』（論創社）など多数。評論に『愛ゆえの反ハルキスト宣言』（皓星社）、エッセイに『エンタメ小説家の失敗学』（光文社新書）など。

論創ノンフィクション 033
近くて遠いままの国
極私的日韓関係史

2023年2月1日　初版第1刷発行

編著者　平山瑞穂
発行者　森下紀夫
発行所　論創社
　　　　東京都千代田区神田神保町2-23　北井ビル
　　　　電話　03（3264）5254　振替口座　00160-1-155266

カバーデザイン　奥定泰之
組版・本文デザイン　アジュール
校　正　小山妙子
印刷・製本　精文堂印刷株式会社
編　集　谷川 茂

ISBN 978-4-8460-2183-2 C0036